I humburi

Fatos Kongoli

敗残者

ファトス・コンゴリ
井浦伊知郎 訳

東欧の想像力
17

松籟社

敗残者

I Humburi

by

Fatos Kongoli

Japanese translation rights arranged with Fatos Kongoli
through Japan UNI Agency, Inc.

Translated from Albanian into Japanese by Ichiro Iura

敗残者

一九九一年三月

誰にもいつかは、この世のつけを清算する日が来る。円環は閉じられ、もはや過去を反芻《はんすう》する意味もない。その人生が他人にとって何の価値もないものであるような時は尚更だ。そういうお前は何がしたいのだと、諸君は訊ねるだろう。

何でもない。ただの告白だ。

二か月前、機械工で二人の子持ちでもある我が友ドリアン・カンベリは、或る朝フェリー「パルティザン」号に乗り、家族揃って海を越えていった。もし最後の瞬間に心変わりしていなかったなら、私もたぶん今頃はイタリアという名の夢の国か、さもなくばヨーロッパのどこかその辺りの難民キャンプで、同国人の群衆の中に居合わせたことだろう。だが互いにひしめき合っていた最後の瞬間、私はドリアンに船を降りると告げたのだ。ドリアンはどうも私の言ったことに全く気づいていなかったようだ。我々の住む町からここへ来るまでの流浪の旅路からすれば、私が口にした言葉は不条理なものに聞こえただろう。もし友人でなく誰か別の者がそれを聞いていたら、私は海に放り込まれていただろう。しかしドリアンは沈黙したまま、私をうつろな目で見ているだけだった。その時私が感じたのは、さっきまでずっと肩車をしていたドリアンの幼い息子が垂らした小便の、湿ったぬくもりだった。

私のためらいは誰の目にも明らかだった。その時の私の声も表情も、自分で言ったこととは逆のことを物語っていた。ドリアンがほんの少し努力して私を思い直させていたなら、それだけで私は、自分でもわけがわからないような馬鹿げた思いつきを振り捨てることができただろう。そこには、いわゆる故郷への憧憬などこれっぽっちも含まれていなかった。私は何も感じていなかったし、私の心の中はドリアンの瞳よりもずっとうつろだった。ドリアンは、私を引き留めようとしなかった。だから私は船を降りた。首筋はドリアンの息子の小便で湿ったたままだった。それから船着き場のへりに突っ立ったまま、去りゆく人々の最後の一団が先を争って船へ乗り込むのを眺めていた。船が動き出し人々の顔も見分けがつかなくなった頃、のどにせり上がるものを感じた私は、両手で頭を抱えてむせび泣いた。長く、重く、むせび泣いた。その時は気づかなかったが、それまでもう何年も泣いたことなどなかったのだった。私の心は乾ききっていて、涙に震えるようなことなどこの世にはないと、ずっと前から思っていたのだ。通りすがりの誰かが私の肩を叩いて、「心配するなよ、午後にはまた次の船が出るさ」と声をかけてきた。

暗がりの中、私は町に戻った。出発した時と同じく、私が戻って来たことは誰の目にもとまらなかった。ドリアン・カンベリ一家の逃避行は、翌日には知れ渡っていた。それに関する話題はそれほど長く続かなかった。誹謗《ひぼう》する者もあれば、称賛する者も、羨望を隠さない者もあった。その事件の噂を聞いていた私は、まるで自分が泥棒で、自分が加わった窃盗について、自身は捕まることなく、仲間たちの愚行のありさまを聞かされているような気分だった。四十年の独身人生で、私は初めて自分自身の中に秘密を抱え込んだ。たぶんその秘密は町の誰にも気づかれていなかっただろう。私がこんな話をしようと思いつきさえしなければ、誰も気づくことはなかっただろう。私が船に乗りに出かけて、みんなの目の前から足跡も残さず消え去ろうとしたことには、町の誰も驚くまい。しかし、船に乗ろうと出向いたのに突然降りてしまったことには――いや、それは誰も信じないだろう。ドリアンにしたって、彼がもし私の言葉を聞いていたとしても、私が本当に船を降りるとは思っていなかっただろう。むしろ、怠惰な私のことを、家族よりもずっと足手まといだと思っていたのではないだろうか。だからこそ、私を引き留めようとは努めてしなかったのだ。

ともあれ、私は町に残り、翌日には墓地へ足を運んでいた。ははあ、誰か昔のいい人の墓を離れたくなかったのか、何がしかの郷愁か、と諸君は思われるだろう。残念ながら、それは事実ではない。愛しい人の墓も、郷愁も、私は大事だと思っている。そういう観念を実体化させ、まるで地球の重力のごとく一つの力に回帰していく人たちが羨ましい。だが私はと言えば、そんな重力の類から切り離され、放り出され、軽蔑の虚空に打ち捨てられたような感覚だった。郷愁に浸ることなど私にとっては、もやの向こう側の輝きのようなものだ。そのような動機は、私が国を出なかったこととも、翌日墓地へ行ったこととも何ひとつ関係ない。私は今まで墓へ足を運んだことなどなかったのだから。誰にとっても、どこからどう見ても、私は過去も現在も、とるに足らない敗残者なのだ。

町に戻った翌日、空は薄暗く曇っていた。私は去った者たちへの思いにふけっていた。年老いた両親——私は父母とキッチン付きふた間のアパートに住んでいた——は、私が昨日ずっと姿を消していた理由について何も訊ねようとしなかった。私がそんなふうに姿を消すのには慣れっこになっていて、どこにいたのかだの何をしていたのかだのは数年前から訊きもしなくなっていた。夜になり、私が戻ってさえいれば、二人ともぐっすり眠れるのだった。そうだ、私は去った者たちへの思いにふけっていた。そうして曇り模様の空を目にして不安に襲われた。しかし、人体の生物学的な営みは感情の起伏とは無関係に行われるものだ。私は空腹を感じた。服を着替えて部屋から出ると、キッチンで向かい合ってコーヒーを飲んでいる両親をそのままに残し、開けたドアの隙間から「おはよう」とくぐもった声をかけ、外へ出た。

世の中に私の町ほど埃《ほこり》っぽい一角があるとは思えない。見渡せば至るところ埃だらけだ。アパートのベランダに、低い家々の屋根に、道路に、歩道に、中心部でただ一つの公園の囲いの中の花に、まるでパン屋のショーウインドウの中の、何層にも重ねたケーキにまぶされた砂糖のように、ずっとそのままだ。埃は、家を一歩出るや髪の毛に降りかかってきて、衣服や鼻の穴に入り込み、肺の中に積もり、どこまでも、それこそバーやレストランから、ベッドの中にまで追いかけて来るのだ。私が十歳ぐらいの頃、町の外を流れる川のほとりの、ジプシーたちの掘っ立て小屋がひしめき合っている場所にセメント工場が建ち——事情通たちは前世紀の遺物だと言っていたが——セメントよりも大量の埃を生産し始めた。年かさの者たちは、その時から町の緩慢な死が始まったことを認めている。

「今頃は海の向こうだったろうな」歩道を歩きながらそんなことを考えていて、震えが走った。

三月の薄暗い朝の町は、恐ろしいほど古びて、まるで自分が胸震わせた昔の恋のように古びて見えた。「運のない奴め」私は自問した。「これはどうしたことだ?」私はバーへと向かっていた。空腹を癒すため、本来ならまず軽食屋「リバーサイド」へ行くところだったが、最近の噂では、そこの店主でセメント工場の元守衛のアルセン・ミャルティは中身の怪しいハンバーグを作っているらしい。初めは行き倒れの牛の肉を使っているという噂だったのが、犬の肉を使っているとか、町の客たちの下痢でそれが判明したとかいう話になったものの、アルセン・ミャルティに力強くとどめを刺すほどの証拠が足りなかったため、客たちは店に行くことをボイコットし、店に来るのは主人のごく近しい常連と、たまたまこの町を通りがかった客だけになっていた。おそらくその噂も、嫉妬深く口さがない連中が虚《むな》しくも騒ぎ立てたものだったのだろう。その元守衛はひと財産こしらえていて、もし今も守衛の仕事を続けていれば、かの有名な「ダイティ」ホテルを買い取れるぐらい稼いでいるだろうという話だったからだ。

バーはがらんとしていた。ありがたいことに、エスプレッソマシーンの向こう、店の奥のところにコニャック「スカンデルベウ」の瓶が並んでいるのが目に入った。もう長いこと味わっていなかった。私が口を開く前から女給仕は私の求めているものがわかっていた。初めに目の前にコニャックのダブルを差し出し、それからコーヒーを淹れてくれた。片手にカップ、もう一方の手にグラスを持って、私は窓際に場所を移した。そこの、幅が狭く脚の高いテーブルのそばで立ったまま飲むのだ。そして間を置かずコニャックを手に取るとひといきにあおった。むかついて、思わず涙が出そうになった。コニャックがなければ、女給仕の目に浮かんだ嘲笑に恥じ入る気持ちから逃れられそうもなかった。三杯目のダブルをあおると、ようやく気持ちが軽くなった。心が軽くなり、胸の奥を爪でかきむしっていた獣がおとなしくなると、四杯目のダブルを手にして、ちびりちびり飲みながら、それまで手をつけていなかったコーヒーも少しだけすすった。道行く人はまばらで、どんよりと曇ったこんな朝には家から出る気にもなれないし、日曜日だからまだ眠っているか、或いはただ横になったまま、外に出ても面白いことなんか何もないと思いながら天井を眺めているのだろう。その日、町はまるで死の眠りについているようだった。私は公園に行きたいと思った。行ってこう叫びたかった。

『親愛なる市民諸君よ、起きるがいい！　みんな行ってしまった、諸君は置き去りだ……』

だが私はその場を動かなかった。ちびちびとコニャックを飲み続け、グラスが空《から》になると五杯目を頼んだ。すると今度は皮膚の下にビロードのような柔らかさを感じた。自分で経験してみなければこの感覚は理解できまい。世界は平衡状態を取り戻し、頭も冴えてくる。心の中で正義が、いや正確には正義感が打ち勝ち、何の困難もなく、と言うより何の不安もなく、明晰な判断ができる状態になる。そんな時、墓地へ行こうと思いついたのだ。私は墓地へ行ったことなどなかったが、その時は墓地へ行くことが、しなければならないごく当然の行為に思えた。むしろもっと前にやっておくべき必要な行為のように思えて、自分の人生の中で一度もそこへ行ったことがないのに気づいて驚いたのだった。だが五杯目を飲んでいた時、私は、自分が「狂人ヂョダ」と町で呼ばれている男に出くわすとは思っていなかった。こいつがいると知っていたら行かなかっただろうに。

ギョダは、墓地を囲む塀の入り口の扉を通って出て来た。赤煉瓦の塀はところどころ穴が開いていたものの、大人の背ほどの高さがあった。そのせいで、私はギョダがいることに気づかなかった。でなければそこは避けていただろう。まるで夢の中で悪霊が出て来るように、ギョダは不意に目の前に現れたのだ。髭は伸び放題、髪は風でぼさぼさだった。ボタンを外した軍用コートの奥に胸毛が見えて、私は一瞬その視線に身をこわばらせた。手には細長い鉄製の棒を持っている。目の前に立ったまま何か考え込むような表情をしていたギョダは、怒りに満ちたまなざしを私に向けた。その血走った目を見ながら私は「どんなに狂った人間でも酔っ払いには道を開けるものだ」という話を思い出した。しかし私はそれほど酔っ払いには見えないだろうし、ギョダにしても、それほど狂っているわけではない。わかっているのは、墓に行くにはギョダのそばを通り抜けていくしかないということだった。

やがて身のこわばりが解けると、私はギョダが襲って来るのではないかという恐怖を感じた。しかしもし襲って来たとしても、両手を上げ両肩の間に頭を引っ込ませて防御の姿勢をとりさえすればいい。そう、かつて校長だったこの男が怒りをあらわにし、それをぶつけるべき生贄《いけにえ》を生徒らの中に見出した、あの時のように。私は格好の生贄だった。だがこの時のギョダは私に手を上げることも、鉄棒を振り上げることもなかった。悪態《あくたい》をつくことも、憎まれ口を叩くことも、暴言をぶつけて来ることもなかった。ただ私にじっと血走った目を向けたままだったので、私はその視線から顔をそむけたまま、その場を立ち去った。

1

私に対して「救いようのない奴」という称号を使ったのは「狂人ヂョダ」が最初だった。今この時も、あいつがその言葉を私の父に投げつけてきた校長室の光景をまざまざと思い出すことができる。あの時、父はその言葉への同意として、私がまさしくこの校長の言う通りの人間だということを私の頭に叩き込もうとでもするように、私にぴしゃりと平手打ちを喰らわした。その校長がさらに踏み込んで、例えば私が十四歳になったばかりだというのに生まれついての犯罪者だとでも言おうものなら、父はこれまた同意して、私に平手打ちを喰らわしたことだろう。父は穏やかな性根の持ち主だったが、その時の私はむしろ校長よりもずっと父のことを憎んだのだ。

どういう状況で自分がヂョダに最初の一発を喰らったのかは憶えていない。理由はこの町でならごくありふれたものだったはずだ。ここでは生徒を殴ることが黙認されていて、親たちが苦情など言ってこないことを教師たちも知っていた。殴り方はいろいろだったが、どれも跡が残らないように用心されていた。五年生になるまで私は殴られたことがなかったが、それは単に最初の四年間そういう気性でない教師が私の受け持ちだったというだけの話だった。五年生になって受け持ちの教師たちが変わるとその気性も様変わりしてしまい、ことあるごとに我々は、自分たちの最初の四年間は運が良かったのだということを思い知らされた。それからが不運の始まりだった。

私は家で殴られたことが一度もなかったが、それはさっきも言ったように、父が温厚な人間だったからだ。事実上の家長は母だったが、母も子に手を上げるような気性の持ち主ではなかった。一方、同級生たちの多くは労働者の子で、家でも学校でもしょっちゅうめった打ちにされていた。

今でも、自分自身が殴られるまさにその瞬間の恐怖を思い出すと、のどに何かがぐっとつかえるような感じがする。そんな瞬間が来ようとは一度たりとも思わなかった。それこそ、私が考えてもいなかったことだった。なぜなら、最初の一発を私に喰らわせたのは校長だったのだから。彼は恐ろしい人物だった。暴れん坊の男子たちでさえ震え上がってしまう、唯一人の人物だった。校長が学校の前に姿を現せば、集まった生徒たちを覆う不安が教師たちにも見て取れた。時に、教師らの方が我々子供よりも校長を恐れているように私には思われた。その恐怖というのは、私が思い浮かべるものと多かれ少なかれ似たようなものだった。それは鞭で、あの場所で、校長室で殴られることへの恐怖だった。ただ私はそれまで校長室に入ったことが一度もなかったし、そこに行かされるのではないかという不安を感じたこともなかった。どんな罪を犯した男子が校長室へ呼ばれるか、私にははっきりわかっていたからだ。

そんな自分が初めて殴られたことは、私の心に深い傷を残すものとなった。その原因の見当もつかない以上、それは無駄に殴られたといってもよかっただろう。話によると、ある女性教師に対して私が騒いだのでその教師が苦情を申し立てたのが原因だとか、或いは女子のスカートを私がめくったのでその女子が苦情を申し立てたからだとか、他にも理由はいろいろあったようだが（例えば校長が学校の入り口で訓話を垂れていたのを私が笑ったとか、或いは列から離れていたとか）、単に、今まで校長の鞭を背中に喰らったことのないこの町では数少ない男子の一人だった私に、とうとうその番がまわってきたというだけのことかも知れない。

両耳からこめかみの辺りをひっつかまれ、その後たびたび味わうことになる校長の平手打ちを数発喰らった私は、涙を流すこともないまま校長室の扉から外へ出ると、一目散に家へ帰り、父にそのことを伝えた。その時の私は、自分の父親こそ地球で一番強い存在で、自分を守ってくれて、どんなことでもたちどころに片づけてしまう存在だと信じて疑わない、そんな年頃だった。だが私の心の傷は、まさにこの時に始まったのだ。その時まで私は自分の父について何も知らなかった。父を、その本当の姿とはまるで違うふうに見ていたのだ。父が示した臆病なへつらいぶりの意味を私がわかるには、せめてもう数年は時間が経っているべきだった。父の態度に私は修復しようのない失望を覚え、そうした態度が、単に父の軟弱な性格に由来するようなものではないことを理解できなかったのだ。

次の日、父は私を連れて校長室を訪れた。父があんな態度で屈服すると知っていたら、私は父に何も話さなかっただろう。自分の父があんなにも恐怖に怯える様を目の当たりにするぐらいなら、一日に十回ぶたれてもよかった。そんな父の醜態はその後もたびたび繰り返されることになるのだが、違っているのは、それまで私に決して手を上げることのなかった父が、後にはそうした悪癖を身につけてしまい、「狂人ギョダ」に呼び出されて学校で私のいたずらを知らされるたび、その実践に熱を上げ始めたことだ。それは私が七年生になり、とうとうギョダから「救いようのない奴」という称号を与えられ、上述のごとき鞭を喰らうようになるまで続いたのだが、どうもその時から私は一生救いようのない人間になってしまったらしい。

あの日のことに戻ろう、最初の一発を喰らった後のことだ。私は運命的な発見をした。自分の父は強い人間でないこと、自分の父は臆病者だということ、教師たちやその他、ギョダの影にさえ怯えて震え上がるような連中と、自分の父が何ら変わらない人間だということを発見したのだ。十二歳、私が五年生の時のことだ。それから三十年近くが過ぎた今、私は、自分がその日の午後に三十年分の涙を流したのだと言おう。私は家を出た。その翌日には、ティラナの「ダイティ」ホテルに面した公園のベンチで寝ていた。疲れと空腹と恐怖心で死にそうだった。このナイーヴな絶望感でさえ、次々とやって来る絶望のほんの始まりに過ぎないのだということが、私にはわかっていなかった。だが、それらの絶望の一つとして、あの時のように増幅された悲劇と共に経験することはなかった。なぜなら、私にとって父はもう死んでいたからだ。それは私にとってもはや修復できないことだった。父に対する私の幻想をギョダが打ち砕いてしまった以上、私は私のやり方で復讐することに決めたのだ。

その当時、私たちは同じ、キッチン付きふた間のアパートに住んでいて、今もまだそこに住んでいる。私には五歳年上の姉がいて、今もいる。ただし姉はこの物語には登場しない、もしも私の人生の凡庸さを物語と呼ぶことができるとしたらだが。何しろ、私の人生は凡庸なものであり続けてきた。それはかつて何者でもなく、何者にもなり得なかった者の人生であり、首都のどこか近くにある打ち捨てられた町の、打ち捨てられた地区の、匿名性の中に紛れ込んだ匿名の人生なのだから。姉は長いこと家を遠く離れている。この話の時期、姉は師範学校の寄宿生だったし、その後、北部の学校で教職に就いて以来ずっと向こうに住んでいる。

私が住んでいるアパートは、町の中心部に近いところに建っている。そのアパートの向かい側に、公園とアスファルトで舗装された広場を隔ててもう一つ別のアパートが建っていて、一階には食料品店や工具店、衣料品店にバーが入っていた。このバーのおかげで、その辺のアパートや広場は有名だった。そこでは一対一の、或いは敵対するグループ同士の、実にスペクタクルないさかいが巻き起こっていたからだ。それらは町の中では深刻なものとは見なされていなかったが、それというのもたぶん、この町での生活がそうした事件なしでは考えられないものであり、人々にとっては慣れっこで、それこそ後になってテレビの画面で映画を見るのに慣れてしまったのと同じようなことだったからだろう。当時、この町にはテレビというものが存在しなかった。だが事件の類にはこと欠かなかった。住民の多くが、こうした事件の百花繚乱《ひゃっかりょうらん》ぶりに決定的な役割を果たしているものは、この埃っぽさに違いないと思っていた。それがアルコールの臭気と一緒になるたび、我が住民達をおかしくさせてしまう。激情的になり、むやみやたらに嫉妬深くなるのだ。この酒と埃こそ、住民が平穏に共存できない二大要因だった。それに、住民の多くは総じて腕っぷしの強い労働者ときている。華々しく事件を起こすのに、これ以上の理由が必要だろうか? それでも、そのことが表沙汰《おもてざた》になることはなかったが、その分野の社会学者たちは管轄の機関に当たってみたかも知れないし、そうした機関にこの町の出来事に関する一覧がなかったとも思えない。おそらくそこにはセサル・ルーミなる人物に関する文書も見つけることができるだろう。それがこの私だ。

今「おそらく」と言った。そういう文書がありそうだと言うことで、自分を多少なりとも重要な存在であるように見せてしまった気もする。私はこれまでもそうだったし、そして今なおそうだが取るに足らない人間であって、だからそういう文書があるのではないかとふと想像してみたところで、自分としては、そうした評価をされるに相応《ふさわ》しい栄誉ある人々に対して何も肩を並べようというのではない。それでも今ここでは「文書があるから重要で、ないから重要ではないということはない、この世に影を落とすだけでも十分お前は重要な存在なのだ」という言葉を信じてみるのも悪くないだろう。本当にそうだとしたら、私は幸せだ。自分がこの世に存在していないように思える今この時、そうでないと考えてくれる人々が他にいたということになるのだから。まさしくそうした人々に私は感謝できるというものだ。

まあ、自分自身をよく見せる、というか、自分についてそういう文書があったと認めることにしよう。だがそこに何が書かれてあったかはわからないし、きっとこれからも何一つわからないだろう。ただ一つだけ、私にも言えることがある。その文書には、或る面においても、また別の面においても犯罪行為とみなされ得るような、そんな本当の真実は載っていないのだ、と。いやそうだ、そういう行為はその文書には載っていないだろう、なぜならそれを犯した時、私はまだ子供だったのだから。それはあの時、不意に、よくわからない理由で、父が「狂人ヂョダ」に屈服して私の面前で面目を失墜させた時のことだ。その時、私は復讐を決意したのだ。

ここで、私の物語にヴィルマが現れ、加わることになる。彼女のことはよく憶えている。ヴィルマはもういない。もうずっと前から。

2

私の頭の中では時期がごちゃごちゃになっていて、幼少期のいつから、ヴィルマが男子連中にとって夢見ずにいられないような少女だったのか、はっきり思い出すことができない。そして幼少期のいつから、ヴィルマがこの喧嘩《けんか》っ早い連中だらけの町における争いの林檎《りんご》になることを運命づけられたのか、それもはっきり思い出すことができない。それでものろのろと考えるうち、どうにかして何層にも積み重なった歳月を、霧の覆いを引き裂くと、その向こう側には幼少期の世界が広がっていて、そして最後には、ヴィルマの姿が私の目の前に現れてくるのだ。ヴィルマのことを知ったのは子供の時だが、私は自分自身がもう一人前の男だったような気がしていた。なぜならこの町では、子供たちがすぐに男になってしまうのだから。

そんなヴィルマを隠す覆いの向こうが見られるようになると、そこでは彼女が鉄製の柵の後ろにいる。

彼女はいつもその柵の後ろに立っていて、そこから路上の通行人たちを眺めているのだった。そして現在、その柵は昔と同じ黒色のままだが、その後ろに通行人たちは、椅子に腰掛け、狂気故の不安気な目をした「狂人ヂョダ」の姿を見ることができる。彼はそこに番犬のようにじっとしている。彼の狂気は、娘のヴィルマがそこにいると思い込んでいるが故のものであり、彼は来たるべき外敵に備え、鉄の棒で待ち構えていた。この哀れな男は、ヴィルマがもはや手の届かない存在になっていることを認識できていなかった。ヴィルマに関して言えば、彼自身の恐怖の影でもって何かをどうにかできるような状況ではないことも、彼にはわかっていなかったのだ。ヴィルマを守るための方法はいろいろある。だが、誰かがヴィルマの髪の毛一本にでも触れようものならばとばかりに、家の周りに百頭もの番犬を配置し、路上では百頭もの犬を従えてヴィルマに付き添わせたとしても、あのファグ以上にヴィルマを守ることはなかっただろう。

申し訳ない。頭がどうにかなりそうだ。私はヴィルマのことを話したいのに、思い浮かぶのはファグのことばかり。ヴィルマの、深海のように青く澄んできらきらと輝く瞳を思い出したいのに、目の前に浮かぶのは、怒りをみなぎらせたままの黒い瞳の方なのだ。どうにか分厚い霧の覆いを切り裂いて、ヴィルマの知的で穏やかな顔を見ようとしても、割り込んでくるのはファグの、いつまで経っても憂鬱そうなあの顔なのだ。私の日々が終わる時まで、この二人の顔は交互に私の前に添え物のように現れてくるのだろう。一方の顔がやって来れば、もう一人の顔もそれに取って代わろうとやって来る。そして夢の中で、そんな二人の顔がオーバーラップし、奇怪な像となって私の前に現れる時、それは恐るべき夢魔の刻《とき》となる。ヴィルマファグか、いや、ファグヴィルマか。何もかもが滅茶苦茶で、無色のままだ。何もかもが崩壊し、表情も見えない。死による腐敗でさえも、これ以上に顔を崩すことはできないだろう。ごく稀《まれ》に、そうした像が立ち現れて眠りの中で私を苦しめる時には、もはやそれを自らから切り離すことはできないのだと気づかされる。私は汗まみれで、心臓が胸を破って飛び出しそうになって目が覚める。そして夢魔に抑えつけられたまま、バーで病んだ一日を過ごすのだ。一杯目のダブルを飲み干すと、何かが動き出す。コニャックは、一種の潤滑剤の役割を果たしているように思われる。それは血管を駆け巡り、脳内に浸みわたり、皮膚の下の錆びついた流れを滑らかにしてくれる。それで何かが動き出す。一杯目の後に、さらに続けて流し込む。するとやっとのことで緩慢な私の解放が始まる。だがそれもあっという間に終わる。変化は行き詰まる。ヴィルマの口元全体と、固く結んだ唇がほとんど出揃いかけた辺りで、ファグのぞろりとした歯並びが後からくっついて来る。鼻先と、それに目と顔の輪郭も少しだけ入れ替わっている。そうした経験から私は、二杯目を飲めばもう顔の半分ほどは置き変わってしまうことを知っている。正確に言えば、ファグの顔半分がヴィルマの顔半分を覆い尽くし、それぞれの残り半分がそのまま残るのだ。だから私は先を急ぐ。そんな光景にそれ以上耐えられないからだ。三杯目のダブルをあおると、二つの顔の重なりはほんの僅かなものになり、四杯目のダブルを飲んだ後には、二つの顔は切り離されて別々になっている。私はさらに五杯目を求める。それでファグのぼんやりした横顔は消え失せ、こうして私はようやくヴィルマと二人きりになれるのだ。

そこにヴィルマがいる、鉄柵の向こうに。あの白いドレスを着て、腰のところにベルトを巻いている。

ウェーヴのかかった長い髪は肩から下へと流れ、きらきらと輝いている。ブロンドの髪は陽の光を受けて、遠くから見るとまるで黄金の羊毛のようだ。そのドレスはきっとウェディングドレスの布地から裁断したものに違いない、私はそう感じていた。しかし、私がヂョダに復讐してやろうと頭の中で思い描いていた計画は、ヴィルマを奪って自分の花嫁にしてしまおうということではない。たしかにそんな格好の彼女はまるで花嫁のように見えたのだが。私はヴィルマを、犯罪の対象を追う一人の卑劣漢の目で見つめていた。それがどんな犯罪なのかは後で語ることにするとして、その前に一つの真実、すなわちこの町で私と同世代の男子、十二歳から十三歳のガキどもなら誰もが知っていたあの真実を、まず肯定しておきたいと思う。ヴィルマはファグに選ばれし女だった。彼女は、学校でも特に荒っぽい連中が加わっているファグの一味によって、抜かりなく見守られていた。それはヴィルマにもわかっていた。ヴィルマは私と同じ十二歳だったが、ファグは一歳上の十三歳だった。

周りの連中にとって自分はどういう立場にあるとヴィルマが考えていたのか、それは私にもわからない。そんなことは一度も考えたことがなかった。それは私が受け入れている一種の慣習であり、我々がもっとずっと小さい頃、ままごと遊びで、男子と女子が夫と妻として接する中で受け入れているのと同じようなものだ。ただ、私自身はと言えば、そういう遊びからは一歩退いていた。あの頃の私にとってそういう遊びは馬鹿げたものだった。女子の集団の中に交じって過ごすことなど沽券《こけん》に関わると思うような男子からすれば、恥ずかしいことだった。もしファグがそういう下らない遊びを女子とずっと続けていたいと思うのなら、それは彼の問題だ。私に言わせれば、それこそがファグの評判を地に落とすに足る証拠であって、あの喧嘩っ早い連中がどうしておとなしくファグを自分たちの大将として認めているのか、不思議でならなかった。要するに、その限りで、そのやり方で、ヴィルマが私の人生に入り込んでくることなどあり得なかったのだ。そう、あのヂョダに復讐してやろうなどという考えが私の頭の中に浮かびさえしなかったならば。

あれはことごとく偶然と必然の遊戯でしかなかった、私はしばしばそんなふうに考えようとした。だが不幸なことには、我が世代の誰もがそうであるように、私もまた宗教的な感覚を得ないまま成長してしまった。誰かから聞いたことだが、良き宗教とは慰めを与えるものであり、「かくのごとく記されている」という表現によって魂の平安を見出せるらしい。また良き宗教にあっては、運命は決定されていることが信じられているという。ならば、何ものをも信じないこの私は、何に慰めを得られるというのだろう？私は、この世の悪党どもがどこぞの地獄とやらで、業火《ごうか》に身を焼かれ罪を浄められるなどとは信じていないし、善人どもが天国で償いを受けられるとも信じていない。それでも、何かしらの審判は存在すると信じたいのだ。そんなことを私はぼんやりした理想としてそこに期待し続けてきた。さもなければ、自分自身の存在の果てしない無益さの中にあって、私が人生で頼れるような一本の糸もなくなってしまうだろうから。

ヂョダへの報復が容易でないことはすぐにわかった。最初はヂョダの家の窓ガラスを割ってやろうと思った。その家は中心部から離れたところにあり、高い鉄製の柵に囲まれていて、そこに草花がびっしりと絡みついていた。柵の前には狭い道路があって、そこからなら窓ガラスを粉々にしてやれそうだった。

だのに私がそれを断念したのは、そこは昼間の人通りが多かったため、人目につかずに実行することが不可能だったからだ。

夜は夜で、私は犬たちが怖くて外へ出られなかった。夜になると町はけだものの群れに席巻《せっけん》された。校長室の机に蛇を潜ませるという、別の案も断念した。蛇を確保するのが無理だったからではない。河原にいるジプシーたちに頼めば欲しいだけ見つけてきてくれただろう。そうではなく、校長室に忍び込むのが無理だし、そこの机の引き出しを開けるのはもっと無理だと判断したからだ。そんなことを三度もやろうと試みて中止に終わった。だからもっと、別の方法を見つけなければならないと考えた。そして私はそれを見つけ出した。

それが頭に浮かんだのは偶然だった。或る日、校舎の前にファグの一味が集まっていた。そこで見た光景は実にありふれたものだった。ファグが河原の一画に住み着いた少年の一人を殴っていて、ファグの手下どもはそれを遠巻きにして眺めているのだった。遠くでその光景を他の少年たちが黙って見つめている。全てが沈黙の中で行われていた。一言も発さずジプシーの少年はファグの殴打に耐えていた。そのうちファグは気が済んだのか殴るのをやめたが、最後に少年の尻に蹴りを一発喰らわしておくのを忘れなかった。誰かがそのジプシーを助けるだろうなどとは考えもしなかった。小柄でかさかさに痩せ細っていて、河原に住んでいる子供の中では珍しくきちんと学校に通っていた。シェリフという名で、五年A組だった。ちなみに私はC組だったが。彼について知っていることは他にもあって、すぐ後で述べるが、それが非常に重要なのだった。彼の父親もジプシーで背が低く、息子と同様に干からびていて、その年の折々の時期に野犬駆除に駆り出されていた。この父親の存在がなければ、危険な動物に町全体が駆除されていただろうと言われていた。その野犬狩りには、毒を盛って殺した牛の肝臓を切り刻んで使うのだが、これが実によく効く毒だったのだ。

ベルが鳴り、長い休憩時間が終わった。校舎の裏から人影が消えた。シェリフだけが校舎の隅に残っていた。どうして彼のもとに行って声をかける気になったのかわからない、慰めようと思ったか、それともファグの悪口でも言ってやろうとしたのだろう。結局ファグの悪口を言った。あいつは鼻持ちならない、冷酷な男だと。その時聞かされたことは今でも頭を離れない。ファグがシェリフを殴ったのは、前の日に教室でシェリフがヴィルマの気に障って、それをヴィルマがファグに言いつけたからだったという。

「けだものだ、けだものの娘だぜ、あの女は」

どいつもこいつもけだものだ。あのヴィルマの、殺し屋みたいな父親も、ヴィルマ本人も、そして、そんなはなたれ娘にひざまずき手先となり下がったあの連中もだ。私はシェリフを自分の共犯者に仕立てるのに、さほどの負い目を感じなかった。

このゲームには、典型的な偽善が伴った。

今「偽善」と言った。あの頃の私はこの語の意味を知らなかった。だがあの年齢の時から、偽善は私の血の中に注ぎ込まれたような気がする。もし誰かが私にその言葉がどういう意味なのか説明してくれていたら、きっと私はあんなふうにならなかっただろう。だが誰も説明してくれなかった。学校では一年生の時から道徳教育の授業を受けていた。偽善について、誰か教師が自分たちに話してくれたかどうか、私には思い出せない。憶えているのは別のことだ。教師たちは、ヂョダがいる時といない時とで態度が違った。教師たちはしばしば校長にへつらい、我々の目の前で校長に嘘をついた。それでも我々は何も感じなかった。あのヂョダについて我々は怖れもし、嫌ってもいたが、こうした点では、ヂョダも他の教師たちと変わらなかった。学校への視察が来る時、彼の態度が普段と違って丁寧で優しくなることにも私は気がついていた。彼は嘘をつき、視察担当者にへつらっていた。それは、他の教師たちが彼に嘘をつきへつらう様とまるでそっくりだった。それで何もかもうまく運ぶのだ。我々は、自分たちがこの世で一番幸福な子供たちだと信じて成長した。我々が教わった歌の中でそう言われていたからだ。

だがそれでも、私は、自分たちが本当にこの世で一番幸福な子供なのだろうかと疑うだけの理性は持ち合わせていた。他の連中はどうだか知らないが、私が家に帰るとしばしば両親の間に険悪な空気が流れている光景を目にして、そのたび震え上がったものだ。誤解のないように書いておくが、私の父は不品行の類とは無縁の人物だったし、アルコールもタバコも知らなかった。私が思うに、父は女たちのお気に召すような相手ではなかったのだろう。おまけに母が常に父を支配していた。父はエコノミストで簿記係長、一方の母は洋裁士だった。二人は私がいる時には争わないようにしていることを、私は知っていた。だがいつもうまくいくわけではなかった。喧嘩のきっかけの大半が些細なことだったから、私はびっくりしたものだ。同級生と私がそんな些細なことで争うことなどなかっただろう。ともあれ、暗雲が広がり、非難と反論の言葉がぶつかり合った。先に根負けするのは父の方だった。それに続いてフンと鼻を鳴らし、争う相手を失った母もまた鉾《ほこ》を収める。すると部屋中を押しつぶすような静寂の中に、父の「こん畜生め」というつぶやきが聞こえるのだ。それで私は理解したのだ、学校で習った歌のように、この世で一番幸福に生きている人など、いるはずもないのだということを。だが同時に、自分の父が言ったように、犬のように暮らしている人などいないのだということも。そう理解はしても、また別のことで心をかき乱され、再び謎めいたパズルに戻ってしまう。それは私の両親の役者じみた才能と関わっていた。表現するのが難しいが、これは本当だ。私の両親はまさに役者だった。

我々のアパートにフルスィウという男が住んでいた。もう死んでしまったが。背の低い男で、私の家へよくやって来ていた。とにかく途方もなく飲み食いする男で、その場から動かないままラキ［蒸留酒の一種］を一瓶空けてしまうほどだったのを憶えている。両親の話しぶりのせいもあって、私の中ではフルスィウといえば、来るなり両親に取り押さえられて窓から外に放り出されるという顛末《てんまつ》しか頭に浮かばなかった。父がそう話しているのを聞いたからだ。そんな楽しそうな場面を――私は信じていた。父が窓からフルスィウを放り投げたのだろう、その男の倍ほどもある体躯で、と――残念ながら私は一度も見ることがなかった。それどころか、父がフルスィウの首根っこをつかむのを待ち望んでいたのに、そのフルスィウがドアのところに姿を現すや、父も、そして母さえも口元に笑みを浮かべるのだ。そしてフルスィウはラキでぐでんぐでんになり、気が済んだ頃に帰っていった。そしてフルスィウが立ち去ったその瞬間、両親の顔から微笑みの仮面が脱ぎ捨てられた。父は両手をポケットに突っ込み、不機嫌そうに足早に部屋の中を歩きまわった。母は沈黙していた。要するにフルスィウは、そういう唾棄すべき人間だったのだ。そんな彼も、我が家族にとっては守護天使だった。彼の助けがなければ姉は師範学校に入れなかっただろうし、私とてその後、大学に入る機会を手に入れることはできなかっただろう。だがそういった事柄を当時の私は知らなかった。自分たちの一つ上の階に住む隣人であるフルスィウこそこの町のナンバーワンだということを、私は知らなかった。そして私は知らなかった、この守護天使を招くために両親が、未来永劫続く人頭税を支払っていたのだということを。それは自分たちの尊厳を貶《おとし》めることだった。他にも知らなかったことはいろいろあるが、それは後の人生で一つ一つ教えられることになる。あの当時、大いなるジレンマの中で私の頭の中に生まれたのは、シンプルにして居心地の良い解決策だった。ひとことで言えば、順応するのだ。誰もが役者なのだ、教師であれ、親であれ、誰もが仮面をつけたり外したりしていた。そして私もまた、大人たちと同じように自分用のマスクを用意しなければならなかったのだ。それは、私の頭の中のパズルに対する最終解答でもあった。自分たちがこの世で一番幸福な子供たちなのかそうでないのかというジレンマについては、独創的といえる解答を見出していた。我々はそうであるし、そうでないのだ、と。この町の犬どもと同じだ。私からすれば、あのけだものどもが幸せであるわけがない。入り込んだ先々で足蹴を喰らい、シェリフの親父が肝臓肉に毒を盛っているなど夢にも思わない。だがしかし家飼いの犬はといえば――普通は一戸建ての家を持つ連中が犬を飼っていた――それはまさしく愛玩犬であり、幸運な種族であったに違いない。ヴィルマもそうした愛玩犬を一匹飼っていた。白く縮れた毛並みの小犬だった。

ヴィルマはヂョダの瞳の輝きであり、小犬はヴィルマの瞳の輝きだった。私はヴィルマの小犬を毒殺することにした。

3

ヴィルマの白い小犬を毒殺したのは、復讐のためだ。あの行為にそれ以上の中身はない。子供ながらに私は、自分が他の子供たちと平等であると、或いは十二歳の子供が理解できる範囲での社会的平等があると思っていた。当時の自分には劣等感などなかったし、自分がけだものどもの部類、不運な種族には属していないことに、いささかの疑いも抱いていなかった。ヴィルマもまた愛玩犬という部類、幸運な種族に属しているとは思っていなかった。私とヴィルマが全く別々の種族に属しているということを私が知るのは、もっと後の話だ。それこそが私にとって二つ目の心の傷となるのだが、あの頃の私は、初めて殴られた上に父が自分の目の前で敗北したことで受けた心の傷に圧倒されていた。だからその償いをヴィルマの小犬にさせずにはいられなかったのだ。ヴィルマが昼も夜も泣きくれて、ヂョダが悲憤の余り我を忘れるほどに。

それは綺麗な小犬だった。どの愛玩犬もそうだが、この小犬も姿を現すや鉄柵の間から鼻先を突き出し、その前を人が通るたび誰かれ構わず大声で吠えるのだった。かく言う私にも吠えてきた。それは暖かな或る日の午後で、ヴィルマは階段のそばの小さな椅子に腰掛けて、読書に熱中していた。小犬が吠え出しても彼女は顔を上げなかった。だが私がその場を離れず、小犬が私に向かって猛り狂ったものだから、近所じゅうが昼寝から目を覚ました。だがそれは私の方でも織り込み済みだった。

『いやねえ、もう』

ヴィルマは顔を上げた。彼女の視線が私の視線とぶつかった。私も彼女から視線を外さなかった。海のように青い瞳だった。私と彼女は顔見知りだったが、言葉を交わしたことは一度もなかった。ずっと別々のクラスだったからだ。そして、これは実に本当のことだが、その時の私はヴィルマと口をきけるようになりたいとは特に思っていなかった。

最初ヴィルマは不満そうに顔をしかめ、そして『うるさい子ねえ、マクス、こっちに戻ってらっしゃい』というようなことを言った。だがマクスがそれでも言うことを聞かなかったので、彼女は立ち上がって本を椅子の上に置き、こちらへ駆け寄ってきた。私はまごついたふうでその場に立っていた。飼い主に抱きかかえられて、ようやくマクスはおとなしくなった。私は顔を赤くして軽く微笑んでみせると、『かわいい犬だね』と言った。

『そんなことないわよ。物音がするたびに興奮して、誰が通っても噛みつこうとするんだもの』

私は慌ててその場から走り去った。ヴィルマはマクスを抱いたまま鉄柵のところに立っていた。数年後、その場面の話になった時、ヴィルマもそのことを憶えていて、その時の私を不思議に思ったと話してくれた。

『何が不思議だったって、私を見ていた目つきよ。あの後、マクスを連れて椅子に戻って本を読むふりをしたけどね。本当は、あなたが戻って来て、またあの不思議な目つきで私のことを見るんじゃないかって思ってた。あんなふうに私のことを見る男子なんかいなかったし、どうしてあなたのことを待ってたのか、自分でもわからなかったけど。いつかあなたが柵の前を通るんじゃないかって気持ちはずっと消えなかった。あなたが町の大学に進んで、どこかの未亡人と恋仲になったって話が出て来た時もね。でもあなたは結局来なかった。私は待ってたのよ、あなたが私のマクスを殺していても。あの時は家族が死んだのと同じぐらい泣いたわ。それでも待ち続けた。もうあなたが現れることはないって、わかってたのに……』

急ぎ足でヴィルマのもとを走り去ったあの瞬間から、私もまた、二度とあの前を通ることはないだろうと確信していた。ヴィルマがマクスを抱きかかえたまま私に話しかけてきた時、私は感じたのだ、このままここに留まっていたら、復讐など決して実行できなくなると。どうしたらうまく説明できるかわからないが、ただ感じたのだ、もしこのままヴィルマのそばにいたら、もし彼女の声を聞いていたら、彼女の瞳を見ていたら、彼女が小犬の頭を撫でるのをずっと見つめていたら、私はマクスを毒殺することなどできないだろうと。そして、もしマクスを殺せなければ、ヴィルマが泣くこともないだろうと。そうだ、そしてヴィルマが泣かなければ、ヂョダが悲しみにくれることもなくなるのだと。

マクスは痛々しい最後を遂げた。この罪を犯すに先立って、シェリフが私に、犬が特に好きな食べ物は何だろうかと訊ねてきた。いろいろ面倒はあったものの、ヴィルマのところへよく行く男子――それはヴィルマの従兄弟だった――から、マクスの好物が羊の肝臓を茹《ゆ》でたものであることを聞き出した。羊の肝臓は私が手に入れた。それにシェリフが、父親の目を盗んで、野犬駆除用の肝臓肉の毒を混ぜた。我々がマクスを殺したのは、ヴィルマがマクスを連れ出した日の午後だった。彼女はよくそうしてマクスを町外れに広がる野原まで散歩させていた。シェリフは私に言った。

『ヴィルマが友達とお喋《しゃべ》りしている間なら、一服盛るぐらい造作もなかったぜ』

マクスはあっけなくくたばった。それから、何もかもがめちゃくちゃに荒れ狂い始めた。

次の日の夜、私の家にシェリフがやって来た。彼が私のところに来ることなど、それまで一度もなかった。階段の手すりにもたれて話している彼を見て、私は、何かが起きたに違いないと気づいた。それにもう一つ、不安なこともあった。その日シェリフは学校を休んでいたのだ。彼は不安そうな様子で、どこか誰にも見られず、誰にも聞かれない場所で話がしたいと言ってきた。私も否とは言えなかった。夜の闇にまぎれて、私とシェリフは町の中心部を抜け、誰の目にもとまらぬまま川べりの居住区までやって来ると、草むらの近くにしゃがみこんだ。するとシェリフがぶるっと身を震わせ、そして泣き始めたので、ようやく私も厄介なことが起きたのを知った。マクスが殺されたことが知れ渡るや、町には非常事態が発令されていたのだ。昼頃――シェリフの話によれば――彼の家に校長がやって来た。校長は警官を二人連れていて、父親に用事があるようだった。彼らは外で何か話していたが、やがて父親が血相を変えて家の中へ戻って来るや、シェリフの胸ぐらをつかんで言った。『もしこれがお前のしわざだったら、俺がこの手でお前を殺してやる！』

気の毒に、シェリフは恐怖の余り死んでしまいそうだった。彼は本当に父親に殺されると思った。がそれは、さらなる悪夢のような事態に比べれば大したことではなかった。なぜかその日学校に姿を見せなかったファグが、一味を引き連れ、河原にいるシェリフを見つけ出したのだ。疑いの目は全てシェリフに注がれていた。ファグたちはシェリフを殴り、本当のことを言わなければ殺してやると脅しつけた。シェリフは全て否認したが、全て否認したこと自体が彼を絶望的な状況へ追いやった。ファグどころか父親も彼のことを信じなかった。挙げ句、シェリフは私の手にキスをして――彼がひざまずき私の手にキスをした様は、今も私の脳裏に焼きついて離れない――自分を助けて欲しいと懇願してきたのだ。さもなければ川に身を投げるほか、彼に残された道はなかった。

私は決断にさほど時間をかけるつもりはなかった。シェリフは恐怖の余り死にそうだ。私が彼をこのゲームに巻き込んだのだから、私が何とかしなければならない。責任を引き受けるとはそういうことだ。そして私はそれを引き受けた。といっても、シェリフが自殺するかも知れないのを怖れたからではない。こういう状況なら本当に自殺するかも知れないと思ってはいたが。私は、自分がこの犯罪の主犯格であることを認めようと思ったのだ。自分なら地獄の責め苦にも耐えられる気がしたからだ。手に唾液まみれのキスをされるよりそっちがましだと思ったからではない。もし自分が責任を引き受けなければ、シェリフは毎日やって来て私の手にキスをしただろう、それこそ打たれた犬のように。

私はファグに自白した。そうすればニュースはすぐさま求める先まで伝わるが、自分を待ち受ける事態に心の準備をする時間は十分に得られるだろう。ファグは私を凝視していた。私の自白は彼にとって最も信じがたいものだった。ギョダに仕返しするために殺したのだと説明するに至って、ようやくファグは納得した。少し前からギョダが私を殴っていることは誰もが知っていたからだ。それで私の報復は、やり方はどうあれ正当なものであると見なされた。ファグは私に指一本触れることができなかった。もし何かしていれば、彼自身が厄介事に巻き込まれただろう。彼の一味の喧嘩っ早い連中の誰であれ、ヴィルマが絡んでいるからという理由でファグが私に手荒な真似をすることを許しはしなかっただろう。

これが事の顚末だ。当時ファグは私より背が高く、そして疑う余地なく、私より強かった。そのファグは腹を立てたものの、にやりと笑ってその場を立ち去った。そしてその日から私の生活は耐え難いものとなった。町では、誰もが私を犯罪者でもあるかのような目で見た。学校では、校舎前に並んだ生徒たちの前で、私の行為がこの町において前代未聞の悪行であると決めつけられた。素行面の評価は二点下がり、三日間の停学処分を受けた。だが予期していなかったのは、最初の鞭の一発を喰らわしてきたのがギョダではなかったことだ。彼は私を校長室へ呼びつけようともしなかった。最初の一発は自分の父からだった。それまで私を一度も殴ったことのない父がだ。父は賠償金を支払いに行った地元の警察署から戻って来るなり、私を殴りつけた。私が聞いたところでは、父はギョダへの償いとして三千レクか四千レクほどの額を支払ったという。そして今になってみると、父が私を殴ったのは私の行為のためだったのか、費やさざるを得なかった金のためだったのか、それとも警察に呼ばれてその中枢に入ったことへの恐怖感のためだったのか、私には判然としないのだ。何にせよあの時から、私の父はこういう術を身につけたのだが、父が私を殴ることを覚えたとするなら、私もまた殴られることを覚えたのだ。そして、人は鞭で殴られることに慣れてしまえば、もう何があっても目ではないのだ。

一九九一年三月

『見下げ果てた馬鹿野郎め』

そう思いながら、私はヂョダに背を向けた。ヂョダは鉄棒を握ったまま、墓地の入り口に立ち続けていた。

『お前につき合って、つまらない年月を過ごしてきたものだ』

そして私は思った、自分たちは互いを痛めつけ合っていたのだと。埃《ほこり》っぽい通りへ出る道すがら私は答えを見出そうと懸命になった。発狂したヂョダに対して、私自身が呪いそのものとなることが天啓によって予め定められていたのだろうか。それともヂョダの発狂こそが、私に安らぎの時などないことを常に思い起こさせるべく予め告げられていたのだろうか、と。

涙がこみ上げてきた。それはつまり、ヂョダの血走った視線に私がふらふらになっていたということだ。薄汚れた空は洗っていないシーツのようで、それが私に海へと去った者たちを思い出させた。すると不意に、小便の匂いを嗅いだような気がした。ドリアンの息子の小便の匂い？　いや、おそらく私の涙の匂いだろう。私は泣いていた。それはつまり、飲んだ酒が抜けてしまったということのようだ。どうやら私は、海へ去った者たちのために泣いているらしい。それから私は再びバーへと向かった。ところが運の悪いことに、コニャックは売り切れだった。こうなると軽食屋「リバーサイド」へ行くより他に道はない。ところが行ってみるとそこは閉まっていた。その日はずっと開いていなかった。どうやらセメント工場の元守衛のアルセン・ミャルティは贅肉《ぜいにく》がつき過ぎて、数少ない彼の同僚と同じく、日曜の休暇という贅沢を自らに許可したらしい。

あれだけコニャックを飲んだにもかかわらず、町はまるで死の眠りを貪《むさぼ》り続けているかのようだった。私はもう一度中心部へ戻り、こう叫びたい気持ちに駆られていた。

『親愛なる市民諸君よ、起きたまえ！　今日この時から諸君は自由な市民だ。どこを通っても、そしてどこへでも好きなところへ行ける。長らく待ち望んだ自由がやって来た。今や諸君は陸を、海を、空を渡り、逃げ去ることができる。もう誰も諸君のことを裏切者とは呼ばない。誰も諸君をならず者扱いなどしない、社会正義が勝利したのだ』

だが私は叫ばなかったし、中心部へも戻らなかった。泣きたい気にももうならなかった。それはつまり、飲まなくても再び酔っていたということだ。その時、「狂人ギョダ」が町の中を歩いて行くのを目撃した。私はその後を追った。ギョダは家まで辿り着くと、その中へと入って行った。真っ黒い玄関の口の中にその姿が呑み込まれて消えた。その瞬間、私は自分でも何が何やらわからなくなった。真っ黒い口の中から、白い毛玉が吠えながら飛び出して来るような気がした。私は息を呑み、両手で顔を覆った。マクスは私が三十年も前に殺したのだ。マクスのはずがない。すぐそばの松の木の幹に頭をもたせかけると、私は吐き気に襲われた。不意に、毒入りの肝臓の切れ端を呑み込んだような気がした。私は嘔吐した。それから頭を上げてみると、涙に濡れた睫毛《まつげ》越しの向こう、階段のそばの椅子に座っている「狂人ヂョダ」が見えた。手には鉄棒を握っている。

『失せろ、馬鹿野郎め』私は叫びたかった。

『悲劇のスフィンクスよ、お前は誰をかくまっている?』

4

その松の木がまだ三十年分若かった頃だ。私の身体も痩せていて、幹の陰に隠れることができた。ヴィルマは椅子に座って本を読んでいた。それを私は一時間以上も前から見つめていたが、ヴィルマは一度たりとも顔を上げなかった。マクスが柵のところまで駆けてきて吠えたてることはあり得ない。あれは私が殺したのだ。私は松の幹の後ろに隠れて立っていた。ヴィルマは私がここにいることを知っている、そう確信していたからだ。とうとう意識を失いそうになった頃、足元に何かが落ちたのに気づいた。手に取ってみると、小石が紙で包んであった。

『あんた自分がしたこと悪いと思ってる？　何か言いたいことでもあるの？　でもそんなの聞きたくない。もう五日間もここに来て、泥棒みたいにこそこそ木の後ろに隠れて。あんたが本当に悪いと思ってたって私はあんたを許さない。どうしてマクスにあんなことしたの？　ねえどうしてあんなことしたの？

そうよ、あんたなんか大嫌い！』

　私が顔を上げてみると、ヴィルマが座っていた椅子はもぬけのからになっていた。私が幼少期の日々の出来事から再現できるイメージはここまでだ。それ以外はどれもしまい込んでしまった。残っているのは誰もいない空っぽの椅子で、まるで私自身の人生もそんなふうに、空っぽのように思われるのだった。自分が犯した行為について、罪悪感はなかった。ヴィルマの走り書きを読んでも、私にはなぜヴィルマがそんなふうに思っているのか理解できなかった。松の木の後ろに隠れて、羊毛のような彼女のブロンドの髪を見ていたいという私の欲求と、罪の意識とは何の関係もなかった。しかし、ヴィルマが私に対して怒りをあらわにしたとなると、この場を立ち去り二度と戻らないという以外の道はなかった。羊毛のようなヴィルマのブロンドを見たい、松の木の後ろに行って、こっそり見ていたい、そんな欲望を潰された私の、その欲望の只中に劣等感が湧き上がり、私を苦痛に落とし込んだ。まさにそれを感じた瞬間に、私は幼少期の境界を飛び越えたのだ。そこにあったのは、人々が劣等感と呼ぶ感覚だった。

　そんな時期の或る日のことだ。その夜、町のナンバーワンのフルスィウはラキでぐでんぐでんになり、ふらついた足どりで悪態《あくたい》をつきながら、眠りにつくべく上の階に上がっていった。同じアパートの我が家にアルコールの臭いをまき散らし、それだけでなくテーブルの上をさんざん散らかして、私の両親の神経を逆撫でして帰ったのだ。今になって見れば、私の目の前で起きた出来事の何もかもが、悲喜劇と呼べるものだった。のみならず私には、両親の感情の動きを面白がるところがあった。ところがその晩ときたら狂気の沙汰《さた》だった。おそらく最初で最後だったろうが、父は、父本人にしかわからない理由の故に、フルスィウにつき合って酒のグラスを重ねていた。母が不機嫌そうにキッチンを出たり入ったりしていたのを憶えている。そのうち男二人はすっかりでき上がってしまった。フルスィウがのべつまくなしに喋《しゃべ》っている間、父は黙って聞いていた。いやおそらく父は何も聞いていなかった。フルスィウが立ち去り、母がドアを閉めると、父は手で卑猥なしぐさをしてみせた。私もこの町に住む男子だから、それの意味はかなり前から知っていた。ここで説明するまでもないだろう。そんなしぐさの後で、しゃっくりをしながら、父はキッチンへ入って行った。キッチンからは大体こんな内容の話が聞こえてきた。

「お前の兄弟があんなろくでなしじゃなかったら、他のろくでなし連中に俺の人生を引っかき回されずに済んだのに。それなのにお前の兄弟の、あのろくでなしの中のろくでなしのせいで、俺はさんざんな目に遭わされて、どうしたら抜け出せるのか見当もつかない。さんざんな目って、誰のことかわかるよな?」

するとと母が悲鳴を上げた。父をぐっと詰まらせるにはそれで十分だった。悲鳴を上げた母はキッチンから飛び出し、寝室に閉じこもった。父は雷に打たれた大木のように、その場に立ち尽くしていた。部屋の隅のソファに座ったまま、私はどうしたらいいかわからないでいた。どうやら両親の神経のたかぶりもそこまでの段階に至ってしまうと、私の存在などは一顧だにされず、歯止め役にもならないのだった。父は手を広げ、顔を覆った。それからテーブルのところまで行くと、椅子にどしんと腰掛けた。その時私は、自分ののどがからからに渇いているのを感じながら、父がしゃくりあげて泣いているのを目にしたのだ。父は大きな身体を折り曲げて、ぶるぶる震えていた。テーブル全体ががたがた震えて、私には壁全体も揺れているような気がした。その場から消えてしまいたいという気持ちと、父が顔を上げてこちらを見るのではないかという恐怖との狭間で、私は寄るべなくその場に座っていた。やっとのことで爪先立ち、涙をこらえながら、私はキッチンを抜け出した。そして両親に気づかれぬまま、自分の部屋に入って鍵をかけた。その途端に涙が溢れ出した。父の話したことについては、一言たりとも理解できなかった。母が口にしたのは悲鳴だけだった。だがそれでも、その夜の情景は、他の夜に見られる普段の両親の様子とはまるで違っていて、何か深刻なものがあった。だがそれ以上、父の言葉の意味を探ろうとはしないことに決めた。母の悲鳴の意味もだった。私にとって、両親の人生の秘部に深入りするのは正しいことではなかったからだ。私が憶えているのは、父のすすり泣きにショックを受け、部屋のドアにもたれたまま、自分が廊下の方から聞こえてくる父の声を聞いていたことだけだ。ずっと耳に残っている。父は母に許してくれと懇願していた。小声で、ささやきながら、父は、もうあんなことは二度としないから、酒を飲んで酔うのはこれが最初で最後だからと誓っていた。母は何も答えないらしく、しばし沈黙した後、父はまた最初から誓いの言葉を繰り返し始めた。その時に私が感じた気持ちは、同情とも嫌悪ともつかない、何とも言葉で言い表せないものだった。母は部屋のドアを開けようとせず、父はその夜をキッチンで過ごした。キッチンの方からいびきが聞こえてきた。父のいびきを聞きながら、私は、もう母が起きたままでいる理由もないのだからと、自分で自分に言い聞かせていた。

私が眠りについたのは明け方近くになってからだった。目を覚ますと、太陽の光が部屋中を満たしていた。ということはつまり、今日は学校に行くのは休みで、両親は私を寝させておいてくれたということだ。まだ昨晩の情景が頭に覆いかぶさっていた。驚くべきは、両親も仕事に行くのを休みにしていたことだ。私がキッチンに行ってみると、二人は向かい合ってコーヒーを飲んでいた。前の晩に二人の間には何も起らなかったような顔で、互いに押し黙ったままコーヒーをすすっているのを見た時、私の中で抑え込んでいた何かしら猛々しいものが、頭をもたげてくるのを感じた。当たり障りのない二人の態度が、まるで檻《おり》の中に閉じ込められた野獣を刺激し挑発するかのように、私を苛《いら》つかせた。二人が私にそんな態度をとればとるほど、私の憤怒は増していくのだった。私は大声を上げ、何かを壊し、汚い罵《のの》り言葉を口にし、唾を吐きかけ、嘲笑し、舌を出してやりたい思いに駆られていた。要するに、ありとあらゆる禁断の行為が秘められた武器庫の扉を開けてしまいたかったのだ。だが二人は鈍感過ぎて何も気づかないふりをしていた。私にしても、二人に嫌な思いをさせるようなことは、何となく口にできなかった。私が訊ねたことは、ただ一つだった。私は、例の母の兄弟というのがどんな人なのか知りたいとだけ訊ねた。その時まで私は自分の母に兄弟がいるとは知らなかったし、自分に叔父にあたる人がいるとも知らなかったのだ。

母の手からカップが落ちた。父の顔から血の気が引いた。かくして、この時ついに、あのみずみずしい年頃にあって私は自分が、最低の人間とされる部類、当時はけだものと同類だと思っていた唾棄すべき人種、行く先々で足蹴にされるような部類の者達と同族であることを知らされたのだ。父は今にも死にそうな青ざめた顔で、長々と話すことなく、私に叔父がいることを語ってくれた。

「お前が生まれる数か月前の話だ。お前の叔父さんは国境で兵役に就いていたが、他の兵士二人と一緒に国境を越えたんだ。これは逃亡であり、敵対行為であり、我が一家にとっての恥だ。私たち全員にとって、そうだ、お前にとっても、あいつはもう存在しない。そしてお前も、あいつを憎まなければならない！」

こうして父は、私がその時まで存在すら知らなかった人間を憎めと要求して話を終えた。もっともその点、つまり私がその人間（それは母の兄弟であり、私の叔父にあたるのだが）を憎むべきだということについて、父が私に強く要求する必要はなかった。我々の幼少期の印象の中で、脱走者は怪物のような存在だった。私の知っている町の男子の一人も、兄弟が国を脱走していた。リクというその少年を、男子連中は避けて通り、誰も一緒にいようとはしなかった。まるで悪しき疫病を避けて、伝染《うつ》らないために気をつけているようだった。私も他の連中と同様、リクのことを避けていた。リクの家は煉瓦葺きの平屋建てで、町外れの、通りから離れた平原の中にポツンと建っていた。その建物には恐ろしげな怪談がつきまとっていて、誰もそこに立ち入らず、誰もそこについてよく知らなかった。そしてそういう理由もあってか、我々にはそこが死者たちの家のように思われていた。だから私の父が見知らぬ人間を憎めとしつこく言う必要などなかった。「脱走者」と言えばそれで十分だったのだ。

だがこうした暴露が私に対してどのような効果を与えたかについて、両親が理解できていたとは言い難い。ただ一つ確かなのは、その時点で私の頭の中はヴィルマのことでいっぱいだったということだ。私の青ざめた表情とヴィルマの態度との間に両親がつながりを見出すのは、不可能なことだった。その時の私は、自分が松の木の陰に隠れてヴィルマのきらきらした髪をこっそり眺めに行くことはもうできないのだと、そのことばかり考えていた。私には国を去った叔父がいて、そしてそのために、私はヴィルマの好意を受けるに値しないのだと自らを決めつけたのだ。だがそれは、私の両親にとって思いもよらないことだった。むしろ父が私に注意深く下したのは、ただ一つの断固たる命令だった。叔父のことはどんな場所でも、誰にも、決して、一言たりとも話してはならない、と。それを父は、私の目をじっと見つめながら告げたのだ。まるで催眠術でもかけようとするような視線で父が私を見つめている間、私が思い浮かべていたのは、孤独の中に沈む、あのリクの家だった。すると目の前にリクその人が立ち現れた。彼は絶えず怯えていて、影のようにそっと動くのだった。単に宗教的な意味で、両親が私に対して何らかの罪を犯したのだとすれば、あの日こそがまさにそれに当てはまる。しかも二重の意味でだ。両親は私に対して、私の会ったこともない、しかし私の叔父にあたる人物を憎悪せよと言った。両親は私に対して、ひそかに、誰にも知られることなく憎悪せよと言った。かくして、文字通りの宗教的な意味からすれば、私もまた罪の路へと引きずり込まれた。その数日前に私はマクスの命を奪っていたが、この子供時代の犯罪で私が罪の意識に苛《さいな》まれることはなかった。どんな結果になろうとも、それを受け入れるつもりでいた。こうした点から見れば、マクス殺しは罪と呼べるものではなかったと言えるし、その日まで他のいかなる罪も犯したことがないとなると、それは私にとって最初の罪ですらなかった。私が自分で罪を犯したと言えるのは、父が私に対して見知らぬ人間を憎悪しろと言ったあの瞬間からだったのだ。何であれ、亡霊を憎悪することなど私にできるわけがない。それが公然とであれ、内密にであれ同じことだ。私は自分の魂が崩壊する過程、或いは永遠に続く罪業の路に身を投じて、その時から自分自身の内に煮えたぎる、恐ろしく、危険な秘密を抱え込むことになったのだ。そしてはっきりしていたのは、そんな秘密を両親もまたひそかに隠し持っていたということだ。叔父の不名誉な、履歴書に汚点を残すような逃亡のすぐ後に、両親は市内に引っ越した。癌細胞の染みを遠ざけたいという望みをかけて。そしてどうやったかはともかく、両親はそれをやり遂げた。

その日から、私にとって世界は白と黒の二色に分けられることになった。そこには白（ヴィルマ）と黒（私）、二つの区分しかない。その日から私は白の世界を夢想することで生きてきたが、自分が黒の世界に属していることは重々わかっていた。かくして、永遠に続く運命に組み込まれた、私の二重の人生が始まった。

袋小路を脱したい私の内で嵩《かさ》を増していく夢想は、逃走への欲求だった。ただし物理的に逃げ出すという意味ではない。それは既に経験済みで、どんな目に遭うかもわかっていた。私は自分へ、孤独の地平へと逃走したのだ。これほど陰鬱な逃走先はない。だがこれほど安全な場所もない。それから私の人生は、埃にまみれたこの町の凡庸さ、眠気をもよおすような単調さの中で翻弄されていった。その単調さは、時に学校でギョダの鞭によって、時に家で父の鞭によって、また時にその両方によって破られた。しかしその鞭にも終わりが訪れた。その終わりがいつだったのかは憶えていない。最初に殴られた時は、それこそギョダのであれ父のであれ、よく思い出せるのだが、二人それぞれに最後に殴られた時がいつだったかとなると、はっきり言うことができないのだ。それも無理はない、最初の物理的打撃と違って、最後の打撃に重要性があったはずはなく、私にとっては跡形も残らなかったのだ。なぜなら日常生活の一部になっていたのだから。そうして気づかぬまま隠されたのだから。ただ一つ確実に言えることがある。その時期は、私の人生からヴィルマが半ば姿を消し、そしてファグも、ギョダも、両親も、この町の全てが姿を消した時代の始まりと刻を同じくしているということだ。その時代は、あの最後の一発が隠されたのと同様、傷痕ひとつ残さず私の記憶から隠されてきた。理由は想像がつくだろうが、私はこの町の中等学校に進学しなかった。履歴に仕込まれた時限式の地雷が見つかれば、私の未来も吹き飛んでしまう、その可能性を減らすためだ。町を離れ、私を知る連中からも離れ、私のことを邪魔者と見なしかねない連中からも離れるためだ。こうした原則が適用されたのはまず姉で、次に私にも適用された。我らの永遠の庇護者にして守護天使、フルスィウの手助けあってのことだ。そしてこの時点で、この謎めいた人物もまた、私の人生に立ち入ることなく姿を消した。彼と両親とのつながりはさらに謎めいたものだったが、それは私にとって全くどうでもいいことだ。フルスィウのおかげで私はティラナの中等学校への入学を認められた。私に大学の工業化学科で学ぶ権利を用意してくれたのも彼だった。その彼が突然死んだのは、私が大学で学び始めてから三か月後のことだった。葬儀には出なかったが、彼の魂が天国へ行けるようにと祈ったし、行けただろうと思っている。そしてここからラディが、私の人生に登場するのだ。

5

ここで休憩しよう、一息つきたくなった。肺を空気で満たし、忘却の眠りに深く沈みたい。だが無理だ。ラディについて話さないままではいられない。彼のことで感じる痛みは、ヴィルマのことで感じる痛みと同じくらい激しいものだ。

彼の名はヴラディミルで、他の連中同様、私も彼のことを、あらゆるヴラディミルたちの共通した略称でラディと読んでいた。彼はその名前が流行っていた子供たちの世代に属していて、どの学校でも、どの地区でも一ダースほどのヴラディミルを見ることができた。といって彼らが正教会の聖ウラジーミルの日に生まれたわけでも、洗礼を受けていたわけでもない。それは聖人の名ではあったが、この聖人が属していたのは宗教における正教会《オーソドクス》でなく、別の種類の正統派《オーソドクス》だった。ラディは物静かな男で、背がすらりと高く、ジーンズのズボンを履いていた。それは、私の話の中の時代、つまり七十年代の初めにはめったに出回らないものだった。冬は首の周りに大きなスカーフを巻いていたが、これは彼が扁桃腺《へんとうせん》を痛めやすいからだった。不思議なことだが、頻繁に炎症を起こしていたにもかかわらず、彼は幼い頃にも、それ以降にも扁桃腺の手術を受けていなかった。

大学の授業が始まって最初の数日で私が目にしたのは、教授陣が彼に対して示す、特段に丁重な対応ぶりだった。その点で際立《きわだ》っていたのが学部長だった。背が低く、精悍《せいかん》で、髪の毛の薄い男で、私は彼のことをギョフと呼んでいた。ギョダとフルスィウのそれぞれ頭の部分を取ってつけた名だった。それというのも、ギョフがギョダの身体的特徴の部分と、フルスィウのしぐさの部分を併せ持っていたからだ。ここから先は、もうこの男のことを本名ではなく、単にギョフと呼びならわすことにしよう。決して彼の知的能力を過小評価するつもりはないが、ラディの存在が、この男が何者だったかを忘れさせるに十分なものであり、要するにおべっか使いの一言で済むような人間だったということだ。ラディの父親は、党の高級幹部だった。それで他のことも説明がつくのだが、ラディが一人でいるのを目にするのは難しく、彼はいつも男女の輪の中にいた。私はと言えば、お察しの通り、何としてもそういうところには近づくまいと苦心するだけの事情にこと欠かなかった。つき合いが生まれる可能性をも避け、人目につかない人間の部類であり続けることを念頭に置いてきたのだ。そんな、中等学校で過ごした年月の間に作り上げた仮面を着け、自己抑制という能力の達人としての自信を携えて、私は大学時代へと入っていった。自分に注目して欲しい、そんな欲求が人間の中で最も強いものとなるこの年頃に、こんな仮面を着けるのは果てしない苦痛だった。ところが、自分が選んだこの立ち位置が、他人を眺めその振る舞いを観察することにかけては、むしろ好都合なものとなった。そのことに自分が少なからず満足感を得ていたことは認めざるを得ない。その中でも、ギョフの振る舞いを観察することで私が得ていた満足感は、他のどんなものにも代えがたいものだった。それはまたと得られない満足感だった。私がそのことを実感したのは、実のところ、自分とラディが親しくなってからなのだが、その話題は後回しにしておこう。ここでは、ラディに何やかやとつきまとい、それで彼が喜んでいると信じて疑わない他の連中——ラディにとっては、喜びを感じるのに足りないものなど何一つ無かったのだが——とは違って、私は、このラディという人物が自分と同じような、ただし違った意味での仮面をかぶっていて、その仮面の背後に、役者でもなければ為し得ないほどの頑強さでもって、瞳の中の悲しみを必死に覆い隠そうとしている、という印象を受けたとだけ言っておこう。そういう点で、私から見ればラディは下手くそな役者だった。そして私は間違っていなかったのだ。それでも、理由は想像がつくだろうが、私は自ら努めて彼に近寄ろうとはしなかった。向こうの側からすれば、その年の最初の学年の、八十人もいる学生たちの中で、男子であれ女子であれ、多種多彩な仲間たちにこれでもかというほど取り巻かれたラディが、私の存在に気づくはずもないだろうと思っていた。だがその点において、私は間違っていたのだ。

偶然の巡り会わせで、私は彼と一緒のテーブルに座る羽目になった。それは十一月のと或る雨の日の午後、文化宮殿の中にあるカフェの、奥の方のホールでのことだった。今ではそこもみすぼらしいホールと化していて、いつもくたびれた顔をしたウェイターたちと人気《ひとけ》のない座席の他、目に入るのはタバコをふかす若者たちの姿ぐらいだ。彼らの前にあるのは代用コーヒーか、運が良ければ、あのむかつくようなコニャック「イリュリア」のグラスといったところだ。だがそこも昔は選りすぐりのホールで、サービスぶりにかけては首都の中でも他にまず類を見ないものだった。そこには或る種のエリートとでも言うべき上流階級気取りの若者たち、多くは党幹部の子弟たちが集まっていた。私はそれまでその店に行ったことがなかった。私の財布では、そこの値段に持ちこたえられなかったからだ。その日は何となく入ってみただけで、雨がやむまでの時間つぶしに、文化宮殿の中がどんなふうになっているか、上から下まで見てやろうと思ったに過ぎない。ラディはホールの真ん中のテーブルにいたが、彼が手を上げた時、私はその合図が自分に向けられたものだということに気づかなかった。ラディは十六歳ぐらいの女子と一緒で――後でわかったのだが、それは彼の妹だった――もう一人女性がいたが、ぱっと見ただけでは何歳なのか私には判断がつかなかった。ラディは私のことをこう紹介した。

「クラスメイトのセサル・ルーミさ、変わった名前だろ。無口なところが本当に宝箱《セサル》を抱えているみたいだし、川《ルーミ》の流れにも動じないって感じがするな」

明らかにラディは酔っていた。私に対する突然の馴れ馴れしさも、それで説明がついた。その時は、彼と一緒にいようとしたこともなければ何かしら言葉を交わしたこともなかったのに彼が私の名前を知っていたことも、それほど私の印象に残らなかった。彼は私が無口な性格だとも言っていたが、そのことも私は気にならなかった。誰か他の人物と間違えられて、未知の環境に巻き込まれ、分不相応な敬意を以て迎えられた人間にありがちな状況で、私は気まずい思いをした。それどころか、そこに同席している連中のぎこちなさからは、敬意の言葉など出て来るはずもないことが見てとれた。十六歳の方、つまりラディの妹であるその少女はと言えば、こちらにろくな挨拶も寄こさず、私がそのテーブルにいる間じゅう、いや正確に言えばラディが酔っ払い特有のしつこさで私にここにいろと言い続けていたその間じゅう、まるで自分の兄がそうなった責任はこの私にあるとでも言わんばかりに、私がそこにいることによって生じた不機嫌さを隠そうともしなかった。恐らく彼女は、こういう社会階層に属する女子特有の高慢さで、自分たちのテーブルに同席する価値などこの男には無いと、そう思っていたのだろう。彼女については延々話すのも無意味なことだ、私の話の中で彼女は大した役回りではないのだから。だがもう一人の女性はそうではない。こちらの彼女についてもう少し話すことにしよう。

さっきも言ったが、初めて彼女を見た時、私は彼女の年齢の判断がつかなかった。誰かが賭けをもちかけてきて、彼女が私より十歳以上は年上だと言っても、その賭けに負けるのは私の方だったろう。悪い意味でそういう類の賭けに乗ることをためらわなかったであろう私なればこそ、やはり負けていただろうと思う。彼女は本当に私より十歳以上も年上で、子供も一人いて、一年ほど前から未亡人になっていた。彼女の夫だった人物は建築家で、ティラナに向かう途中の道路で交通事故に遭い、命を落としていた。ドゥラスからバイクで、仕事仲間の建築家と戻って来る途中のことで、二人とも即死だった。

私がそのことを知ったのは後になってからで、その時からソニャ——彼女はそういう名だった——は私の存在を貪りつくすことになる。そしてこのソニャとラディの二人が、私の人生の空疎な天空に、新たな痛みの星々を煌《きら》めかせたのだ。ソニャは私の記憶の中に、出会ったその時のままで居座っている。青白い顔に、石炭のように黒い瞳、燃えるような唇はいつもかすかに開いていて、そこから綺麗に並んだ歯が見えた。切り揃えられた重く密な黒髪が肩までかかっていて、彼女が首をかしげるたび、顔の半分を覆い隠していたが、そこには、他の者たちを支配するほどの魔力をもたらす、抗いようもない魅力を自覚した女の揺るぎない自信があった。まさに息を呑むほどの美人だった。私が彼女の年齢をはっきりと推し量ることができなかった理由は、恐らくそこにあった。だから十六歳の方が首を突っ込み、さらには侮辱してくるのをぐっとこらえながら、私は最後までそこに留まり続けた。ソニャという名の女を目の前にして、できるだけ長く見ていられればそれで十分だったのだ。

ソニャとは、それから三か月後に再び会うことができた。正直に言うが、その時まで私は彼女のことを忘れていた。理由は単純だ。彼女は別の惑星に住んでいて、手の届かない存在だったのだから。匂いたつほどの女らしさに気圧《けお》されて、私は一晩をまんじりともせず過ごし、どんよりした気分で朝を迎えた。こうしたどんよりした気分には憶えがあった。その前の年の夏に、私はそれを味わっていたのだから。それは私にとって初めての女性との経験だった。ジプシーの女だった。あの町の多くの男子がそうであるように、私もジプシーの女から最初の手ほどきを受けたのだ。彼女は名をエルメリンダと言った。略してリンダと呼ばれていた。十七歳で、セメント工場の製粉機で、三交代制で働いていた。私は満十八歳になったばかりで、つまり一歳だけ上だった。卒業試験が終わった後の夏の間に、工場から彼女の家に向かう路上の薄暗がりの中、私たちはキスを交わした。彼女の家はシェリフの近所だった。私はキスの仕方さえも知らなかったので、彼女は最初から私に教えてくれた。彼女が軽蔑を込めて「ガヂョ」［ロマ（ジプシー）による「非ロマ」の呼称］と蔑《さげす》んで呼ぶ男子たちはキスの仕方も知らず、愛の営みにかけてはジプシーの男子らに比べるべくもなかった。心底プライドを傷つけられた私が、だったらどうして自分とつき合うのかと問うと、彼女はいかにもジプシーらしい言い回しで答えた。あんたの鼻が気に入ったからつき合うのよ、と。そうして彼女は私の鼻っ面を摑むと、キスの何たるかを教えてくれた。それから数日してリンダは、私にもう一つ別のこと、つまり愛の何たるかを教えてもいい頃だと判断した。私は両親に、友人の家に泊まるからと言い、彼女は遅番を終えて外へ出た。私とリンダはその晩を屋外で過ごした。満天の星空だった。そして夜が明ける頃には、私は死にそうな気分になっていた。リンダは私をその場に、生い茂る草むらの中に放り棄てたまま、最後に私の胸に嚙み跡だけを残して立ち去った。数えてみたら六つもあった。それほどに幾度も、彼女は一睡もせず愛の営みを求めてきたのだ。立ち去り際に彼女はこうささやいた。

「あんたセックスはまるで役立たずよ」

その途端、私は眠りに落ちた。

その時と同じようなうんざりした気分を、私はソニャの視線に抑えつけられ犯されるように過ごした眠れぬ夜の後に感じたのだ。彼女は視線で、想像の中で私に嚙みついてきたが、それはリンダに六回嚙まれた時よりも私をどんよりした気分にさせたように思えた。雨がしとしとといつまでもどこまでも、前日の午後からまるで弱まる気配を見せることなく降り続いていた。町じゅうの通りが雨に沈んで、川の流れる音が私の耳まで届いていた。雨模様の空を眺めて、私は思った。もし今日が終末の日として記されるなら、ノアの方舟に乗せられた、永遠の生命を約束された生存者たちの中に、きっとソニャがいるに違いないと。大学の重い扉の前の階段のところで傘を手に待っていたラディも同じ考えかどうか、私にはわからない。彼がそこにいたことと、私がそこへ来たことには何の関係も無い。そんな関係があると思えるような、いかなる理由も私には見い出せなかった。ところが彼が待っていたのは、この私だったのだ。私を見るなり彼はそう言った。まるでずっと前から知り合いであるかのように、彼は気さくな口調で私にそう言ったのだ。彼は青白い顔をしていた。首にスカーフを巻いている姿は、親の命じることにいちいち従っている子供のように見えた。遅くなって済まない、とラディは私に詫びた。だが彼が私に許しを請うようなことなど、私と彼の間には何ひとつ起きていなかった。私がそう言うと、ラディは微笑んだ。それは、まるで永遠に続くような悲しみを込めた笑顔だった。それからラディは私の肩に手を置くと、今日は授業をサボってどこかへ行かないかと誘ってきた。もし自分たちがノアの方舟に乗り込んだら、そこでソニャを見つけることになるのだろうな、と私は思った。だが私たちが向かったのはノアの方舟ではなかった。行先は、その前の晩にも行ったバーだった。ソニャは、当然のことだが、そこにはいなかった。

こうして私はラディと知り合いになった。いや正確には、こうしてラディは私と知り合いになった、と言うべきだろう。この点で主導権を握っていたのはラディの方で、私ではない。選択の権利を持っていたのも彼の方で、私ではない。私にあったのはただ、彼の友情に応えるか、応えないかという権利だけだった。そして私はそれに応えた。誤解の余地なきよう説明しておく必要があるだろうが、彼が私に対して示した友情に私が応えたことには何のおもわくも無かった。彼の家の社会的地位から何かを得ようというような、いかなる動機も私の考えには無かった。それどころか、我々が共に過ごした長い期間の中で、私を苛んでいたのは罪悪感だった。私はラディに対して、自分の本当の姿を明るみには出さなかったのだ。私は彼に対して秘密を抱えていた。たぶん、その秘密が明るみに出てしまったら、我々の友情は終わっていただろう。さらにいかなる誤解の余地もないように言っておくと、私は自分を聖人のように見せるつもりなどなかった。私は自分の秘密をラディには明かさないつもりだった。だがそれは、彼の友情を失うのが怖かったからではない。それも起こり得たことではあるが、私は自分自身のアイデンティティを失うのが怖かったのだ。私はたちまち崩れ落ちてしまっただろう。それに、単なる倫理的な問題で自分を犠牲にしようとするほど私はナイーヴではなかった。少なくとも私にはそう思えた。私は、他の誰かに暴露されない限り、自分の秘密は墓場まで持っていくと心に決めていた。私は間違っていた。ここで確かなのは、私は自分自身のことがわかっていなかったということだ。だが一体自分自身のことがわかる者などいるだろうか？　間もなく訪れた機会に、いともあっさりと私は自分の秘密を、すなわち履歴に隠された地雷をラディに話してしまったのだ。そしてソニャにも。

6

年が明け、一月の終わりに雪が降った。学生たちは狂喜し、理学部と産科医院の間の道路は戦場と化した。講義の開始は一時間も遅れた。女子学生の大半が、喧噪《けんそう》の場と化した「スカンデルベイ」広場を通行できなかったからだ。その日、私はラディから今日が彼の誕生日だと告げられた。大学の校舎の最上階、大講義室の窓の高みから女子学生たちの殺戮《さつりく》を目で追っていたその時に、ラディは今日が誕生日だと言い、今晩自宅に来て欲しいと付け加えた。私は戸惑った。彼が私を自宅に招いてくれたのはその時が初めてだった。

ラディの顔はひどく青白かった。青白い顔のままで誕生日に招待すると言うその声はごくごくありふれたもので、それがひどく場違いなものに聞こえた。私は彼に『ありがとう』の言葉ひとつさえ返せない有り様だった。だがそれは、彼の招待が場違いなものに聞こえたからではなかった。また彼の顔がひどく青白かったからでもなかった。幸いにもその時、始業ベルの音が各階に鳴り渡った。どうやら大学当局は判断を下したらしい。講義はなお半数の学生が来ないまま、始まることになった。私とラディはその時いた場所から離れてドアの近くに陣取った。割れた窓ガラスから風が吹き込んできて、ラディはスカーフをしっかりと巻きつけた。私は両手で頭を抱えていた。そうして講義の間じゅうずっとそのままの姿勢で、何ひとつ聞かないでいた。ところがラディの方はと言えば、まるでその日の講義がことのほか面白いものであるような態度で耳を傾けていた。外に出てから、私はラディに真実を暴露した。一切とりつくろうことなく、アリバイめいた弁解もしなかった。町の中心へ向かって――歩道を歩いていたら、建物のベランダから飛んでくる雪玉を喰らいそうだったので――大通りの真ん中を歩きながら、私はラディに自分の経歴の秘められた部分、逃亡した叔父の話を語って聞かせた。簡潔に、明瞭に、まるでラディが私を自宅へ誘った時のようにありふれた口調で、たまたま経験した出来事を語るようにそれを語った。そして沈黙した。ラディも黙っていた。実際のところ、二人の間に訪れた沈黙は理にかなったものであったように思う。そのまま二人は無言で中心部まで歩き続けた。そうなることも私は、両手で頭を抱えたまま講義を聴いていた時点から予期していた。そのまま中心部まで歩いてそこで二人は別れることになっていた。それぞれの道へと。二人の進む道は疑う余地なく別々のものだった。ラディが青く澄んだ瞳を私に向けた。その時、今までずっと、二人が出会った時からずっと私を苦しめてきた謎が解けたのだ。

『こんな目を俺はどこかで見ていなかったか？』

それはヴィルマの目だった。私の中に深く封じ込められていた、あの彼女の目だった。

「君が僕のうちに来るのは初めてだから」ラディが口を開いた。

「守衛は君のことを知らないだろうな。七時に、『ダイティ』ホテルの前の橋のところまで迎えに行くからね。時間通りに来てくれよ、あんまり家を長く空けるわけにいかないんだ……」

そう言ってラディは私としっかり握手すると、すぐさま歩き去った。私は、積もった雪が黒く汚れた道路の真ん中に立ったままでいたが、ラディの姿は人形劇場の裏手に消えてしまった。

「ダイティ」ホテルの前の橋のところで、私は約束の時間より十分も早く待っていた。ラディの親切さをどう判断したらいいのか、私にはわからなかった。それまでの人生の中で、こんなふうに急いで待ち合わせにやって来たことはめったになかったし、用心深く神経質になる余り、服を着替えながらも、自分の喜びの中に何かしら疑わしいものがありはしないかと探っているのだった。それは本当のことだ。それまで自分が乗り越えられるとは思ってもみなかった境界線があって、それをひょっとしたら乗り越えられるのではないかという可能性が生まれたと思うや、たちまち胸が締めつけられるのを感じるのだ。私の印象からすれば、そんな境界線の向こう側に隠されているのは全く別の世界だった。それはラディの世界であり、私が生きる世界とは全く別のものだった。私には自分が、幻想的な環境に放り込まれたマーティン・イーデンであるように思われたのだが、違うのは、その世界にいるのがルースではなく、厄介で性悪な十六歳の小娘だとわかっていたことだ［マーティン・イーデンとルースはジャック・ロンドンの小説『マーティン・イーデン』の登場人物］。ソニャについては、三か月前にラディから、叔父の娘だと紹介してもらっていた。橋のたもとでラディを待ちながら私は、自分がまた彼女に会えるだろうとは思いもしなかった。思い出すのはただ、あの雨の日の午後、ラディやその妹と一緒に、あの霧に包まれたような創造物に出会った時のことばかりだった。私はその晩を眠れぬまま過ごし、そして彼女の記憶は薄れて霧のようになり、やがてその霧も溶けてしまい、手でつかむこともできないのだ。

ラディは七時きっかりにやって来た。人もまばらな大通りの、雪の残ったその上を、車が数台、まばらに走り抜けていく。午前中と同様、ラディの顔はひどく青白かった。ただその顔の青白さが際立っているのは、ネオンの冷たい光が煌いているせいもあっただろう。彼はつとめてユーモラスに振る舞っていた。「今夜はね」ラディは語った。「何だかいい感じになりそうな気がするんだ、一番の記念日になるといいな。客たちとは君も知り合いになれると思うよ。一つだけ忠告しておくけどね、お喋りは少なめにして、しっかり話を聞くことだよ。そうすれば楽しく過ごせること間違いなしさ。客たちはみんなごきげんな気分でお祝いに来てくれるんだから、僕も同じように過ごしたいのさ。君もとにかく楽しくやればいい。さっき僕に話したような馬鹿げた話だが、あれは持ち出さないことだね」

立ち入り禁止の標識を通り過ぎると、そこには軍用コートの下に自動拳銃を構えた衛兵がまず二人。その先の区画には、歩道に住居、庭園に松の木、ミモザにセイヨウイボタの生垣、それら、アスファルトで舗装された道路を除いた何もかもが、分厚い雪の層に覆われていた。そこは何ぴとの手もつけられていない場所だった。隅の方に、子供向けの雑誌に出て来るような雪だるまが、凍って固まっている。まるで何もかもが静かな眠りに沈んでいて、おとぎ話のような休息の中に閉じ込められているかのようだった。カタログに載っているような建築様式の家々の前を通り過ぎて、一本の道を入ると、そこは二階建ての大きな邸宅で行き止まりになっていた。雪の輝きが窓ガラスに反射し煌いて、その邸宅は何か非現実的な印象を与えた。ラディはそこに住んでいた。歩道脇に黒の「ベンツ」が停まっていて、その「ベンツ」のかたわらに平服の人物が立っていた。私とラディが手すりのついた門を開け庭の中へ入った時、玄関のドアが開いた。最初に中から出て来たのは平服の二人だった。その後に姿を現したのがラディの父親だった。長身に、ロングコートと山高帽を着こなし、背後に控える平服の一人に何か話しかけながら、足早に階段を下りてきた。そこで彼は我々に気づいた。しかし、彼は我々の前に来た時、息子であるラディに何か話しかけただけだった。私の方には目もくれなかった。その間に先ほどの平服二人が門を開けて外へ出ると、「ベンツ」の前で待っていた。父親と息子の立ち話は一、二分ほど続いた。私は、この親子の間が何かうまくいっていないような印象を受けた。二人は聞き取れないほどの小声で話していたが、しかし立ち去り際には、父親の方が何かしら苛立っているように見えた。彼は声を張り上げ、招待されてしかるべき友人というものがあるのだ、とラディに言っていた。

「これは命令だ」父親はそう言った。「くだらないまねをするなよ」そして父親はその場を離れると、車の方へと向かった。

私は自分がぼろ屑か何かのようになったような気分だった。ラディの父が私に示した無関心ぶりは相当なものだった。基本的な教養からすれば、せめて「こんばんは」の一言ぐらいありそうなものだ。思うに、どうやら私のような重要でない人間はこういうゲームのルールを受け入れるしかないのだろう。空気の味さえもまるで違うこの区画に、自分がいられるだけでも最高の栄誉なのだ。私とラディは「ベンツ」が走り去るまでその場に立っていた。その時、私はラディが取り乱しているのに気づいた。彼の顔色は度を越して真っ青になっていた。自分にはどうしようもないことだ、と私は自分に言い聞かせた。家の中に入ると、ラディは私をテレビの置いてある控えの間へ案内してくれた。あの当時、私の町でテレビを持っていたのはフルスィウとギョダの二人だけだった。私もフルスィウのところで二、三度ほど見たことがある。電話をしなければならないからしばらくこの部屋で待っていて欲しい、とラディは言った。なぜかは知らないが、くだらないまねをするなとラディの父親が言っていた、その友人たちを呼ぶことと何か関係があるのだろう。ラディの父親ほど有力な人物が、苛立ちを隠そうともせずこだわるとなると、その友人たちとは一体どういう連中なのだろうか？　その夜出席していたのは、党や国家の有力者の血を引くエリートたちだった。その誰もが私からすればとてつもない重要人物だった。彼らは次から次へと、二人連れや三人連れで入って来たので、誰が最後の招待客なのかわからなかった。彼らの表情は晴れやかに輝いていて、それは、先ほどラディが言っていた通りのごきげんな表情だった。だが彼らのごきげんさ加減が、私には馴染めなかった。ラディが親しく接してくれるにもかかわらず、そこが自分にとってはよそよそしい環境に感じられた。ラディは私が居心地悪そうにしているのに気づいた。それで彼は私がその晩の特に選りすぐりの招待客であることを示そうと、私の腕を取り、全員に紹介して回った。そんな純粋な親愛の気持ちが私の神経にはこたえた。自分が動物園の猿で、来場者たちの前で宣伝されているような気分だった。招待された客たちはみな私に親しく接してくれたし、気分を悪くする理由など私にあろうはずもなかった。だがそれでも私は居心地の悪い気分だった。それでしまいには、あの河原の埃にまみれた場所で育った自分のような存在にとって、底辺ゆえの劣等感を克服するのは並大抵のことではないと思うに至った。それに、劣等感に苛まれる人というのは、そこに何かしら不純なものを感じるのだと聞いたことがある。この場合、私が感じていた不純さは、この若きエリートたちに対する嫉妬だったのだ。そう考えることで私の苛立ちはさらに高まった。その晩の私は嫌な気分にしかなりようがなかった。たぶんそれは単に私がそう思い込んでいただけなのだが。招かれた人々の私に対する関心はゼロだった。ラディが私の紹介をし終えた時、もう誰も私のことを思い出しもしなくなっていた。私は、ラディにさえも同様に忘れられ、打ち捨てられたまま、そこにいた。彼は招待客への応対に追われ、私に関わっているどころではなかった。それほど時間は経っていなかったが、そろそろ帰ろうかという考えが私の脳裏をよぎった。だが私は帰らなかった。不意にソニャが姿を現したのだ。そして色彩が一変した。

7

ソニャがいるのに気づいた時、私の中に生じたのは、見知らぬ土地で暗闇の中たたずむ人の前に、不意に光が開けてきた時にも似た何かだった。私がいたのは二間に仕切られた形になっている部屋で、その間には可動式の扉があった。両方の部屋には水晶のシャンデリアがぶら下がっていた。部屋の両側の壁の、それぞれから均等に離れた場所には円形のテーブルが置かれていて、それらには菓子や果物や飲み物が山盛りにされていた。テーブルの間には椅子が並べてあり、私に光が開けてきた時には、そのほとんどが空いていた。招待客は男性女性の人数の釣り合いがとれていて、その男女は今ダンスを踊っていた。部屋の数か所に置かれたマグネトフォンのスピーカーボックスからは同じ曲が部屋中に流れるようになっていて、その時かかっていたのは「ある愛の詩」のテーマだった。あの年は、この曲が小説でも映画でも好評を博していた。どのラジオでも、この曲を一日に何度も聴かされていた。それは我々世代の曲だった。当時、ラディが私に見せてくれた雑誌の表紙には、主役を演じた俳優の写真が載っていた。今でもその名前を思い出すことができる。オリヴァーを演じていたのはライアン・オニールという感じのいい有名な男性俳優で、ジェニファー役はアリー・マクグロウだ。そう、私に光が舞い降りたあの時、スピーカーからは「ある愛の詩」のオーケストラ版のテーマ曲が鳴り響いていたのだ。

今となってはどうしてそうなったのかわからないが、私とソニャは、そのほとんどが抱き合い踊っている男女の只中にいた。私が部屋の一方にいて、ソニャがその反対側にいたのを憶えている。そして、私がソニャを見た時、ジェニファーの役を演じた女優よりずっと綺麗だと思ったことも憶えている。それはソニャにも言ったことだ。彼女の耳元で、君はジェニファーよりも綺麗だとささやいた。するとソニャは微笑んで、ジェニファーなんて誰だか知らないわと答えた。そして、あんまり飲み過ぎるのはよくないわよと付け加えた。その言葉で私は、光が差してきたその時まで自分がずっと飲んでいたことに気づいた。飲んでいた方がよかったんだ、私はそう思った。でなければとっくに帰っていただろう、と。そしてそう思っていたこともソニャに告げた、ずっと耳元でささやきながら。すると彼女はまた微笑んだ。私は勢いづいて「もし帰っていたら」と続けた。

「君に教える機会もなかっただろうな、あの発育のいいお嬢さんたちは、君がいることを我が身の不運と呪っているはずだって、だからきっと彼女らは床に倒れそうな勢いであのナイトたちの首根っこにかじりついているんだってことをさ」

ソニャは手を口に当て、吹き出しそうになるのを抑えていた。

　私が余りにも変だったのだろうか、それとも彼女が笑い上戸だったのだろうか。だが前者だろうが後者だろうが、私にはどうでもいいことだ。ソニャは私が冗談を飛ばすたびに笑ってくれて、それが私にとっては予期せぬ幸せだったのだ。その時の私は、自分の幸せが他者の没落の上に成り立っていることなど、知る由もなかった。何者かが、この踊り集う男女の中、私とソニャに向けて嫉妬をたぎらせた視線を送っていることなど、知りもしなかった。そしてその嫉妬がさらに激しくなっていたことにも気づいていなかったのだ。ソニャは最後まで私と一緒だった。彼女は他のナイト連中をことごとく拒絶した。私とだけウイスキーを飲んだ。私と彼女はひたすらブルースを踊った。そして遂に、ブルースのリズムに合わせた軽やかな動きの中、ソニャは私との間に広がっていた谷間を平らにならしてしまった。その時、その何者かは憤怒が頂点に達し、パーティーを去っていたのだが、私はそれも知らなかった。その時ソニャは完全なる勝利の中で、その身を解き放ち、私はと言えば、持てる者たる男としての責任を感じつつ、彼女の熱い息づかいを自分の頬に感じ、彼女の燃え上がる唇を自分の唇の端に感じていた。だが私は、自分に降りかかってきた幸運の、本当の原因を知らなかったのだ。後日、ソニャが私に幾度か納得させようとしたことだが、あの晩、私と、彼女の犠牲者との間には何のつながりもなかった。彼女がどうしてそんなことにこだわるのか、私にはわからなかった。彼女がしつこく言うほどに、私はそれが信じられなくなっていた。私への愛情を信じさせようとして、彼女が私に向ける或る種の愛情表現は、いつも私を戸惑わせた。その愛情は不吉とさえ言えるものだった。不吉の予感が彼女を恍惚《こうこつ》に駆り立てるのだろうかと、私はしばしば思った。二人の関係は恍惚そのものだった。それは一年ほど続いた。不吉なのはどうやら私の方だったらしい。私とつき合いのあった全員に不幸が訪れた。だが私は、幸運がソニャという女性の姿をして訪れたのだと信じて疑わなかった。

ソニャのように恐るべき色気を備えた女がその場限りのお世辞の類に重きをおくとは、私には信じられないことだった。しかし実際のところ、彼女はまさにそういう女だった。彼女はジェニファーというのがどんな女なのかと興味津々で知りたがった。どうやら私の肯定的な評価がどんなものか知りたかったのだろう。

「ジェニファーは十分美人よ」ソニャは言った。

「私がもっと綺麗だって、あなたが思ってくれるのは嬉しい。でも私は、死んだ人と自分のことを比べてなんか欲しくない」

本気でこんなことを言っているのか、それともからかっているのか？　私は枕に肘をついた。ソニャは腹這いになって寝ていた。シーツが肩の辺りまでかかっている。カールした豊かな黒髪が自分のかたわらで揺れている。私はそこに手を伸ばし、ソニャの顔が自分の側からよく見えるようにした。彼女のあまりの美しさに私の心臓は止まりそうになった。私は身を沈めてソニャの唇を求めた。彼女は身体を動かし、私のうなじに手を伸ばしてきた。私の全身に電流が流れた。ソニャの肉体に触れた私は激しい電流に見舞われ、我を忘れそうになった。彼女は私の腰に両腕を回してきた。私は彼女の呻《うめ》き声に心をかき乱されずにいられなかった。すぐさまその呻き声は短い悲鳴へと変わった。それを押しとどめようとでもするように、ソニャは肩から首筋にできた窪みに噛みつくしぐさをした。私が身を沈めると、彼女は噛みつくのをやめ、長く続いていた呻き声は悲鳴に形を変え、彼女は私の顔を背後から押さえつけた。すると彼女の肉体の芳香が私の全身を貫いた。そして私はすっかり尽き果てた。ソニャは身をこわばらせ、指先が私の髪を掻き回した。やがて緊張がほぐれると、ソニャの指先は髪から肩先へと去った。その状態のままソニャはじっと目を閉じていた。

「そんなこと比べる必要ないのよ」とソニャは私にささやいた。私は狼狽《うろた》えた。彼女は本気なのか、それともからかっているのだろうか？

「私、その本は見つけてもう読んだのよ」ソニャはそう言って「あなたまだ読んでないんでしょう。英語できる？」と訊ねてきた。中等学校のなごりの英語を別にすればひとこともわからない、と私は答えた。ソニャは身を起こし、バスローブを身にまとった。テレビの映画で目にしたことのあるような、日本風の絹製のバスローブだった。彼女が部屋を出る時、私にはこの幸福が、不条理にして分不相応なものであるように思えた。私にそんな考えを起こさせたのは、私の周りのあらゆるものだった。アパートに、寝室に、柔らかな婚礼用のベッド。そこでは、それほど遠くない過去にソニャが別の男、つまり彼女の法律上の夫と共に寝ていたのだ。『ああ主よ』思わずそんなつぶやきが漏れた。『汝は無意味な死をとげ、ソニャを残していかれたか』だがそこへソニャが戻って来たので私の思考もそれ以上は進まなかった。ソニャはコーヒーを淹れてくれた。彼女がカップにコーヒーを注ぐ間、私は考えていた。殊《こと》にこの人生の悲惨さの中では、ソニャの死んだ夫のことをそれほど気の毒に思う必要もないのだと。そうでなければ、彼女は私にとって到達し得ない惑星のままだったろう。理由がどれほどひどいものであれ、私の幸福は他人の悲劇の上に成り立っているのだ。私はそう思った。それで、一小説中のジェニファーと比較されてソニャが不満気だった理由が、何となくわかるような気がした〔「ある愛の詩」で主人公の妻ジェニファーは白血病のため若くして亡くなる〕。それは迷信にも似たものだった。私は最大限の真剣さで、ソニャとジェニファーとの間につながりなど何もない、それは私と百万長者の息子との間に何のつながりもないのと同じだと言った。ソニャが何も言わなかったので私はたたみかけた。

「何となくだけど、こう思えるんだ、君も偉大な一族の一員なんじゃないかって」

ソニャは無理に微笑んでみせた。その微笑みには皮肉も軽蔑も含まれていた。日本風のバスローブはその乳房を覆いきれていなかった。ソニャが無理に微笑んで、そして何気なくコーヒーをすすった時、私は己を呪った。百万長者に向かって偉大な一族だなどと、自分は何でまたそんな馬鹿げたことを口走ってしまったのだろう？

「どうしてみんながそんな風に考えるのか、私にはわからないわ」と彼女は言ったが、私はと言えば、彼女の乳房に目が行っていた。コーヒーをすすっている途中で、ソニャは私の視線に気づいた。呆《あき》れて目を下にやり、再び私の方に視線を上げた時、彼女は自分の目が信じられないとでもいったような表情をしていた。私は赤面した。だがおそらくそれが私にとっては救いとなったのだろう。ソニャはカップを脇へやり、バスローブを脱ぎ捨てると、私に近づいてきた。私はベッドのへりに座っていた。ソニャは両手で私の頭を抱き、自分の両乳房の間に挟み込んだ。私の唇が、その柔らかな乳房の肉を湿らせた。舌先で乳首をつくと、ソニャは身を震わせた。それが私をかき立てた。それから、彼女はバスローブを身に着けた。そしてさっきの場所に腰を下ろしていた。私は途切れそうな息遣いのままベッドに横たわり、シーツを身にまとっていた。私の気持ちを鎮めさせるために、ソニャがコニャックのグラスを持ってきた。私はそれをひと息に飲み干した。

「まるで子供ね、お馬鹿さん」ソニャは私にささやいた。「私が偉大な一族の一員だなんて、何だってそんなことを思いついたの？　あのね、私は、あなたがそんな風に考える連中にアレルギーがあるのよ。それと、その偉大な一族っていうのがどんな連中だか、あなたにわかる？　みんながみんなラディみたいな人だとでも思ってるの？」

私は呆《ほう》けたようにソニャを見つめていた。わかったのは、ソニャがどういう種類の人間なのか決めるのは、私にとって余りにも難しいということだった。彼女の核心部には到底届き得ない。ソニャは私から見ればずっと軽やかで、ずっと聡明で、ずっと繊細で、ずっと無慈悲だった。そして紛れもなく、少しばかりあばずれだった。彼女の前では自分が無能な者であるような気がした。ラディの誕生日で二人して酔っぱらってその場を立ち去った、あのアヴァンチュールから一週間しか経っていないのに私をベッドに引き込むような真似がどうして彼女にできるのか、私にはとても理解できなかった。

「言っときますけどね」ソニャは言った。「あと、それでこの話はもうおしまいにしますけどね。私があそこへ行くのはラディがいるからよ。うちの父ったら頭が固い人でね。自分の兄弟、つまりラディのお父さんね、こっちが向こうへ訪ねていくのは、向こうがこっちに来た時だけ。でもそういうことはめったにないわ、だってうちの父もめったに行かないから。わかった？」

　よくわかった。私は二度とその話題を口にしなかった。彼女も何も言わなかった。偉大な一族の世界について何かを知りたいという好奇心は、私とソニャの関係をあっけなく壊してしまいかねない。そしてこのことでわかったのは、ソニャが確実に迷信深い女だということだ。それも、克服しようのないほどの迷信深さだった。致命的なまでの。

8

私は、ソニャを連れてなら、ティラナの通りやバーを渡り歩くこともためらわなかっただろう。これ以上に男としての自尊心がくすぐられることはなかっただろう。しかしそれは不可能だった。ソニャにとっても、私自身にとっても。ソニャの方は秘密にしておくべき理由が幾つもあった。私の方の理由はただ一つ、ラディに隠しておきたかったからだ。ラディに隠しているのはソニャも一緒だった。黙ったまま、二人の間でそのことは一言も口にしなかったが、もしラディに疑いの影のひとかけらでもつかまれるようなことを私がしたら、ソニャは私を許さないだろうという気がした。加えて、私の立場はさらに深刻なものであるらしかった。ソニャはラディに対して何の負い目もない。だが私の方はラディとの友情がかかっている。ラディと一緒にいると、自らの嘘くさい偽善を感じないではいられなかった。その二律背反が私に重くのしかかり、或る日、すんでのことでソニャに向かって恐ろしく馬鹿げたことを言いそうになった。

私はソニャと結婚したくなったのだ。今や踊るがままに踊るという状況だった。もし自分がその馬鹿げたことをしてしまったら、つまり自分が彼女に結婚の申し出をしたら、どうなるかはわからないにしても、事態はまるで違う方向に動くだろうと私は思っていた。ソニャはたぶん受け入れてくれるだろうし、私はいささかのためらいもなくソニャと結婚していただろうと。ところが、時が経つとともに私はソニャにもひけをとらないほど救いようのない運命論者に変わっていた。事態を違う方向へ動かすほどの力は自分にないと信じるようになっていたのだ。ソニャは私との結婚を受け入れなかっただろう。私は彼女の愛玩物でしかないのだ。彼女自身、私をペットとして扱っていた。そしてそれ以上ではなかった。

二人の火遊びは暗雲も訪れぬまま数か月にわたって続いた。あたかもソニャは私を使って、人間の愛の可能性に限界があり得るのかどうかを見極めようとしているかのようだった。二人が別れるや、たちまち時間はその場で立ち止まり、二人の周りの世界は意味を失い、次にまた会える日が、その時がやって来るのを二人は待ち続けた。都心の一角にあるアパートの、三階にあるソニャの部屋へ人目を忍んで上がっていくと、そのドアはもう開いているのだ。二人の狂乱は数時間にわたって続いた。しばしば、ソニャが五歳の息子を寝かせに両親の家へ連れて行くこともあった。そんな日は私はソニャと夜を共にした。それは身も砕け果てるほどの悦楽の夜で、その後はいつも体力を取り戻すため二十四時間眠り続けなければならないほどだった。狂おしいほどの絶頂が二人をとりこにした。とりわけソニャの方がそうだった。彼女は急き立てるように、そして何かの悲運を予感しているように見えた。彼女は私を生きたまま喰らっていた。或る時から、彼女は私に毎日来て欲しいとしきりに言うようになった。だから私もつとめて毎日行くようにした。授業が億劫《おっくう》になり、試験のことも考えようとしなくなった。そんな或る日、二人がずっと避けようとしてきた事態が起きてしまった。それも私にとって全く予期せぬ形で。それは少なくとも、私がずっと不安に思っていたようなものではなくて、要するに、流行りの言い方をすれば現行犯だった。我々二人を現行犯で押さえようとする人物がどこにいるだろう？　だがいたのだ、そういう人物が。

私の人生の中でひどく後悔するようなことが一つあるとすれば、それはあの人物に一発お見舞いしてやれなかったことだ。私より手のひらひとつ分ほど背が低いその男に、私より身体的に優れた点などありそうにもなかった。三十歳前後と思われる年齢にしても、二十代の私からすれば問題ではなかった。ところがその男は閣僚の息子で、これは決して小さくない強みだった。ソニャにその話をすると、馬鹿に何べんゼロをかけても同じことよと言われた。そのゼロの何倍かは、ラディの誕生日の被害者でもあった。ソニャはあの晩その男に何があったのか話してくれた。ソニャは相手を怒り狂わせたいがために、あの場に現れたのだ。

「あの間抜け」そうソニャは言った。「私にしつこくつきまとってきたのよ、あの化け物ときたら、私が学生の頃からずっとよ。夫の葬式から一週間もすると私に近寄ってきた。あのラディの誕生日の時までずっと離れようとしなかった。だからあいつに向かって言ってやったのよ、あんたじゃない他の誰かと寝てやることにしたわってね。あれは化け物……」

私の顔は真っ青になっていたはずだ、そこまで話してソニャが黙り込んでしまったのだから。彼女は、まるでかんしゃくを起こした子供のような顔をしていた。それからソニャは、私のことが好きだ、いつか二人が離れ離れになって二度と会わなくなるその日まで、私を好きだと言い続けるだろうと言ってくれた。その時の自分の心の狭量さが、私は許せないのだ。人間の精神的な弱さがあらわになる形にはいろいろあるが、その時ソニャが私の悲壮な表情に見てとったものが何であったのか、それは私にはわからない。それに私はもうこの話はしたくない。そして私の目の前には、あのゼロの何倍かの男が姿を現すのだ。

その男は中肉中背で、髪は薄く、灰色の瞳をしていた。頬の皮膚は赤みがかっている。それが血色の良さなのか、それとも化粧によるものだったのか私にはわからない。私が彼を見たのは、ソニャのアパートへと続く階段の入口を出しなに、いつもの癖で左の方を向いた時だった。その男は壁にもたれて、立ったままタバコを吸っていた。知らない顔だった。それで私はそのまま道を歩いて行った。

「憶えていないとは驚きだな」

私が階段の入口から十歩ほど歩いたところで、男はそう言った。私は神経にさわるものを感じて、その男をじっと見つめた。おそらく疲労のためにそんなふうに感じたのだろう。そんな私の記憶を呼び覚まそうとするようにその男は、自分たちが何か月か前、ラディの誕生日の時に出会っているのだと言った。のみならず我々は互いにしっかり握手さえ交わしたのだと。それで思い出した、その男の瞳がじっとりと潤いを帯びていたことに私がますます苛立ちを覚えたのを。その目の中には何かしら不吉なものが映っていた。だが十分ほど後、もう十歩ばかり先へ進んだところで違うことを思いついた。あれは蛇の目だ。あいつにみなぎっているのは毒だ。その毒が血液を通じて全身に流れるような感じがした。その話し方は切りつけるようで、はっきりと、正確なものだった。この男が有力な閣僚の息子で、警察官だとソニャから聞かされた時、私は驚かなかった。そうだ、だからこの男は私に、まるで前に捜査にあたったことのある捜査員のような口調で話してきたのだ。彼は私の記憶力を疑っていたが、私は一語一語正確に思い出すことができる、彼は私にこう言ったのだ。

「さっそくだが、本題に入ろう。注意してよく聞くんだぞ。ここのところ、お前は或る女のところに足しげく通っていて、そして今ちょうどそこから出て来たところだ。お前は地雷原の中にいるようなもんだぞ。お前がこの際、今すぐ手を引かないということなら、ラディと、それから大学の学長とに宛てて、俺は手紙を二通出すぞ。ラディも気づくだろうな、よりにもよって自分の親友が従姉と寝ていることに。学長はこんな話自体に関心はないだろう。学長が関心を持つのはもっと別のことだ。それはラディにとっても関心のある話だろうな。お前が俺の言うことを聞かないのなら、お前に逃亡者の叔父がいるってことが学長とラディに知れ渡るだろうよ。お前が隠し続けて、記録上のどこにも載っていない事実だ。そういうわけさ。だからしっかり目を開けて、よく考えておけ……」

私は茫然《ぼうぜん》としたまま、しばらくさまよい歩いていた。あの男のじっとりとした瞳が記憶に上がってきて、私を陰鬱な気分にした。私を陰鬱な気分にさせたのは、自分があの男にこぶしの一発もお見舞いできなかった、その事実だった。あの男が喋っている間じゅう、そんな考えが絶えず自分の頭の中に湧いてきて、話し終わった時には、いよいよあの鼻の下にこぶしの一発を食らわして、あいつを広々とした歩道の上にのしてやろうと待ち構えていたのだ。自分のこぶしならどこでもお望みの場所にたやすく当ててやることができそうだった。なぜなら、あの男は私より手のひらひとつ分ほど背が低くて、私と話している間も少しばかりこちらを見上げるように顔を上げていたのだから。だが私は殴らなかった。私に言うべきことを終わりまで言い尽くすと、彼はそのまま立ち去った。きっとあの男は、私が何を考え込んでいるのかを嗅ぎつけただろう。たぶん私に一層強力なプレッシャーをかけてやれたと思っているだろう。実際、私はあの男を殴れなかった。そしてただ、ぼんやりとさまよっていた。ぼんやりとした感覚は、やがて苛立ちと不安が混ざり合ったものに変わった、もしそれを恐怖そのものと言わないとすればだが。

ソニャのところへ人目をしのんで出かけたのはその晩のことだった。いつものように、人目をしのんで会いに行ったのだが、その晩からその言葉は私にとって具体的な意味を持つようになった。あの灰色の、潤んだ二つの目から身を隠さなければならない。灰色の目でなくても、おそらく他の様々な色の目が、どこかから私を見つめているだろう。どちらにしても結果は同じだ。誰かに見られれば、その刺激があいつの灰色の目の網膜へと届けられ、手紙は目的の場所へと送られるだろう。灰色の目を避けるように、人目をかいくぐって私はその晩ソニャのところへ行った。そして何もかも、自分の履歴の「地雷」のことも含めて彼女に語ったのだ。ラディもそうだったが、ソニャに対して「地雷」は何の印象も与えなかった。あの灰色の目は危ない男よ、と彼女は言った。これは道徳から外れた状態なのだから、あなたの将来も危うくなるし、お互い気をつけなければいけないわ、とも言った。私の履歴の「地雷」が発覚したら、私は確実に大学から追放される、というのがソニャの考えだった。彼女もそうなることを望んでいなかった。だがソニャは私のことを愛しているのだ。そして私もソニャを愛している。二人とも、このままなかったことにしてしまうことはできなかった。なかったことにしてしまいさえすれば、あの灰色の瞳を逃れることができる。或いは、もう二度と会わなくなればいい。だがソニャには、私と会わないでいることは不可能だった。私もまた、彼女と会わないでいることは不可能だった。一日会わないだけでも一世紀のように感じられた。人生の空虚に満ちた一世紀、そこでは二人は不安に押しつぶされ、他のことなどどうでも構わないようにさえ思えた。二人の関係は不安に満ちた熱狂という形をとっていた。理論的にも実際面でも、気をつけるなどということは無理な話だった。

日々の中の不吉な予兆は、私がギョフと呼ぶ小男の姿をとって目の前に姿を現した。我々が通う大学の学部長で、ギョダの身体的特徴をつぎ合わせて、フルスィウのしぐさを混ぜた独特の交配種だ。この人物を見ていると、蛇とハリネズミをかけ合わせると生まれた子は有刺鉄線、という言い回しが頭に浮かんでくる。ギョフがこの学部における有刺鉄線であることは誰にとっても秘密ではなかった。それでも或る晩、カフェ「フロラ」の隅の方でギョフが、あのゼロの何乗かの閣僚の息子で党員査察官の男と顔を突き合わせて話し込んでいるのを見た時はかなり驚いた。役職名から考えて最もあり得ない組み合わせだった。一方は学部の長で、もう一方は一種の警察官なのだ。私は目がさえて一晩中眠れなかった。二人の話題の対象が自分だと思うのには、幾つも理由があった。そして私は間違っていなかった。

その翌日、一時間目の講義が終わると学部の秘書が廊下で声をかけてきて、学部長室へ行くように言われた。動悸が早まった。私は、とりあえず自分が外見上は平静に見えていると確信できるまで、廊下をうろうろ歩き回った。部屋にはギョフしかいなかった。彼はクルミ材の背の低いテーブルを挟んで並んだソファの一方に座っていた。テーブルの上に目をやると灰皿が一つあり、その灰皿の端には火のついたタバコが一本あった。ギョフはこちらへ来いというふうに手招きした。私はドアを閉め、彼と向かい合ってもう一つのソファに腰を下ろした。彼が不意に放ったげっぷの、甘酸っぱいアルコールの臭気がテーブル越しに私の方まで漂ってきた。私は吐きそうになった。だが私がそれ以上に吐き気を催したのは、ギョフのこれ見よがしなしぐさの方だった。それで私は、自分の状況が悪くなっていることを理解させられたのだ。しかしギョフには残念なことだが、彼は自分が前の晩に灰色の目の男と顔突き合わせて話し込んでいるのを、たまたま私に見られていることを知らなかった。彼が私に威圧的な表情で迫ろうとしたって無駄なことなのだ。その時点で、爆弾が投じられることを予期していた私は、ギョフが人形の猿に似ているな、それも子供がネジを巻き上げた時のあれのようだなと、そんなことばかり考えていた。ネジを巻いたのは警察だ、違うのはそこだけだ。しかしギョフは、私がこの機をとらえて学部のおべっか使いの長の見本を審美的に楽しんでいることなど、気づきもしなかった。しまいには、あのゼロの何乗かが以前にしていたように、タバコをプカプカとふかし、分厚い煙をもうもうとさせ、それからずばりと本題に切り込んだ。

「失礼なことを言うようだが、いいかね君、我々の社会で最も深刻で、最も非難すべき態度というのは、誠実さの欠落だよ」

そこまで言って彼は一旦沈黙すると、自分の言葉の効果を確かめるように、射るような目で私を凝視していたが、やがて先程と変わらぬ口調で話をつづけた。

「個人的には、学生としての君に私は悪い印象を持ってはいない。それに君は同志ヴラディミルの友人でもある。そして同志ヴラディミルがいかなる人物か、それは私も君もよく知っている。この点こそが、私に課せられた義務と責任を完徹させる上で、最も負担を感じる理由なのだよ。要するにだ、意図したことであろうとそうでなかろうとに関係なく、君は重大な虚偽を働いているのだよ。君の町の一住民から、本学の学長宛に手紙が届いてね、それによって、君に国外逃亡した叔父がいることが明らかになった。手紙は匿名だが、住所は君の町のものに他ならない。我々は確認を行ったが、残念なことにこの忠告は事実であると判明した」

そこでギョフはまた沈黙し、タバコをプカリとふかすと、それでも私の表情に特段の影響が見られなかったので、今度は語気を強めてこう言った。

「取り敢えずだ、その手紙は私の金庫に入れてある。だが私も、これをいつまでもそのままでおくことはできない。これは党の書記局へ提出しなければならない。その後は党の委員会へ送られる。その結末は、たぶん君にも察しがつくだろう。だが私は、幾らかでも状況がやわらぐよう、君に明日まで時間をやろうと思う。さもないと、君にとって厄介なことになるぞ。よく考えたまえ……」

あらゆる事態を考えていたが、これほどあからさまな恐喝は私も予想していなかった。あの閣僚の息子の臆病さがここまでとは、想像すらしていなかった。あの男は私にいま一度のチャンスを与えて来たのだ、ソニャから手を引けばそれでいいのだと。あの男なら私を破壊することができる。だがあの男は私を破壊したくない。なぜなら怖いからだ。私を破壊してしまえば、あの男はソニャに辿り着くための望みを全て失ってしまう。そしてもう一つ、あの男が怖れることがあった。手紙の内容が匿名であることからもわかるが、あの男はできることなら、自分では表舞台に出たくないのだ。あの男が唯一恐れなければならない人物はラディだった。なぜならラディはソニャにとって一番の従弟なのだから。そしてラディは私の友人なのだから。ヂョフもまた同様で、あれやこれや脅しすかしてみたところで、私の虚偽のせいで彼自身が厄介な状況に置かれるのだという事実は到底隠しきれなかった。ヂョフ自身、捏造《ねつぞう》した匿名の手紙によって虚偽を働いていたわけだが、彼自身が不安を抱えていることもまた同様にあからさまなものになっていた。正義の騎士も二つの炎の間にいれば、いずれにもその身を焼かれたくはないと思うものなのだ。

私は、自分の思考が機械のような冷酷さでもって機能し得るとは思わなかった。自分が計算づくでいられるとも思わなかった。ソニャは問題の埒外《らちがい》だった。この分野の問題を解決できるのはラディだけだった。もし彼が問題の只中に入っていくことを認めればの話だが。自分の経歴の「地雷」を彼に打ち明けた時の私の誠実さが、この事態を緩和させた。そしてさらなる危機が起こり得ることをも念頭に置いていられた。ソニャとの関係が明るみに出ることも。そのことでラディに助けを求めるであろうことも。でなければ私は敗残者になっていただろう。

私のしたことは破廉恥なことだ。だがしかし、尋常でない環境下での論理では、私にあれ以外の道はとりようがなかったのだ。私は一握の砂でしかなかった。誰かの足で踏みつけられる程の価値もない存在だった。だがラディなら、私を泥の中に放ってはおかなかっただろう、私はそう感じていた。そしてその通りになった。ただ彼が私のことをどう考えていたのかはわからない。彼の相変わらずの青白い顔は、さらに青白くなっていた。私が自分の卑劣に満ちた袋の中身をぶちまけた時、ラディは私の話を黙って聞いているだけだった。彼の青白い顔も、沈黙も、それら全ての表象が、彼の不満さを物語っていたのだろうか？　だが誰に対してだ？　私に対してか？　ソニャに対してか？　ギョフや、あの閣僚の息子に対してなのか？　それら全てに対してだ。何もかもが彼からすればちっぽけな、問題児の、まるでいさかいの種のようなものだった。めったにないことだったが、たまに呑んだくれて見境がなくなると、彼は私に、このしみったれた世の中に対する悪態をつくのだった。そんな時、彼は自己破壊への期待にとらわれていたから、平静なのは見た目だけで精神は掻き乱されているのだということを見て取るのは、そう困難なことではなかった。彼にはただ、書物への情熱しかなかった。彼ほどの本の虫を私は他に知らない。本以外のものは全てその場限りの、かりそめの、残り得ないものばかりだった。おそらく私自身もまた、彼の人生の中では移り行く存在の一部でしかなかった。何となれば彼は彼自身すらただの通りすがりだと呼んでいたのだから。

ラディがどうやって私の危機を救ったのか、その方法は、私にとっての解けない謎であり続けるだろう。数日後、彼は私に、もう誰もまとわりついてはこないだろうと言ってくれた。根元まで揺るがされていた私の生活はあっさりと、実にごくあっさりと、通常の流れに戻された。私を救うため、疑う余地なく、ラディは自分の父親の権力を利用したのだ。ギョフに対しても、またあの灰色の目の男に対してもだ。私は、ギョフがどれほど恐れおののいたかを想像してみた。ラディは、例えばこんなふうに言ったに違いない。

『先生、匿名の手紙など誰も書いていないことは先生自身がよくご存じでしょう』

ギョフはこう言っただろう。

『いや誤解だよ、本当に。誰も匿名の手紙など書かなかった、誓ってもいいさ、同志ヴラディミル』

だがあの閣僚の息子の灰色の目には、ラディは一体どんなふうに働きかけたのだろう？　あの男には、おそらくソニャのカードを切ったのではないか。例えば、もしまた彼女に近づくようなことがあったら、両足で地面に立てなくしてやるぞ、とでも言ったのだろう。或いはまた別のカードを切ったのかも知れない。彼らは同じ世界に属していて、互いのアキレス腱を知っているのだから。だが私は内心穏やかではいられなかった。何年も隠し通してきた経歴の「地雷」は明るみに出てしまった。警察なりギョフなりがそのことを知ったからには、それが爆発しなかったのは単に私の運が良かっただけだということになる。それにもう一つ、私が平静でいられない理由があった。今や私とソニャの関係は、ラディに対して秘密ではなくなってしまったのだ。私が自分の従姉とつき合っていることを彼は知っている。それを隠すためのアリバイは私にはもうない。そして、子供じみたナイーヴさの故に、私は終わりにしようと決意した。そうだ、もうソニャとはこれきりにしようと決意したのだ。

我々は試験を控えていた。ラディはもはや授業にも出席しなくなり出していた。私は十日余りもソニャの前に姿を見せないでいた。もう十世紀ほども。世界はその色を変えてしまった。世界は全ての色を失ってしまった。それに抗するには私は無力だった。逃げ道を求め、どこかの洞窟に身を閉ざし、隠遁《いんとん》の人生を得たいと思った。だがこのままでも私には自分が隠遁者であるように思えた。

だが逃亡などできようはずもなかった。ソニャが大通りの真ん中で私の前に姿を現したのだ。彼女は私の前で二分ばかりじっと立っていた。そしてじっと私を見つめていたが、一緒について来るようにと私に命令した。彼女は私にこう言ったが、それは一字一句このとおりだ。

「一緒に来て。今すぐに。階段を上る時は注意して。来なかったらただじゃおかないから」それだけ言って彼女はくるりと背を向けた。

私は呆気《あっけ》にとられて立ち尽くしていた。魂を震わすほどの歓喜に、どうにかなってしまいそうだった。その余りにも都合のいい通りすがりの女が去っていくのを見送る内、私の中には、彼女に追いつき、その腕をがっしりとつかみ、頭の中が真っ白になるまで彼女とくるくる回っていたいという思いが、ふつふつと湧き上がるのだった。その思いは、彼女の後を追っていく道すがらでも消え去ることがなかった。どこか遠くの方で、私と彼女のことを多少なりとも知っている誰かの目に、あからさまに、はっきりと見えていたとしてもだ。その時の私は、見たい奴には見せてやればいいという気持ちだったのだから。私は彼女とほぼ同時に、彼女のアパートに辿り着いた。私がドアを閉め、自動式の掛け金を下ろした時、ソニャは青ざめていた。彼女は私に何か言おうとしたが、私はそれを言わせなかった。彼女の口吻《こうふん》は私の口吻に敗北していた。ようやく二人の唇が離れた刹那《せつな》、彼女はささやくように、

「あなたイカれてるわ」とつぶやいた。それからは、ソニャが私を丸呑みにしようとでもしているような

感覚だった。彼女の舌先は私に襲いかかり、私は自分の全身を吸われているような感覚だった。それから彼女のブラウスのボタンを外した私は、その下に何もないことに思わず息を呑んだ。ソニャは私に挑みかかると、私の服を頭のてっぺんから爪先まで引き剝がした。私は彼女の肩をつかんだ。彼女の髪がシダレヤナギの枝のように垂れ下がっていた。気が遠くなりそうな私の目に、寝室へと続く通路が見えた。好都合なことにそのドアは開いていた。私は彼女をゆっくりと、まるで割れ物を手にしているかのように、そっと丁寧にベッドへ寝かせると、自分の頭を彼女の両の乳房にうずめた。その間も、私は自分の下の方にソニャの手の動きを感じていた。彼女の肉体は休むことを知らず、そして叫び声を抑え込むように、首筋と肩の間の窪みに陶酔の甘嚙みを仕掛けつつ、ひと時の満足を求めて上へ下へと動きを繰り返しては、呻き声をあげた。そうして、ひととき満たされる瞬間が来るたびに彼女はまた嚙みつき、悲鳴を上げ、また次の瞬間には身をよじらせ、そのままの姿勢で硬直してしまうのだった。ソニャは私から離れようとしなかった。私にぎゅっとしがみつき、私をキスで覆い尽くし、私もまた彼女が満足するような位置へと、再び彼女の身に顔をうずめた。彼女は枕で呻き声を押し殺し、世界はどろどろに溶けて絶頂の闇へと沈んでいった。そんなことを二人は互いに精根尽き果てるまでずっと続けた。

「あなたなんか、窓から放り出してやればよかった」とソニャが言った。私は腹這いになっていたが、彼女の乳房の片方は私の手のひらの窪みの中に収まっていた。彼女は指先を私の髪の間に差し入れ、私の頭を撫でた。

「あなたなんかベッドから追い出して箒《ほうき》で叩き出して、階段から落っことしてやればよかったんだわ。それで、もしまたあなたが来ようなんて真似したら、あなたの鼻っ先でドアをピシャって閉めてやるんだから」

私はずっとソニャの乳房を手のひらで包んだままで、時折そこに刺激を与えては、彼女に微《かす》かな悲鳴を上げさせた。普段ならばそんな刺激も、二人が愛し合った後でさえ神経をたかぶらせるのだったが、ソニャは消耗しきっていて、ほとんど反応を示さなくなっていた。ただ繰り返し、私に相応《ふさわ》しい罰を、どれもこれも遥かに峻厳《しゅんげん》なものを、ただ告げるだけだった。そうして私をぐいと突き放した。肘をついて起き上がり、もう全部知ってるのよ、と私に言った。私は凍りついた。ソニャは私の上に覆いかぶさり、私ののど元を手で絞めつけた。

「あんたなんかぶっ殺してやる」彼女は言った。

「この嘘つき。ラディのところへ行く前に、私のところへ来ればよかったのに。この意気地なし。本性を現したわね、このエゴイスト。私だったらラディなんかよりもっとうまく、かたをつけてあげられたのに。本当に馬鹿なんだから」

そしてソニャはそのままの体勢で私の上に覆いかぶさり、私の首を手で絞めながら、さらなる罵詈雑言《ばりぞうごん》を浴びせ続けた。それを私は黙ったまま、これっぽっちの抗弁もせず聞いていた。それというのも、結局のところ彼女の言う通りだったからだが、そうやって私を脅しつけていると思ったら、不意にソニャはついと顔をそむけるや、枕に顔をうずめ、すすり泣きを漏らし出した。私は呆気にとられてしまった。どうしたらいいのか見当もつかなかった。小刻みに震える彼女の肩を、自分のかたわらに流れる彼女の黒髪を見つめたまま、私は、その感情の起伏が、その痛苦の奔流《ほんりゅう》が何なのか理解する力さえ失っていた。ソニャは好色な生き物だったが、その熱情の炎にヒステリーは含まれていなかった。そんなソニャのすすり泣きは、ヒステリーの爆発などではない。重い罪の意識を感じて、彼女に手を触れる意気地もないまま、私は彼女に許しを求めた。二度、三度、五度と。ソニャは黙ったままだった。それから起き上がり、バスルームへ向かい、戻って来た時には日本風の絹製のバスローブを身にまとっていた。だが明らかにそれは胸元を隠しきれていなかった。バスローブからこぼれ出た乳房が私の平常心を失わせることをソニャは知っていた。こぼれ出た乳房の攻撃性が、まるで雄牛が赤色に狂うがごとく私を狂わせるのだ。そんな私の弱点を、彼女は十分に知っていたが、私はそこに何かの媚態が込められているようには思えなかった。そんな場合ではなかったのだから。それでも、私の目は自然の力によって、その胸元へと向けられてしまうのだった。やがてソニャは落ち着きを取り戻すと、二人分のコニャックを注いだ。そうして、自分は思慮の欠けた女だと言い、さらに、自分が泣いていたことはあなたとは何の関係もない、と言った。だったら誰と関係があるのかと私が訊ねると、ソニャは話してくれた。前の晩、彼女の父親がほろ酔いの上機嫌で自分の弟、つまりラディの父親の家を訪ねたのだが、運の悪いことに相手も家にいて、それで二人は取っ組み合いの喧嘩《けんか》になったというのだ。そこでソニャはにっこりと笑ったが、その頬の上をひとつぶの涙がきらりと光って流れ落ちた。それから彼女は、自分の父は叔父と顔を合わせるたびにひどいいさかいになるのだと付け加えた。

「父が叔父にどんなことを言ったかわかる？」そう言ってソニャは私をじっと見つめた。

「自分はベイ［オスマン帝政期の封建領主］なんだって、それで自分は諸侯を束ねているんだって、そんなこと言ったのよ。いつも叔父さんの方はただ辛抱しているんだけど、その時ばかりはうちの父を追い出したの。鉄格子《てつごうし》の中に放り込まなかっただけましね。それから父はうちに帰って来たんだけど、ずっと酔っぱらったままでわめき散らしていたのよ。誰彼かまわずわめき立てるから、私たちは一晩中、一睡もできなかったわ」

ソニャはグラスに残ったコニャックをあおった。彼女はコニャックを欲していた。バスローブの代わりに今は薄いドレスを身に着けていて、それが不運にも私にとっては何十倍も魅惑的だった。不運にも、と私が言ったのは、こんな取り込んだ状況では、どんなに彼女を刺激したところで苛立たせるだろうからだ。そうだと言わんばかりにソニャは立ち上がり、私に、一緒にキッチンへ行こうと言ってきた。彼女は向こうで飲み直そうと言ってきかなかった。私に抗う術はなかった。結局ここは彼女の家だし、何の間違いも起きるはずがないのだ。

「偉大な一族なんて、最低の一族」不意にソニャが口走った。私の酔いは冷めた。

「偉大な一族なんて、一番薄汚い一族よ」

彼女はまだ喋っていた。その言葉が私にどんな印象を与えるかなど、まるでお構いなしに。

「一人だけ、まともな人間もいるわ。ラディよ。他はみんな化け物よ。男どもはワニだし、女どもは毒グモだわ。言いたくもないけど、あれは厚化粧の下に醜い顔を隠してるカエルなのよ。父の言う通りだわ……コニャックをもう一杯ちょうだい」

私は従った。ひと目で彼女が酔っぱらっているのはわかったが、そのグラスを満たしてやった。ソニャはそれほど酒に強くなかった。彼女に後れをとるまいと、私も二杯を立て続けにあおった。その時、もう午後の日が暮れていることに気がついた。

「ラディだって」ソニャは小声でつぶやいた。

「お父さんとうまくいってないのよ。これはあなたにだけ言うわ。あの二人って、まるで猫と鼠《ねずみ》なのよ。人に言ったらだめよ、わかった？　私たち、二人だけの秘密よ」そしてソニャは私の首に手を回してきた。私は彼女に覆いかぶさり、唇を求めた。なぜか私はラディの置かれた境遇とハムレットの境遇を比較していた。ソニャの燃えるような唇を感じながら、私はあの誕生日の雪の晩を思い出した。屋敷の階段のところでの父と子の会話の切れ切れ、その有力者たる父が、まだ招待していない、もっと有力者であるような友人を連れてこいとしつこく言っていたことを。そしてもう一杯飲んだ頃には、ソニャが散歩に出かけようと誘ってきたことも、私には自然なことに思えていた。

「みんなに見られるでしょうね」ソニャは言った。「それでも私はいいの！　私が見られたくないのは一人だけ、ラディよ。ラディにはあなたが喋ってしまったんだから。一緒に出かけるの、怖い？」

私は怖くないと答えた。彼女にひざまずき、その脚に口づけするほどの覚悟はできていた。まるで女主人への情愛に狂える従者のように。その時から自覚していたことだが、私は今この二人の関係がもはや単なる昂揚感ではないことを理解しようとしなくなっていた。それは挑戦だった。戦いを挑んできたのはソニャの方だ。その点からすれば私は劣っている方だった。戦いを挑む魂は、私の中で消え失せていた。あの子供の頃の遠い夜、自分に叔父がいることを知った時から、私にとっての世界は白と黒とに、野蛮と高貴とに分かたれてしまったのだ。たぶんあの時から、生存をかけた私の闘争が、挑戦する魂を掃き出してしまったのだろう。ところがソニャが私に実証してみせたのは、彼女には攻撃的な色気ばかりでなくもっと別のもの、すなわち誇りが備わっているということだった。今なら、ソニャが何に挑もうとしていたのかが私にはわかる。だがあの時の私はちっともわかっていなかった。あの時の私は、ソニャがあらゆる局面で隠れている敵に立ち向かう、そんな環境に挑んでいたことをわかっていなかった。それはすなわちエリート達であった。だがそのことをソニャは一度も私に話してはくれなかった。今の私にはわかる、どうしてソニャが私と一緒に散歩に出て、自らを衆目に晒《さら》そうとしたのか今ならはっきりわかる。だが或いは別の理由もあったかも知れない、信じがたいまでに透徹したその予感でソニャには、遠からずやって来る終わりが見えていたのだ。

9

二人で一緒に出かけたその晩、知っている人には誰も会わなかった。ソニャのアパートの階段を上がる時も、住人にも誰一人として見られることはなかった。だが翌日には問題が発生した。それは私の服装だ。五月の終わりだった。夜は冷え込むので上着を羽織るのが普通だった。私の上着はごく地味で、最初の晩こそコニャックの酔いの興奮で気にならなかったが、翌日には気になり始めていた。そんな上着では、ソニャの輝きを前に私はいかにもみすぼらしく見えた。そんな不平等は受け入れ難いものだった。受け入れ難いのはソニャも同じだった。言いそびれていたが、ソニャは建築士で、死に別れた前の夫も同じ職業だった。それともう一つ。その夫の写真が到る場所に置かれていたのだ。私とソニャが愛し合った婚礼ベッドの、そのかたわらのナイトテーブルの上にもだ。長身で、見映えのいいブロンドの男だった。三十五歳ぐらいだろうか。初めは彼の視線が私を苦しめた。何度かソニャに、彼がそばにいては愛し合えないのだと言いそうになった。やがてそれにも慣れた。ソニャがそのままでいいというなら、私もそれを受け入れるしかない。ソニャには複雑なところがあり、一方その彼女の魂の繊細さを理解するには、私は余りにも無能だった。自分の横顔と、写真の中から私たち二人を見つけるその男の横顔との間の相似が余りにも明白であることに私は気づいていなかった。彼女が私に愛していると誓う時、それは本気でそう言っていたのだが、彼女が私の瞳の中にその男の瞳を見ていたことにも、私は気づいていなかった。彼女が、まるで自分の気の毒な夫を連れているように、私を連れて衆目に身を晒そうと決意したのも、自分はただ一人のものだと世間に示そうとしていたのだということにも、私は気づいていなかったのだ。だが、或いはそれすらも幻想であり、酔い疲れて病んだ私の思考が見せた、ありもしないものだったのかも知れない。

ともあれ、ソニャは私と一緒に出かける心づもりでいた。もし最初の晩に知っている人に見られなかったとしたら、別の日の晩にそれが起きていただろう。翌日、夕方近くには二人ともしらふで、アルコールの臭気も入り込む余地が無かった。ソニャは私を頭からつま先まで眺めて、

「ちょっと待って」と言った。無言のまま私がソニャの後について寝室へ入ると、そこで服を脱ぐようにと命令された。私は服を脱いだ。すると不満げなソニャに、パンツもシャツも脱ぐように言われた。私は脱いだ。そうするとソニャは寝室のタンスの引き出しを開けると、中からパンツとシャツをひと揃い取り出した。

「これ着て」とソニャは私に言った。私は言う通りにした。それから青いワイシャツ、ネクタイ、靴下、

それに、いつからそこにあったのか、アイロンをかけたハンカチを引っ張り出した。洋服ダンスの前でソニャはしばらくの間、もの思いげに立っていた。私はそんな彼女の動作に、全ての命令を忠実に履行しようとする好奇心の強い子供のように付き従っていた。ソニャは洋服ダンスの両開きの扉を開け、ハンガーを一つまた一つと動かしていたが、そこから青色のズボンを一本取り出した。私はそれを履いた。まるで私のためにあつらえたように、それはぴったりだった。身に着けていることを感じさせないほど軽い白のジャケットを羽織っていると、ソニャが軽く声を上げた。そして、もどかしそうに私のネクタイを締め、私を急き立てて、サイズ二十二の黒い靴を履かせた。それは私のサイズと同じだった。最後に私を部屋の真ん中に立たせると、後ろへ下がって私をじろじろ眺め回してから、こう言った。

「いいわ、隣の部屋で待ってて」

応接間にはめったに入ったことがなかった。たまに入った時も、居心地は余り良くなかった。このアパートのどの部屋よりも、この部屋の中では過ぎ去った生の存在が、何ひとつ変わっていないことを実証しようと踏ん張っているようだった。目に飛び込んでくるものは誰であれこの部屋の住人の不在の中に足を踏み入れる者を不快な気分にしないではおかないだろう。しかも、部屋の住人はその場にいるのだ。蔵書を収めた本棚の一角の、程好い大きさの写真の中に。私は近づいて、その写真を手に取った。

「神よ」私は思った。「力みなぎる男盛りの最中に死んでしまう、為《な》す術《すべ》もなく、ソニャを残したまま死んでしまうとは。これほどに無残な責め苦があろうか、これほどに無意味な死を、誰が欲するだろうか?」

『お前だよ』写真の中の爽やかな笑みのまま、低い声で、相手にそう言われたような気がした。

『もし俺がいれば、お前はここにいない、そうだろう？』

『スパルティの言う通りよ』ソニャが言った。

『もしスパルティがいれば、あなたはここにいない。もし私がいれば、あなたがいれば、私はここにいない……』

　そこでぼんやりしていた私ははっと気づいた、スパルティが自分と同じジャケット、同じワイシャツとネクタイ、同じ青色のズボン、そして恐らくだが、自分が履いているのと同じパンツとシャツも身に着けていることに。そのカラー写真は、自分が今いるこの部屋で撮ったものだった。ソニャと二人して、そこのソファに座っている。そうしているうち寝室からソニャの足音が聞こえて来たので、私は写真を元あった場所に戻すと、スパルティが座っていた、まさにそのソファの、同じ場所に腰を下ろした。入って来たソニャの頰は陽の光が差したように紅潮していたが、私はソファに背をもたれさせたまま、驚きの叫びをどうにか抑えていた。ソニャはワインレッドのドレス姿で、手にはカーディガン、肩からは白いバッグを提げている。つい今しがた写真で見たのと同じ姿だった。彼女はドアのところに立っていて、私はやっとのことで立ち上がれる態勢を取り戻した。その時、彼女が私の方へやって来て、並んでソファに座り、身を傾《かし》げ、私の肩にそっと自分の肩を寄せてくる気がした。これは偶然なのか、それともソニャがそうお膳立てしていたことなのか？　私には全くわからない。その時の私は、自分の横顔がスパルティのそれとそっくりだということに気づいていなかったのだ。だがもし気づいていたとしても、それを言おうとはしなかっただろう。理由は単純、ソニャには私を好きなようにすることができたのだ、私にスパルティの服を着せたあの時から。私は、自分がとことん彼女に惚れ込んでいるのを感じていた。間違いない。ソニャは遊戯を楽しんでいた、気まぐれを満たしていたのだ。そうでなければ、「ダイティ」ホテルのレストランに三夜も続けて私と一緒に行くわけがない。私とソニャは三夜行ったが、四夜目はなかった。理由はただ一つ、三日目の晩に、あの閣僚の息子、党員査察官の男に見つかったからだ。最初の晩に気づいたのは、あの場所でソニャの顔を知らない者がいないことだった。知られていない奇妙な顔は私の方だった。入り口で彼女を出迎えたホテルの支配人も、給仕頭も、給仕たちも、それにレストランのバンド連中に至るまで、ひれ伏さんばかりの丁重さで彼女を歓迎した。私とソニャは店内の一隅の、バンドから一番離れた丸テーブルに陣取った。それでも、どこにいても同じくらいに喧噪が響き渡ってきた。店内に足を踏み入れた時、ちょうど外国人のカップルが踊っていた。私たちはウイスキーとコーヒーを注文した。周りを気にしながらソニャは数千レク分の紙幣を私に握らせた。そして私に、自由に振る舞うように、何も心配しないようにと言った。川沿いの小さな町で育った私のような者にとって、彼女が言うように振る舞うのは容易なことではなかった。当然ながらレストランも、ぴかぴかに洗いざらした酒場にしか見えなかった。一つだけ興味を引いたのは外国人たちだったが、向こうは向こうで自分たちのことしか眼中になかった。

灰色の目の男がレストランに現れたのは、私とソニャが来てから一時間ばかり経った後のことだった。三人連れで、三人とも同じような上着を着ていた。ホテルの支配人が案内に立っていた。遠目にその姿を認めた時、自分でもどうしてだかわからないが、ウイスキーのグラスを持つ手が硬直した。ソニャは自分の女友達の、ありふれた離婚話を私に話しているところだった。私の表情はこわばっていたに違いない、彼女は不意に話すのをやめ、私が心ここにあらずといったふうで向こうの方を見ていることに気づいた。それはレストランの入り口がある方で、店に着いたばかりの連中が立ったままその場にたむろしていた。ソニャは私が見ている方に目をやった。そして微笑んだ。

「あっちなんか見なくてもいいでしょ」

そう言ってグラスを手に取り、私のグラスと軽くかち合わせると、くいっとのどに流し込んでからテーブルの上に戻した。彼女はその謎めいた笑みを絶やさぬままだった。今着いたばかりの連中は、私とソニャがいるのとは反対側にあるテーブルの方へ向かった。どうやら空いているテーブルを見つけたらしい。それは私の視界に入らなかった。彼らの姿も、一緒にいた支配人の姿も見えなくなった。ソニャは何事もなかったように、中断していた女友達の離婚の話にかかった。しかしそれはまたも中断された。メインの照明が消え、テーブルは柔らかく赤みがかった光に包まれた。バンドがブルースを演奏し始めた。ソニャは私にグラスのウイスキーを飲み干すようにと言った。そしてソニャもグラスを空けた。まだ踊りに出て来るカップルはいなかった。

「立って」ソニャが言った。私は気乗りがしなかったが、あれこれ説明を求めるまでもなかった。ソニャが求めていることが何か、何をしようとしているか、何を言おうとしているか、私にははっきりわかっていた。

「何も心配しないで」ソニャは私にそうささやいた。私は、ソニャに魔法でもかけられたようだと言った。そしてこうも言った。ソニャが望むなら、自分はあの灰色の目の男をこのレストランの中でこてんぱんにしてやるつもりだ、と。

「そんなことしなくてもいいわ」彼女は答えた。「そんなことしたら余計厄介なことになるから」

二人の「ソロ」のダンスはずっと続いていて、最もその気がなさそうな客でさえ、ついにはこちらに見入ってしまうほどだった。三人組が座っているテーブルも同様だったが、そこは支配人を加えて四人組になっていた。そのうちカップルたちが活発に動き始め、ソニャは席に戻ろうと言い出した。給仕がウイスキーを運んできた。ソニャはそれにはもう口をつけようとしなかった。彼女は炒って塩味をつけたアーモンドを注文した。「ダイティ」ホテルのレストランご自慢の一品だった。それはあのレストラン、あれ以来一度も立ち入ることのなかったレストランでの記憶の中で、私が最も興味を感じたものだった。私は好奇心に駆られ、あの閣僚の息子が今も足しげく通っているのか知りたいと思った。

「きっと見つかったわね」ソニャが言った。

「今頃怒り狂ってるわね。前に聞いたことがあるけど、あいつは獲物をいたぶって満足を感じるらしいの、要するに、あいつの捜査の手中に落ちてしまったら運の尽きってこと。ラディの仲間内ではそのことは有名よ、みんなそうささやいてるわ。でも誰も動きゃしない。誰を動かそうともしない。今ここで幾つの視線が私たちをつけ回してるか、あなたにわかる?」ソニャは不意にそんなことを訊いてきた。

「心配しなくてもいいわ、あなたは私と一緒なんだから。あの馬鹿どもからすれば、あなたが私と一緒にいるってことは、あなたがラディと一緒にいるようなものなのよ。そしてもし、あなたがラディと一緒なら、それはあなたがラディのお父さんと一緒にいるようなもの。あのけだものたちにとってはね。ウサギの前では虎になれるくせに、虎の前ではウサギになってしまうのよ」

ソニャは私のグラスを取り、少しだけウイスキーを飲んだ。

「でもあいつはね」ソニャは話を続けた。

「あれはパルヴニュ［フランス語「成金、成り上がり」］よ。あいつの父親もそう、あの閣僚もね。パルヴニュって言葉の意味、知ってる？ 私たちのこの国はパルヴニュどもの手に落ちてしまっているのよ。私たちの社会はね、一枚岩だって言われるけど、腐りきってるのよ。だって国を指導するのがパルヴニュの連中なんですもの。これは国民にとって大きな不幸よ。いつの日かパルヴニュどもから私たちが救われるなんて無理……」

私とソニャはもう少しだけその場にいて、それから外に出た。店の外は肌寒かった。大通りは人影もまばらだった。ソニャは私の手を取り、私に寄り添った。私はもう少しで彼女に結婚しようと口走りそうになった。それはずっと私の頭の中に引っかかっていたのだったが、しかし言い出せなかった。私は自分をパルヴニュだと感じていた。たまたま運の良いのが重なって、天界の女のお目にかなった、そんなパルヴニュだ。

ソニャの振る舞いはますます不可解なものとなっていった。規範という点から見れば彼女の態度は公然たるスキャンダルだ。それを彼女に、その言葉通りの表現で告げたのはラディだった。彼が電話でこちらに来ると告げてきた時、私とソニャはベッドから起き出しコーヒーを飲んでいるところだった。試験期間の真っ只中だった。私は一次試験には出ず、二次試験までの時間を稼いでいた。ラディとは三週間前から会っていなかった。

「あなたが帰っても無駄よ」とソニャが言った。「あの人、あなたがここにいることも知ってるんだから」

だからラディは、私がその場にいるのを見ても全く驚きを見せなかった。彼は、私とソニャがずっと注目されている、ティラナ中の噂になっていると言った。そしてこの『公然たるスキャンダル』という言葉を口にした。ソニャは笑った。その笑いが私を不安にさせた。私には、彼女の要求に抗うだけの僅かな行動すら取る力が無かった。ソニャとラディの会話の場に第三者として居座る気にはなれなかったのに、ソニャは私を容赦しなかった。そんな状況の中で、ラディが要点を切り出した。彼は言った。自分は父親から断固たる命令を受けて来たのだと。その命令によればこうだ。今夜ソニャは、もう一か月以上も両親に預けたままにしている息子を引き取ること。次の日の朝にはその息子と一緒に車でドゥラスの別荘に無期限で入ること。

「二か月ってところかな」ラディは言った。

「あなたが治るのにそれぐらいはかかるだろう。父は言っていたよ、あなたは精神病になりかけているってね。だがそう思っているのは僕の父だけじゃない」

今度はソニャも笑わなかった。彼女は青ざめていた。

「叔父さんが命令できるのは、叔父さんの言いなりになる連中だけじゃないの」ソニャは言った。

「私はそんなんじゃない。今までも、これからも叔父さんの言いなりにはならないわよ。私の身体の具合なんて、今ぐらい調子が良かったことなんてこれまでなかったぐらい」

そう言ってソニャは部屋を出ていくと、コニャックの瓶を持って戻って来た。そして三人分を注ぐと、自分の心意気を示すかのように、ひと息に飲み干した。ラディは自分に注がれた分には手をつけなかった。私もだ。ソニャには抗弁する権利があった、だがそんなやり方ではない。その時そう私は思った。この凡庸な私がだ。その時そう思った私は、反乱というものが何かもわからず、この女を理解するだけの能力も持っていなかった。ラディはいつもの青白い顔をさらに青白くさせていた。

「あなたは、父の言うことに一言一句従うんだ」ラディはそう言った。

「僕は冗談を言ってるんじゃない。それに、もうそんな暇もない。あなたにはっきり言ってあげようか。父は強く警告しているんだ。あなたが言う通りにしなければ、このセサルを救うことだって不可能になってしまう（ラディもソニャも、二人とも私をそう呼んでいた）。僕らだけが知っている秘密ももはや秘密ではない。それは父の耳に入っているし、事態は悪化している」

ラディはそこで沈黙したが、しばらくすると口調をやわらげ、ソニャにこう言った。

「もう意固地になるのはやめてくれよ。他に選択肢なんかないんだ。さもないと、うちの父でさえ怖れるような厄介なことになるよ。僕は父から、あなたが言われた通りにきちんとするようにさせろとしつこく言われてきたんだ。こうなっては僕も、父の言う通りだと思う。詳しいことは僕にもわからない。でも、父が心配していることだけはわかる。もう一度言うよ、父は怒ってるんじゃない、心配してるんだ。それとセサル、君もだ。しばらくはティラナの町中に堂々と姿を現すんじゃない。故郷の町に戻って、試験勉強に取り掛かった方がいいよ」

私の脳裏に、彼の誕生日の雪の夜の記憶がよみがえった。父と息子の会話の断片も、招待すべき者を呼んでいないことを父親が気にしていたことも。

「ああ神よ」私は思った。「誰もが冷静ではいられない、誰もが怖れている。力を手にしたはずの人間でさえ恐れることはあるのだから」

その恐れを、私はラディの話し方や、ソニャに対する懇願の仕方の中に見てとった。そしてその恐れは、私自身の中にも入り込んでいた。背筋に氷のような冷たさを感じた。生まれ出たその恐れの塊の中で、ラディはあけすけに不安を口にしたのだ。

「すまない」私はつぶやいた。「本当にすまない」

ソニャがテーブルから立ち上がり、窓の側へ向かった。そこでラディはコニャックを少しだけ口にした。そして口元に笑みを浮かべたのだ、まるで私にこう言っているように。

『気にしないでくれ。そういうものさ』

こちらに戻って来たソニャは、目元に涙をひとしずく浮かべていた。

「いいわ」彼女はラディに言った。「わかったわ。確かに私は病気かも知れない、自分じゃわからないけどね。叔父さんに伝えてちょうだい、わかりましたって。でも明日は出発できないわ。明後日よ、そう言っておいて。明後日の朝にならないと支度できないから」そこまで言ってから、ソニャは再び背を向けた。ラディは何の反応も示さなかった。私は彼の顔に或る種の安堵を見た。彼はグラスに残っていたコニャックを飲み干すと、立ち上がって「じゃ帰るよ」と言った。ソニャは返事をしなかった。それでラディは肩をそびやかした。彼は私に手を振ると、何も言わずその場を立ち去った。

私はコニャックの残ったグラスを目の前にしたまま、その場に座っていた。立ち上がってラディを玄関まで見送ることさえもできなかった。ソニャは窓際に立ったままで、まるで彫像のように固まっていた。何をしたらいいかわからなかった。私は口を閉ざしたままだった。やがてソニャが私の目の前に来た。暑い午後だった。飲んでいたコニャックはぬるく、不味《まず》くなっていた。その時初めて、自分がここではよそ者なのだと思った。偶然にも、或る種の人たちの、その人生の歯車の中に巻き込まれてしまったのだ。何となくだが、その周りには謎めいた霧が立ち込めていて、私には先を見通すこともできないままなのだ。だが一方で、その晩こそ私はソニャをこれまでにないほどはっきりと理解したとも言える。

「一緒に出かけるの怖い？」と彼女は私に訊ねて来た。その時私は自分の人生でも最も芝居がかった、最もおかしなしぐさをしてみせた。ひざまずき、彼女の両手を取り、口づけを浴びせたのだ。その頃、私は西部劇の映画を見ていた。その映画の中では、千と一つのアクションの果てに、ヒーローが愛する人の前にひざまずいていた。私の、いささか時代遅れなそのしぐさが、その映画のヒーローの振る舞いに影響されたものだとは必ずしも言えない。私は自らひざまずいたが、それはたぶん、ソニャが自分に、夜一緒に出かけるのは怖いかと訊ねて来たので、膝からくずおれたというだけのことだっただろう。彼女の言葉から、それが二人にとって最後の外出になるだろうと私にはわかったのだ。それはつまり、明後日にはここを発《た》たざるを得ないという意味だ。私の感傷的な振る舞いもソニャには過ぎたものとは映らなかった。彼女は私の頭を両手で抱き、私の髪を撫でてくれた。どうやら、男にとっては時代遅れな振る舞いも、女からすれば常にそうとは限らないらしい。陽が沈んでから、私とソニャは外に出た。まるで葬儀に向かっているように押し黙ったまま歩いた。通行人が蠅のように見えた。ソニャにどう見えていたのかはわからない。レストラン「ドニカ」の前で二人は顔を見合わせた。二人とも気づいたのだ。我々をじろじろ見てくるような連中の視線を避けるのに、「ドニカ」ほど向いているところはないということに。

別に灰色の目の男から逃れたかったわけではない。あの視線からは今までも逃れることができなかったし、そして今夜も逃れることはできないだろう。他にも、我々の方を見ている別の視線があるはずだが、それは我々からは見えない。「ドニカ」なら、まだ落ち着いて入れるだろう。もっと落ち着いていられるだろう。そのレストランの、天井に頭をぶつけそうな階段を上り、バルコニーのある方へ向かった。そして隅の席に腰を下ろした。我々二人の前の手すり越しに、下の階のホールが見渡せた。空いているテーブルは一つだけだった。ソニャは何も言わなかった。私もだった。三十分ほどしてからウェイターが来て、今夜はハンバーグとつけ合わせのサラダしかないと告げた。

「結構よ」ソニャが言った。「ハンバーグと、つけ合わせのサラダをお願い」

「それとビールも」と私が言うと、

「ビールはございません」とウェイターは答えた。

「何があるの？」と訊くと、

「ウゾなら」と満足げに答えた。

「ウゾをダブルで二つ」とソニャが、その満足げな振る舞いを断ち切るように言った。

ウェイターが立ち去ると、向かいの席に男女の二人連れが座った。私の何気ない視線は影のようにその二人にはりついた。二人は婚約者同士のように見えた。私は二人に申し訳ないと思った、今夜この店にはハンバーグとつけ合わせのサラダしかないことに。それとウゾだ。そこで私は好奇心に駆られた。あの向かいに座っている女は、ウゾを飲むのだろうか？　とその時、女の方がこちらを振り向いた。

それは、この店で出くわす可能性が最もなさそうな人物だった。ヴィルマだったのだ。彼女の連れは従兄弟だった。かつてマクスの好きな食べ物を聞き出した、あの従兄弟だ。ヴィルマは顔を赤らめた。私の方を見ていたことを、不意に私に気づかれたからだろうか。だからヴィルマは顔を背けた。彼女がティラナの中等学校の卒業試験を控えているのは知っていた。父親はまだあの町の小学校の校長を続けていた。私はヴィルマから目を離せない気分だった。きっとヴィルマはもう一度こちらを見ようとするはずだ。私ではない。ソニャの方を見るのだ。そしてその通りになった。間もなく偶然を装ったような、好奇心の強い女子学生にありがちな動作で、そこに罠が待ち構えているとも知らず、ヴィルマは我々二人に目をやった。だが罠は確かに仕掛けられていたのだ。その晩は恐ろしく憂鬱な気分であったにもかかわらず、私は吹き出しそうになった。すると彼女の顔はさらに真っ赤になった。

「俺は馬鹿だ」と思った。するとソニャが出ようと言ってきた。ゆうに三十分は経つのにウェイターは姿を現さない。店を出た。

10

退屈な夏だった。退屈というより、無意味でさえあった。無意味というより、空虚でさえあった。私は八月の終わりに秋の試験を受けた。八月末にはアフリカから厚い雲の波が押し寄せてきたが、それは秋がすぐには訪れそうもないことを示していた。ラディは二週間遅れで授業にやって来た。私はソニャに恋い焦がれたままラディを迎えた。だがどちらともソニャのことは口にしなかった。ラディにそうする理由はなかった。私も強いて訊ねようとはしなかった。

「おかしな納得の仕方だな」私は思った。夏の間ずっと二人は一緒に過ごしていたのだ。ラディは恐らく、ほんの二日ほど前に彼女のもとを離れたはずだが、私の方は口をつぐんでおかなければならなかった。そう思うと神経がたかぶった。うんざりする思いだった。そういう暗黙の了解が自分にとってどれほど嫌なものか、言いたくてたまらなかった。もう辛抱できない、どんなに夜遅くでもソニャのところへ行きたいと言いたかった。恐らくティラナの半分を敵に回すことになるだろうが。

このことを思い出すと、私は胸が痛む。私はもう少しで口走るところだった。ラディが破滅の一歩手前にいた時、私の目はエゴイズムに曇らされていた。だがラディが破滅の淵にいたなどと、どうして私に知り得ただろう？　何もかもが普段通りまどろみの中で息づいていた。ダイティ山はオリンポスの久遠《くおん》と静寂をたたえ、首都の上にそびえている。ラディの目つきはいつ見てもずっと不安げで、顔色は真っ青だった。だがそれが破滅の時だなどと、どうして私にわかっただろう？　私は予言者ではないのだ。私はソニャと寝たいと恋い焦がれるだけの、尾羽打ち枯らした惨めで哀れな男でしかなかった。ソニャが気に入って何度も言っていたパルヴニュだ、愛のパルヴニュだ。ソニャと関係ないことなど私には何の興味も無かった。沼地に溜まった水の底で炎が燃えていて、その沼地にいる蛙だの魚だの、ウナギだの蛇だのあらゆるものを茹《ゆ》で上げようとしているなど、そんなことが私の頭に浮かぶはずもないではないか？　私の考えはどこも見通せなかった。誰であれ、どこへも考えをめぐらせることなどできない。できるのはただ、自らの足元に火をつけ出した連中だけだ。私はたまたま火のついた木のそばに置かれて巻き添えで燃えてしまう、焚きつけの枝のようなものだ。

九月の中頃にラディと会った時、私は、彼が心ここにあらずといった風であることに気づいた。暑い日だった。みんな、学校が休校にならないのに不平を言いながら、朝から夜遅くまで呆けたようになっていた。ラディ自身が自分の足元の火に気づいていたのか、私にはわからない。気づいていなかったにせよ、その火は彼の近くで燃えていたのだ。そう、例えば、父親の肘掛け椅子の下で。私はエゴイズムのとりこで、世界は私を中心に回っていた。もうふた月以上もソニャに会っていなかった私は神経過敏になっていた。どんな物事も、どんな事態も、どんな行為も、それが何であれ私は彼女に関連づけて判断するのだった。ラディの言動に関しては尚更だった。私の頭の中は、まるでウイルスに感染して病んでしまい、機能停止を起こしたコンピュータだった。ラディの憂鬱を私に対する冷淡さだと翻訳し、周囲と距離を置こうとするラディの接し方を、私を避けようとする態度だと判断し、店へ飲みに行こうとしないのを、私に対する妥協から身を守るための方便だと思っていたのだ。ソニャから私を引き離すこと、そういう企てなのだと。やがて十月の初めに、私がどれほど狭量だったかということを目の当たりにする日がやって来た。

「君、よかったら」と講義が終わってからラディが私に話しかけてきた。

「夕方頃に『キシャ』［かつての教会（キシャ）を改装したレストラン］へ来ないか。ウイスキーがあるぜ」

それまでに彼は二度も、私の誘いを断っていた。

「悪いけど、たぶん無理だと思うよ」と私は答えた。私が発したその言葉には、言外に不満が込められていた。ラディはそれには気がついていないふうで、

「それは残念だな」と言った。

「でも僕が君に伝えるのを忘れたんだって、ソニャは思うだろうなあ」

とまるでごくありふれた、まるで大したことのないニュースを伝えるような口ぶりでそう言ってから、ラディは話題を変えた。次のギョフのゼミはいつだったかと訊ねてきた。今度のゼミなら来週だと私は答えた。そして二人は別れた。ラディは大通りを渡り、私は航空会社へ向かう通りの、郊外行きバスの停留所

がある方へと足を向けた。胸が高鳴っていた。もう一刻も耐えられなかった。私は引き返し、ゆっくりとした足取りで去っていく彼を見つけると、

「そのボトルはさ」と呼びかけた。

「半分なんかじゃなくて満タンで頼むぜ」

ラディは手を振った。目元に珍しく笑みをたたえている。そして彼は歩いて行った。

それは彼らとの最後の夜だった。それから三人で会うことはもう二度となかった。そして、ソニャと寝た最後の夜でもあった。もし人間に自分の死ぬ時がわかっていたら、自分で自分の墓穴を掘るだろう。だがラディもソニャも、自分らを待ち受けるものが何なのか、わかっていなかった。そう私は確信している。二人だって自分らを待ち受けるものが何か知らなかったのだ、私にだって、三人の最後の夜だろうとか、ソニャと過ごす最後の夜だろうなどとどうしてわかっただろう。我々三人はウイスキーをひと瓶空け、さらにワインとビールもあおった。厨房では我々のために美味いつまみをこしらえていた。だがソニャのおかげではない。人間というのは残念ながら、美ではなく権力にひれ伏すものなのだ。こうした法則においては、湖のほとりのこの店のウェイターもコックも例外ではなかった。彼らにとってソニャの美貌など知れたものだった。これが単に美貌の問題なら、連中は彼女を食い物なしで放ったらかしていただろう。だがラディについてはそうはいかない。なぜならラディには権力があるからだ。そして権力には、女性の美よりもずっと強い魔力がある。権力は男であれ女であれ、万人を惹き寄せる。男たちは倒錯に至るまで、女たちは女性らしさを喪失するまでに魅了されてしまうのだ。明らかだと思えるのは、ウェ

イターであれコックであれ、その晩、湖のほとりの店にいた誰もが、私の友人を待ち受けるものが何であるか知りもしなかったということだ。私もまた、自分自身を待ち受けるものが何なのか、知りはしなかった。

やがて成り行き通りにことが運び、時が経つにつれて冬の狂騒の兆しが姿を現してきたとささやかれるのを、私は耳にするようになったが、さらに年の瀬になるとそのささやきは叫び声と化していた。例を挙げると、新年の祝賀祭、そんな時にはいつも首都の祭典を彩っている要人たちの肖像の並ぶ中、気づくとラディの父親の肖像が欠けていた。そんな形であらわれた事実について、大多数の人々はそれを認めようとはせず、その話題の肖像なら、どこか他の場所で、他の肖像の中に交じっていたと語るのだった。しかしながら、その欠落の形が事実であったにしても、私はそのことに気づいていなかっただろう。肖像など、私にとって最も関心を引かない類のものだった。新聞も読んでいなかった。例外は、記事の集団講読が義務づけられているような場合だけで、それは重要なものと見做《みな》されていたが、私には何が重要なのか全くわからなかった。この数か月というもの、私が気づいていたのはもっと別のことだった。ラディが書物に対する興味をまるで失っていたのだ。以前ならば、自らの生活における絶対的な規範として、ラディは読書にその身を費やしていたのに、それが私との酒場巡りに身を費やすようになっていた。それは、ソニャが私との関係を全て絶ってしまったのと時期を同じくしていた。ラディとのつき合いで励まされていなければ、私はどうにかなってしまっていただろう。だからこそラディのそうした変化を私はまるで気にしていなかった。ラディの態度を、ソニャを失ったこと故の、自分に対する連帯の姿勢のあらわれだと、私は思い込んでいたのだ。

その噂を私が最初に知らされたのは自分の町で、自分の父からだった。一月に予定されている残りの学期末試験の準備をしていると、父が私の部屋に入って来た。顔は真っ青で、辛うじて立っているような状態だった。ドアにもたれかかっている父が、そのまま倒れてしまうのではないかと私は思った。すると父が口を開いた。父は不安なことがあるたびいつもこんな口の利き方をするのだ。父の話によれば、二、三日前、ラディの父親が人民の敵であると名指しされ、刑務所に送られたという。なぜ、どうしてそうなったのか、誰にもわからなかった。ラディの父親と共に、有名、無名を問わず一連の人物たちがその職務を解かれた。彼らも逮捕される見込みだという。その話をする父がすっかり取り乱していたので、内容を理解するには超人的な集中力が必要だった。父は部屋の中をあちらへこちらへと歩き回り、嘆き声をあげ、悪態をつき、正気を保とうともしていなかった。父は恐怖の余り死にそうだったのだ。ラディは何度も自分たちのところへ来ていたし、父は私が有力者の息子と親交があることを事有るごとに吹聴していたのに、それが今ではすっかり震え上がってしまいどうしたらいいかもわからなくなっていた。

「俺たちはもうおしまいだ」父はつぶやいた。

「思った通りだ。何だってお前はあんな連中とつき合おうなんて思ったんだ？　この有り様じゃまだ足りないっていうのか。ああ何てこった、お前は俺に何て厄介なことを持ち込んできやがったんだ？」

嘆き続ける父をそのままに、私は部屋を出た。そこに留まっていたら殴られそうだった。出てはみたが、どこへ行ったらいいかわからなかった。頭が破裂しそうだった。凍えるような一月の日だった。人気《ひとけ》もまばらな路上と、葉の落ちた樹々と共に、町はいつもと変わらぬ日暮れの訪れを待っていた。首都のどこかで起こったことが、この町にとって何だというのだろう？　肖像に誰がいるだの誰がいないだので、この町が頭を悩ませることもない。そんな話などもうたくさんだ。そんなことよりこの町では、バーで起こる乱闘騒ぎの方がよっぽど深刻だ。そこでは何の躊躇もなくナイフが持ち出されているのだから。肖像の話なんて、時にジョークのネタになるぐらいだ。さらに進んだ連中ならしまいには「くたばっちまえ！」と言うだろう。そんな肖像の、いなくなった者たちであろうが、いる者たちであろうが、連中はそんなこと知りもしない。肖像たちはこの町にとっては、完全なる無関心の中にあり続けるのだ。

その日は川のせせらぎが静かに聞こえていた。おそらくそれは、この町を死の静寂が覆い尽くしていたからだろう。刺すような風が吹いて来て、我が身を震わせた。その時、私は自分の父が言ったことの本当の意味に気がついたのだ。父によれば、その事件が起きたのは二、三日前のことだという。冷たい汗が私の額に噴き出した。十分後、私は郵便局の、いつも誰かが交換手と言い争っている、薄汚れた電話ボックスにいた。電話機に硬貨を投げ入れ、番号を回した。ラディは自室に電話を持っていた。しばらくそうしていたが、そのうちふと、向こうには誰も電話を取る者がいないのだと気がついた。私は受話器を戻した。電話機が排泄物のように硬貨を吐き出した。五分経って同じことを繰り返した。夜八時になって郵便局の人の出入りがピークを迎えた頃には、もう十五回ほどは繰り返していたに違いない。それでも、誰も電話に出て来なかった。

私は自宅に戻った。父は自らの恐怖心を母へと向けていた。私を待ち受ける二人の心は冷え切っていて、私がアパートに足を踏み入れると、母は目を真っ赤にしていた。そこに渦巻く怒りは私に向けられていた。私は大声を上げ、自分のことなど放っておいてくれと言いたかった。しかしそうはせず、廊下に立ち私に対して何かを待ち構えている両親を尻目に、自分の部屋へと入った。それで二人は、焦って私に何を言ったところで無駄だと理解せざるを得なかった。私はベッドに身を投げたが、すぐさま起き上がった。まるでバネ仕掛けのように。部屋を飛び出すと、両親はまだ廊下に立っていた。そのまま薄暗い階段を駆け降りる私の耳に、戻って来いと叫ぶ両親の声が小さく聞こえた。

外に出ると、自分の耳鳴りが川のせせらぎのせいなのか、頭の中がガンガンするせいなのかわからなかった。バスに乗って航空会社の近くまで行き、そこからその勢いのまま、ソニャのアパートまで辿り着いた。薄明りのともる階段のところで、女の声がした。私が階段を上がっていくと、その女が降りてきて、ソニャはここにいない、たぶん父親のところにいるだろうとささやいた。私が引き返そうとすると、その女は姿を消した。「俺はどうかしているな」そう思った。「とうとう幻覚まで見え始めた」ソニャは家にいなかった。執着心で半狂乱になりベルを鳴らし続けたが、誰も出て来なかった。

もう何時になっていたかもわからない。どれほどの間、階段の突き当たりのところに座り込んでいたのかもわからない。夜の冷え込みが身体の芯まで沁み通って、ソニャのアパートの階段の突き当りに張り付いたまま眠り込んでしまうのではないかという恐怖で立ち上がるのだった。しかしソニャは家に戻って来なかった。私に話しかけてきた声は幻覚ではなかったようだ。それ以上は待っていられず、私は北地区の方へと足を向けた。そこから一、二キロほど先の場所にソニャの両親が住んでいた。道は人影も少なかった。私は自分自身の足音が響くのを耳にしながら歩いた。自分でも何をしようとしているのかわからなかった。今思えば、あの場を立ち去らない方がよかったのではないか。人間というものがこれほど下らないとは思っていなかった。まるでゼロのようだ、これほど弱いとは。ソニャの両親が住むアパートのある通りに着いた時、そう感じたのだ。下らない、弱い、ゼロだ。

通りの方を振り向くと、遠くに車が見えた。車のライトは下の方に向けられたままで、まるで灯火管制のようだった。たぶんそれで私も注意を引かれたのだろう。そのライトには、何かしら普通ではないものがあった。私は歩みを落とした。光の近くに影が見えた。それから何か小声でささやかれるのが聞こえた。複数の人間が音もなく、行ったり来たりしている。やがて歩道に姿を現したのは警官だった。かたわらの車はシュコダ製の大型トラックで、荷台には覆いがかけられ、トレーラーを引いている。私の目にはそれが霧の中のようにぼんやりと見えていた。寒さのせいではない。その夜の寒さは犬のように嚙みついてくるものだったが、私の見ている光景が、霧の中のようだったのだ。「あれは、彼らの身柄を拘束しに来たのだ」私はそう思った。膝元がふらついた。自己防衛の本能が、私を今いるその場所に縛りつけていた。足元の路面は闇に沈んでいる。ネオン灯は壊れていて、家々の明かりはすっかり消えていた。どこかの窓のカーテンが微妙に動いて、それで住民たちがこっそり外の様子を見つめているのがわかった。私は会話が聞こえるところまで近づいた。するとそこにソニャがいた。腕には息子を抱いている。ソニャのすぐ後ろにソニャの父親がいた。そこから少し離れて母親もいた。荷物を抱えた人たちが階段を出たり入ったりして、それらの荷物をトレーラーに積み込んでいた。荷台はいっぱいになっていた。私が見た時、ソニャは道路の向かい側の歩道にいた。あとほんの一歩踏み出せば、彼女のそばに辿り着けただろう。私はそこに立ったまま、手のひらを噛みしめていた。血が出るほどに噛みしめていた。ソニャは私のすぐそばにいて、それでいて私には暗闇の中から歩み出る勇気が無かった。私は身を隠したままだった。まるでモグラのように。その時、平服の男が一人、トレーラーの前に姿を現すと、ソニャの方へ近づいた。あいつだ、あの閣僚の息子だ。ソニャが振り返った。ここにいれば誰からも自分の姿は隠れて見えないという確信がなかったならば、私は、ソニャが私の方を見たと思ってしまっただろう。ソニャは目を泳がせ、まるでその男の灰色の視線を避けようと虚《むな》しい努力をするがごとく、虚空へと目を遣った。暗がりに誰かがいるなど、彼女には知りえないことだった。私は頭を両手で覆い隠した。そしてそのまま壁に向かって頭を叩きつけそうになった。党員査察官がソニャに何と言ったのか、ソニャが何と返事をしたのか、私にはこれっぽっちも聞こえてこなかった。私が抱えていた頭を上げてみると、人々が荷台に乗せられ始めていた。その人々の中にソニャもいた。ほどなくしてトラックは出発した。窓越しに、何軒かのカーテンが揺れた。「失せろ、お前たち」私はそう叫びたくなった。「この世の中どいつもこいつも糞ったればかりだ。俺も、お前らも。俺たちみんな糞ったれだ。俺たちなんて、糞みたいに裏切られるのがお似合いなんだ」

私が町に戻ったのは、夜も明ける頃だった。夜はバスも眠っていたので、私は道路を歩き通してきた。ソニャの、あの虚空へと向けられた虚ろな視線が、ナイフのように私に突き刺さって抜けないままだった。たぶんそれが理由だろうが、私は他のどんな痛みにも鈍感になってしまっていた。私は死んだように眠った。そして目が覚めてみると、世界はあらゆる色を失っていた。残ったのは闇の中へと沈んでいく感覚だけで、その後に起こった全てのことを、私はまるで気にかけることもなくやり過ごしたのだ。

それからは、大したことは起こらなかった。起こったのはただ予期した通りのこと、物事の筋道通りの出来事だけだった。試験にも身が入らず、もはや本を手に取る気もなく、かといって幻想にふける気にもなれなかった。予期していなかったことと言えば、人間の堕落の底知れなさがあらわになったことだ。最初にそれに気がついたのは講義の時だった。誰一人として私に近寄らず、私の隣に座ろうともしなかった。私は学生たちが本能に導かれるままに獣に戻っていく様を見ながら、不純な満足感を覚えていた。獣に人間がどうして腹を立てる必要などあるだろう、それは相手にするまでもないことだ。実際、私が静かに待っていたのはもっと別のことで、それは時をおかずして起こった。翌日の講義の時、クラス担任があからさまに嫌そうな、まるで両手に何か不潔なものでも抱え込んだような顔で、私に学部の秘書のところへ行くようにと言いに来た。私はその通りにした。秘書室には、秘書がただ一人いるだけだった。背の高い女性で、眼鏡をかけ、綺麗な脚をしていて、女子学生全員の嫉妬の的になっていた。明らかに彼女が置かれていたのは厄介な立場だった。そんな彼女を元気づけようと、私が口元に笑みを浮かべると、彼女は顔を赤らめた。まるで少女のように。その振る舞いも、その声も、彼女には少女のようなところがあった。

「あなたもご存知でしょうけれど」彼女は切り出した。

「すみません、何でよりにもよって私があなたと話すことになったのかわからないんですけど、だってこんなの私の仕事じゃありませんからね。とにかく、私からあなたに伝えるように言われたから申し上げますが、本日をもってあなたは授業を受けられなくなりました。理由は、あなたの経歴上、あなたが本学で学業を続けるのは不可能であるとすべき若干の点が明らかになったからです。私からこのような辛いお知らせをお伝えしなければならないのは残念なことです、こんなことは私の職務の内ではないのですが。これが本当に大変なことはよくわかりますし、本当に、あなたには心から同情申し上げます……」

あなたこそ天使だ、と私は言いたくなった。あなたのいるべき場所はこのような恥ずべき職場ではない、それはどこか遠くの、天国だ、と。あなたこそ天国のセイレーンだ、そう言いたかった。だが私の口元はそんなことを言うような形状にはならなかった。せいぜい感謝の念を目で伝えたぐらいだろう。その点については自分でもよくわからない。その秘書が眼鏡越しに他人の視線を読み取れるような状況だったのか、それも私にはわからない。そして私が、シニシズムともとれるような冷静さで、その通知をきちんと受け入れるには、書面に署名捺印したものが必要だ、そうでなければ自分が学業を中断する理由がわからない、と伝えたところ、彼女は戸惑いを見せた。

「それはもちろん」彼女は口ごもりながら言った。

「あなたの権利です」

私は秘書室を出ると講義に戻った。私の抵抗など徒労であり、何もかも決着がついていた。だが私は無残にも、親愛なる人物を二人も失ってしまっていたのだ。それも跡形も残さずに。あの二人にはそれこそ何の罪もなかった。そして私が幾度となく思い返すのは、あの雪の誕生日、父と子の会話、そしてその父親が招待客とその人数にこだわっていたことだった。

「ラディは父親の命令に従わなかったのだ」そう考えながら私は、講義をしている教師の夢遊病者のような動きを目で追っていた。

「招かれた者であれ、招かれざる者であれ、みな心穏やかではない。みなこう言うだろう。『おい見ろよ、あのくたびれきったツラ、俺たちに何をしようっていうんだ？ ヤツの首を刎《は》ねて、一族郎党ともどもくたばらせてやる！』と。そしてその日から首切りが始まった。まずは序列に従って一族の長からだ。雄鶏の首からだ。だが一族の雄鶏にはまだ首がついているのだろうか？ その次に首を刎ねられるのはたぶん俺だろうな」

そこまで考えていた私は身を震わせた。誰かに肩をつかまれたのだ。クラス担任だった。彼は、まるでその手に汚らわしいものでも触れたような、嫌そうな顔だった。「ギョフの部屋に行ってくれ」と彼は小声で言った。「今すぐにだ」その時、私は自分が首を刎ねられる具体的な感覚をおぼえた。

ギョフは何の前置きもなしに私を迎えた。彼がまだ話し出さないうちから、その話が私には多かれ少なかれ見当のつくものであったし、ギョフのいるべき場所は、毎日きちんと清掃され電熱暖房の効いたこの部屋ではないと、彼に向かって言ってしまいそうだった。彼の居場所はどこか地獄の第七層あたりではないかと。一方そんな私に一瞥《いちべつ》をくれるでもなく、ギョフは次のような声明を読み上げた。

「貴殿があくまで書面によるものをお望みであるなら、それを得ることは甚だ容易なことである。しかしながら我々にとってはそうではない。我々は書面によってはこれを提供しない。かようなものは貴殿の知人の執務室において交付され得るであろう。すなわち党員査察官という名の人物であり、貴殿が不服であるというなら、誠に遺憾ながら、その党員査察官のところへ赴くべきである。そちらで書面での説明が行われるであろう……」

ギョフの口調は断固たるものだった。事態打開の可能性は望むべくもなかった。私は全身を小刻みに震わせながら部屋を出た。ギョフの言葉の下に隠れた真意が深く突き刺さり、手の震えをどうすることもできなかった。私は勢いよく外へ飛び出した。まるで追い出された犬のように。まるで石をぶつけられた犬のように。まるで道端の雑種犬のように。

一九九一年三月

足元の吐瀉物《としゃぶつ》を見ていたら、またしても胃の中身がこみ上げて来た。筋肉の痙攣《けいれん》のような収縮に見舞われて、私は松の幹に頭をぶつけた。私には、胃から分泌される粘液が、代用コーヒーとコニャックも混ざってせり上がる、その苦味の他に何も出すものがないのだ。

「失せろ、馬鹿野郎め」私はかすむ目で繰り返した。「誰をかくまっている？　愚か者め、お前が守るものは積み重なった土の中だ。悲劇のスフィンクスよ、お前は誰をかくまっている？　その土の中にあるのは、ほんの一握りの骨ばかりだ。だのに俺もお前もここに残されたままだ。この世の終わりが来る日までお互いを痛めつけるために。お前は愚か者で、俺は敗残者だ。馬鹿め、お前と俺と、どちらが幸運に恵まれてこの世をおさらばできるんだ？　お前の運命を俺は見ている、もう何年も前から見ている。だがお前は、その血走った目で、俺の運命を見ることができているのか？　失せろ！　お前の打ち捨てられた邸宅に踏み込もうと考える者などいるものか。お前は中に入って寝てしまえ。それで夢でも何でも見ているがいい。昨夜、夢で彼女を見た。彼女が波の間を歩いて行くのを見た。まるで婚礼のドレスのような白いドレスを着ていた。要するに彼女は花嫁のように着飾っていたのだが、俺には彼女が子供のようにも、花嫁のようにも見えた。彼女が国から逃げ出す連中と共に去っていく中で、俺は叫び声を上げた。馬鹿め、こんな夢に一体何の意味があるのか、どうしてよりにもよってゆうべなんだ?!」

「馬鹿は返事もしないんだな」私は思った。そしてやっとの思いで松の幹から身を引き離した。太陽が辛うじて、薄汚れた空の中に裂け目を見出していた。そこから光が放たれている。目がくらんで、歩道で足元がふらついた。ギョダはまだあの場所で、鉄柵の向こうで、鉄棒を手にしたまま椅子に腰掛けていた。目の前にアルセン・ミャルティの軽食屋があった。店のドアは開いていた。それまでずっと閉まっていたのに、その時は意外にも開いていた。これはつまり、恐ろしいまでに泣き出したいほどの激情から救われるための手段があるということだ。飲まなければ泣いてしまっただろう。だから一直線にアルセン・ミャルティの軽食屋に入って行った。猫の肉でもいいからハンバーグを注文しよう。その日の私は飲まずにいられなかった、薄汚れた空の下で。もっとも私には、ギョダのこととは関係なく、彼女が国から逃げ出す人々の中にいないのだということはわかっていた。彼女は冷たい土の中にいるのだ、一握りの骨の塊になって。

「俺もお前も、ここに残された両方とも死に喰われてしまうがいいさ。アルセンの糞を喰らって、アルセンの小便を飲んでやろうじゃないか」

そんな、これといった悪意もなく言葉にしてみたものが、店の入口に立った自分の耳の中に鳴り響いた。煙草の煙がハンバーグの煙とないまぜになって鼻を衝《つ》いた。

「そうだとも」やけに自慢げな店の主人の顔を目の前にして私は思った。

「残された俺たちには、それ以外に何も食えるものはないし、飲めるものもない」

塩と胡椒《こしょう》をまぶしたハンバーグを紙切れに包んだものと、大きめのグラスに注いだラキを手に、私は店内の一角に、身体の片側を寄せるようにして腰を下ろした。ハンバーグをまる呑みにし、ラキをゆっくりと流し込んだ。これがコニャックだったらひと息で飲み干していただろう。それほど私はのどが渇いてヒリヒリしていた。グラスを手に取り、ぐっとのどに流し込んでしまいたいほどに。ちょうど車の運転手が、熱くなったエンジンに水を浴びせるのと同じようにだ。それを我慢して私は、ごく一口ずつ、ちびりちびりと続けていた。それこそがラキで渇きを癒す、たった一つのやり方だったのだ。それは惨めな思いを振り切るためでもあった。そう、例えば、グラスをつかんで、やけに自慢げなあの元守衛の口にラキを流し込んでやる、そんなことを私はしばらく考えていた。私からすれば、ラキの中身の方こそが、噂に聞こえたハンバーグの中身よりもずっと胡散臭《うさんくさ》いものだった。それでも、その焼けつくような液体を、必須の作法でもって、つまりゆっくり、ちびりちびり飲みながら、私が自分の低劣な思いを口にする代わりに、大きめのグラスになみなみと、もう一杯を所望すれば、その注文は遅滞なく満たされるのだ。

そうしてどれほどの間、我々の間の、つまり私とアルセン・ミャルティとの間のやりとりが続いたかは定かでない。私が外に出た時、空は低く垂れこめて薄暗く、川の向こうの丘の辺りで何かがちかちか光ると、濡れた大粒のしずくを顔に感じた。私は辺りを見渡した。広場には人気《ひとけ》が無かった。市内バスが停まったが、誰も降りてこない。広場と同じく空っぽだった。私は一人、広場の真ん中に立ったまま、バスがのろのろと走り去るのを見ていた。町は厚い雲に包まれて、死の眠りを続けていた。私は数歩だけ進んだ。膝を支えているのがやっとだった。酒に酔っただけで、ここまで膝がもたなくなるものだろうか。目指すことは一つしかなかった。家に辿り着くんだ、どんなことがあっても……

11

「家に辿り着くんだ」そう私は思っていた。

「どんなことがあっても」

さっき走り去ったバスからは、自分以外の誰も降りてこなかった。広場に人気《ひとけ》は無く、空は低く垂れこめ、二月の空は冷たく、薄汚れていた。まるでギョフの表情のように、敵対的だった。私はまだギョフの脅迫じみた権力の下にあった。「貴殿があくまで書面によるものをお望みであるなら……」当然ながら私は書面によるものなど何も求めてはいなかった。私は灰色の目の男のところへ行くことになっただろう。聞いたところでは、あの灰色の目の男は嬉々として、常連客たちを拷問にかけるという。私は灰色の目の男の常連客にはなりたくなかった。学部のゼウスと対峙した様《さま》を両親に詳しく話して聞かせると、両親も私と同意見だった。母は髪をかき乱し、父はキッチンをうろうろし始めた。この時、危機を打開したのは父の方だった。それもごく単純な方法で。父は幾度かキッチンを行ったり来たりしていたが、やがて立ち止まると、母にこう言ったのだ。

「泣くんじゃない。誰も死んじゃいないんだし。俺たちはちょっと運が悪かっただけさ。お前も」と言って父は私の方を見た。

「もう気にするな。やるだけのことはやったんだ。これからどうするかを考えろ。いつもみたいに引きこもっていたら病気になってしまうぞ。要するに、こういうことだ。お前が好きなだけぶらぶらしていたって、俺たちは構わないってことだよ」

そう言って父はキッチンへ行くと、三人分のコーヒーを淹れてくれた。奇妙なことに、父は一言も不安を口にしなかった。だが私の方はと言えば、骨の髄まで不安に襲われていた。それを認めることを恥ずかしいとは思わない。親友が姿を消し、ギョフの牙に脅かされることに私は震え上がっていたのだ。もし灰色の目の男の爪にかかってしまったら、私の身にどんなことが待ち構えているのだろうかと。父に勧められてということもあったが、恐らくはむしろ不安のせいで、私はセメント工場に行き、仕事にありついた。採石場での仕事だった。灰色の目の男は、私のことを憶えていなかった。仕事を始めると、灰色の目の男が自分を忘れてしまったことがよくわかった。その工場こそ地上の地獄だった。私は地獄に行きついてしまったのだ。それも、灰色の目の男の差し金もないままに。人事担当の部署では、特に何も要求されなかった。私に関する情報は出揃っていた。私には国外逃亡した叔父がいる。加えて、某人物の息子とつき合いがあった。それだけで、私の近くに居合わせた連中を身震いさせるには十分だった。大学から追放されたことからして、私のような角の生えた悪魔には、町のセメント工場という地上の地獄こそが相応しいのだ。セメントよりも大量の粉塵を発生させる、この場所こそが。

悪魔は他の悪魔のことを知らない。採石場には五人の悪魔がいて、私を含めると六人だが、まるで家族の一員を迎えるように私を迎えてくれた。三人がジプシーで、二人が「ガヂョ」だった。私がやって来たことで、勢力の均衡がはかられたわけだ。私が着くのと同時にシュコダ製のトラックが、石灰岩を積んだトレーラーを引いてやって来た。それから荷を下ろし、そして石の粉砕となったが、これが私に関する紹介状の代わりとなった。その紹介が済んだ時、私はへとへとだった。端の方に座っている他の連中を見ながら私は黙って食事にかかったが、こんなふうに働き続けたら自分は一週間で死ぬだろうなと思った。だが死ななかった。一週間しても、一か月しても、四か月しても死ななかった。だがもう四か月ほど働き続けたとしたら、死んでいただろう。もっとも、砕石仲間の悪魔たちは初日の時点で採石場の歴史を語ってくれていて、他の粉塵製造工場も同様、誰ひとり死んだ例など聞いたことがないという話だったのだが。そんなことは議論するまでもないだろうと私は抗弁したい気持ちになった。工場は地獄で、地獄には罪深き死者たちがその罪を償うために送られる、そして我々は死せる罪人であり、未来永劫その罪を問われるのだ。私はそのことを言わなかった。怖かったからではない、ごくありふれた人間として、彼らはその意味を理解しなかったからだ。彼らは罪人であり、そして罪人である彼らは既に死者であった。私は、彼らに死んでいることを思い出させたくなかったのだ。彼らは自分たちが一旦《いったん》は死に、一旦は地獄へ送られながら、今では復活したと思っているのだから。彼らの中の三人は、二人がジプシーで一人が「ガヂョ」

だったが、窃盗の罪で、それぞれ異なる期間投獄されていた。いわゆる通常犯だった。どうやら彼らは自分たちが地獄を経た後、煉獄《れんごく》［カトリックの教義で、天国へ至る前に死者が浄罪のための苦罰を受けるとされる場］に来ているのだと思っていたらしい、天国の可能性に希望をつないで。その天国がどんなところかということになると、一つも話に上らなかったのだが。彼らは砕石場において誉れ高き悪魔の徒党、楽天的な悪魔の徒党を組んでおり、モラルを絶えず掲げていた。いま私は徒党と呼んだ。このグループは五人、私を含めて六人の貧民から成っていたが、よく見ればその中には三つの徒党があった。第一に、楽天家の通常犯たち。第二に、これを構成するのはたった一人だったが、三十代ぐらいのジプシーの男で、かつては市内バスの車掌をしていて、乱闘騒ぎのために執行猶予付き一年の刑に処せられていた。第三は、これもまたたった一人から成っていた。五十歳ぐらいの男で、煽動罪で十年の刑を受け、釈放されて後、二年ほど前からここで働いていた。私も見てすぐに気づいたことだが、荷下ろしをし、機械で石を砕いてしまうと、楽天家たちは自分たちの場所に陣取り、元切符売りも自分の場所に陣取り、そしてその政治犯も自分自身の場所に陣取っていた。そこで、私はどの徒党に属すればいいのかという問題が生じた。だが問題の解決はそれほどの困難を伴うものではなかった。つまり私はどれにも加わらなかったのだ。楽天家たちなら、その親しげな微笑でもって私を歓迎してくれたかも知れない。しかし彼らの短所は、やたら何にでも馴れ馴れしくしてくるところで、そこが私の気に食わなかったから、彼らの微笑には自分も微笑で返しておいた。元車掌の方はすすんで他人を寄せつけようとはせず、自分を他より一段上に見ているところがあった。楽天家たちとも、当然のことながら親しくしようとはしなかった。彼からすればその連中は内通者の類だったのだ。政治犯に対しては、いやもう、まるで関わろうとしなかった。その元車掌からすれば、乱闘で執行猶予付きで一年くらう方が受け入れようのある罪であり、むしろ男らしいと言えるものだったようだ。厄介なのは、私がそういうタイプの人間が好きではなかったということだ。大喰らいで、日に何度も食べていて、どうも我々他の者たちに対して、元バス車掌としての彼自身の蓄えを見せつけているかのようだった。さて残るは政治犯だ。共に働いた四か月間、彼についてわかったことはほとんどない。寡黙で暗くて、やたらタバコをふかしていた。何とか彼と会話しようと努めたが、空振りに終わった。いつもあっさりとしていて私を寄せつけようとせず、うんざりしたような表情で、まるで自分を放っておいて欲しいとでも言いたげだった。最後の最後には、私も私自身による私の徒党を作り上げた。六人の中に四つの徒党があったわけだ。それは罪人たちの徒党だった。死せる罪人たちの。

平日は、採石場近くの小屋に集合するところから始まった。トラックが来るのは八時以降が常だったため、我々はトウモロコシくずを燃やしたストーブを囲んで暖をとり時間をつぶしていた。楽天家たちは大声で猥談に花を咲かせていた。何ともしようがなかった、彼ら三人は若くて体力もあって、誰もこの連中に歯向かおうとはしなかった。そんな場面で元車掌はというと、鬱憤《うっぷん》を晴らそうとでもいうように、鞄に首を突っ込み、食べることに没頭していた。楽天家たちが大声を上げ騒ぐほどに貪《むさぼ》り食っていたのがこの男だ。政治犯の方は、やたらにタバコを吸っていただけでなく、ひどく寒さに敏感で、ほとんど焦げそうなほどストーブに近づいていた。その表情は相変わらず陰鬱なままだった。楽天家たちが嬌声《きょうせい》を上げるたびにその表情は嘲るように歪んだが、それを見て私は、彼がその場から、やかましい連中ののど元に飛びかかろうとしているように感じた。もっともそんなことは起こらなかったが。彼はため息をつき、ずっと開けっ放しのドアの方を向いて、セメント工場の煙突から立ち上る分厚い煙を見つめているのだった。風が吹いていない時、流れ出る煙の柱は、真っ黒な泉が湧き出ているような姿になった。立ち上る奔流《ほんりゅう》はその場所から谷底へと、スカーフのように広がった。煙のスカーフはゆっくりと、均一に下っていく。まるで真っ黒なスカーフだった。楽天家たちは猥談を続け、元車掌は口をくちゃくちゃさせ、政治犯は陰鬱な顔のままだった。私はそんな彼らを小屋の一角から眺めていた。そして私は、ソニャの髪に巻かれたスカーフを思い出していた。そしてまた、ソニャが黒いスカーフをしている姿を思い浮かべた。それは埃《ほこり》だらけの真っ黒なスカーフ。地獄の粉塵と煙。彼女はどこにいる？　どこかにいる。彼女も、そしてラディもだ。どこかへ消えてしまった。希望はない。これからずっと。二人は私から遠く離れてしまった。私も二人から離れてしまった。消え失せて、私は小屋の中、六人で四つの徒党をなしている。ではあの二人はどこへ消え失せた？

不意に、道路の向こうからシュコダの音が聞こえて来ると、ドアのところに姿を現したのは我らがゼウス、すなわち六人と四つの徒党にとっての神だった。それは守衛のＹ・Ｚで、オリュンポスにいるゼウス以上の雷鳴をとどろかせるのだった。だが我々にとってはオリュンポスのゼウスなど問題ではない。我々には、我々を統率し、管理し、月に二回、我々の名が載った給与の支払い明細を更新する小ゼウスがいた。我々の名のかたわらには象徴的な金額が書かれてあって、そこに我々は象徴的なサインをするのだった。

トラックの音がすることと、小ゼウスが小屋の入口に姿を現すことは、まるで実験室におけるような規則正しさで同時に行われた。その正確さに私は、いつだったか学校の授業で聞いた、犬を用いた実験の話を思い出した。授業のテーマは条件反射と無条件反射で、実験は次のように行われた。ベルを鳴らし、それを合図として、犬に餌を与える。餌が現れると、それがきっかけとなって唾液が分泌される。やがてはベルが鳴るだけで、犬の口内に唾液が溢れるようになる。我々の場合は、トラックの音さえすれば立ち上がる。つまり、その音がすれば、小ゼウスがドアのところに姿を現し、我々は立ち上がって、石灰岩の塊を一トンまた一トンと砕いていくわけだ。小ゼウスが現れると徒党は解消され、六人の悪魔は家畜の軛《くびき》に繋《つな》がれ、一つに束ねられる。統一された動きでもって、石を砕くこの家畜たちは、シュコダ製のトラックとトレーラーによじ登り、石の塊を地面に降ろし、砕きにかかった。無言のまま、ぜいぜい息を切らし、はあはあ息をつき、六人分の汗を流し、六人分の異なる汗の匂いを発し、そこに砂埃やセメントや石炭が混じって、六人の身体じゅうの毛穴を塞ぐのだった。

砕石が済むと、小ゼウスは姿を消して、六人はばらばらになる。再び徒党が結成される。どの徒党も自分たちの場所に陣取ると、ひと息ついて汗をぬぐい、身体を拭き、自然の欲求をその場で解放した。トイレまで行かなかったのは、そこが首を突っ込んだだけで悪臭で死んでしまいそうな場所だったからだ。それから、楽天家たちは大声で猥談に興じ始め、元車掌は貪欲に食事にかかり、政治犯は陰鬱な表情を変えず、そして私はと言うと、黒い煙のスカーフを眺めながら、自分の友人たちのことを考えるのだった。そしてまた不意にトラックの轟音《ごうおん》が聞こえてきて、そしてまた不意にドアのところに小ゼウスが姿を現し、そして……毎日が全てこんな調子で、実験室におけるような規則正しさと、うんざりさせられるほどの単調さで、おぞましくも続いた。

その時になって初めて私の脳裏に、人間にはどんなことがあろうとも、一つの解決策があるのではないかという思いがよぎった。それは人が人間の段階から獣の段階へ移ったと自分で気づいた時に生まれる。獣の段階に至ると、何ものでもない状態が好ましく思えてくるのだ。獣より、何ものでもない状態の方がまだましだ。私は獣と化していた。肉体的な疲労感が重なると、無に返るという発想が実に常習的になってくる。昔、シェリフの父は道端のけだものどもを肝臓の切れ端で無に帰していた。マクスに私が与えたのは羊の肝臓だった。肝臓の切れ端で無に帰るという思いつきは、私の脳裏に痺《しび》れるように残った。私はそれが急速に、大きな痛みも無く起こるのをこの目で見ていたのだ。震えと痙攣を起こし、口から泡を吹き、瞼《まぶた》を閉じる。そして永遠の、無。そしておそらくは新たな存在への再生。ラディがいつだったか一晩中、日本の哲学者の理論について語ってくれたことがある。名前を思い出せないその哲学者によれば、死の後にその存在は新たな形態へと転生し、魂は別のものへ、例えば樹木へと生まれ変わる。もしかしたら犬へも。もしそうなら、私はきっと道端の犬へと転生し、そして再びシェリフの父の肝臓によってくたばってしまうだろう。そんな日本の哲学者の理論を実践で試みる気は、私にはなかった。道端のけだものに生まれ変わるのが怖かったからでは、全くない。私にその気がなかったのは、結局のところ、そんなものになれるほどの力がなかったからだ。私には気力が欠けていた。せめて日本人であればどうにかなっただろう。彼らはハラキリで自分のはらわたを引っ張り出すことなど何とも思っていないのだから。私には日本人に由来するものなど何もない。総じて言えば、私はそんな理論も信じていないのだ。だがもし信じなければ、恐怖で、何千倍もの恐怖で、身動きひとつできなくなり、未知なるものを恐れる羽目になる。恐らく、私がその日本の哲学者の理論を実行することができなかったのは、たまたまに過ぎなかったのだろう。

四月の晴れた或る日のことだった。私は一晩中眠れなかった。いつもなら明け方に少し眠るのだがそれもできなかった。何も考えず着替えて家を出た。寒くも暖かくもなかった。身体が感じていなかったのか、それとも、外部の刺激を分析して暖かいか寒いか判断できるような状態でなくなっていたのか。わかっていたのは、その日が日曜日で、四月の晴れた日だということだった。川の流れを見ながら歩く私は、魚は水の中で凍えたりしないのだろうか、というただ一つの考えに倦《う》み疲れていた。もし凍えているのだとしたら、どうやって冬をやり過ごしているのだろう?

「魚たちは泳ぎ方を知っている」私は考えた。

「だから、泳ぎながら身体を温めるのだ。だが自分は泳ぎ方を知らない。もし俺が水に落ちたら、泳ぎ方を知らないために、たちまち凍えてしまうだろう、魚のように温まることができないのだから」

それから私の記憶にソニャがよみがえってきた。

「彼女は泳ぎ方を知っているに違いない」と私は思った。

「彼女なら、きっと知っているはずだ」

私は想像する、例えば、川岸に彼女がいて、彼女の息子が川に落ちたとしよう。もし泳ぎを知らなければ、どうやって息子を助けられるだろう？　彼女ならきっと泳ぎ方を知っている、しかし私は知らない。そんな理由もあってか、私と彼女の間に、川や海にまつわる話題は一度たりとも出て来なかった。

川は音もなく流れている。水は澄みきっていた。靴を脱がないまま、浅瀬を通って私は向こう岸へと渡った。川岸の一部が霧の中に隠れている。丘陵の一部もだった。私は霧に包まれた丘陵に沿って歩みを進めた。

「それで空が晴れているのか」私は思った。

「霧が下まで降りて来ているんだな」

その丘陵の先で川は環状に延びて、そこには小さな湖沼があった。川の周りにはおびただしい数の湖沼があって、でき上がってはまた壊れていくのだった。でき上がったそれは前とは別なものであり、また一時的なものだった。丘陵の地面と川岸の間でひしめき合い、洪水の時にだけその全体が水の中に沈むのだ。そんな深い湖沼は、大小様々な魚たちのお気に入りの場所だった。釣り好きにとってもお気に入りの場所だった。あちこちからこの場所へ、釣り好き連中がやって来るのだ。町の若者たちは辛抱しきれず、手っ取り早く飴《あめ》で釣りにかかっていた。残されている逸話によると、疑うことを知らない或る少年がいて、魚釣りに飴を使うと聞き、餌の代わりに釣り針に飴をつけたという。それというのも、魚は飴に目がないのだと周りに言われたからだ。しばらくすると、その湖沼では釣り人の姿が見当たらなくなった。余りにも飴を使い過ぎたために魚たちが糖尿病を患ってしまったのだ。水は甘くなり、魚たちは具合を悪くし、姿を消してしまった。

「だから奴らはおつむが足りないということか」私はそう思った。人々は魚たちを不当にも非難し、虚しくも「魚頭」と蔑《さげす》み嘲笑う。だがもしも魚に口がきけたなら、きっと互いを「ヒト頭」だと嘲り合うことだろう。彼らの場合、人間以上にいかれた頭は持っているはずもない。人間の頭の、その馬鹿さ加減は、川魚たちのあの高潔な頭脳においては、想像できようはずもないのだ。

私は霧の帯から抜け出した。丘陵の地面が見えた。地面と川岸の間に湖沼があった。眠っているような静けさだった。私は反対方向へと踵《きびす》を返した。視線を上の方に遣ると、丘陵の切り立った斜面が湖沼の上にせり出している。そこは、怖いもの知らずな少年たちが飛び込む場所だった。夏であれば、当然のことながら、岸辺は人で溢れ返る。今は立ち入る者もない。私だけ一人、寒くもなければ暖かくもない、晴れ渡った四月の日曜日に、ぐっしょり湿った靴で、その峻厳《しゅんげん》な突端へと向かっていた、そこで何をするか確たるものもないままに。それでも足だけはその作業を続けていた。足だけが、自らの作業を知っていたのだ。そんな粘り強い動きも終わりに近づく頃には、まるでスポーツ中継での語り口の如く、飛ぶような動きに変わっていた。私は鳥でもないし、飛ぶための翼もないのだから、その動きは自由落下へと、下へ向かっての自由な飛翔となっただろう。湖沼の水が跳ね、魚たちは慌てふためいただろう。魚がいればの話だが。そして私は泳ぎ方を知らなかった。それでも足は自らの作業を続けた。やがて私は、自分が向かおうとしていた場所へと出た。

まず私は湖沼の水面を見た。めまいがした。もしも後ろへ下がらなければ、落ちてしまうだろう。その動きが意識せざるものだったので、私は笑ってしまった。自分が高所恐怖症を患っているのだとわかった。高いところに来ると意識の混乱を引き起こして、身体が適応できなくなるのだ。笑ってしまったのは、自分に日本人から受け継いだ血などないからだ。それなのに足だけが自分の作業を知っていた。私は再び足に身を任せた。そして歩みを進め、やがて切り立った縁へと辿り着いた。またもめまいがした。下では、湖面が静かに揺れている。その揺れに合わせて、私も揺れ動いた。あと一歩進めば十分で、羽毛のように軽く、虚空に留まれるような感覚がした。自分が飛べるような、そして自分の自由落下もまた、綿の詰まったクッションの上に落ちるようにふんわりとできるような感覚がしたのだ。そんな飛翔への願望と抵抗との狭間で、急に私は、川岸の砂地の辺りでこちらを見ている人々の視線に気づいた。その時私は、落下の恐怖という言葉の意味を完全に理解した。私は動かなかった。もし動いたら、真っ逆さまに落ちていただろう。向こうは私の方を見ていた。私も相手を見ていた。後にヴィルマが話してくれたことだが、彼女は私を見るや、私が飛ぶつもりでいることがはっきりわかったので悲鳴を上げたそうだ。

「あなたが崖のところに座り込んだ時は、ほっとしたわ。悲鳴を上げたら父にこの馬鹿めって言われたけど。でも私が叫んだのは、あなただってわかったからよ。それから、あなたが落ちるんじゃないかって思ったの。父は冗談を言ってたけどね、あなたが頭を冷やしに出ただけなんだって」

私もヴィルマだと気づいていた。お互いの道がそこで交わったことは、神の意志でのみ為せる巡り合いだったのではないか。私は飛べなかったけれども、それは運命の巡り合いだった。私は崖のところに座り込んで、両手で顔を覆ってすすり泣いた。どうして泣いているのか自分でもわからなかった。この巡り合いが何をもたらすか、私には予見することもできなかった。もしも私が予言者だったなら、川の向こう側にいる二人を見ただけで、飛び立っていただろう。永遠に向かって。無に向かって。だが私は予言者ではない。私に運命を予言する力はない。二人を見た時、私がすすり泣いたのは恐らく、その二人がいることによって、空に浮くことができるなどという幻想が消え失せてしまったからだろう。彼らは魚を釣りに来ていた。それは青い目のヴィルマと、そして狂人ヂョダだった、いや、その頃はちっとも狂っていなかったが。私はただ泣いていた。これから何が我々の身に起こるのか知りもせずに。私は、予言者ではなかった。

12

人間は家畜の状態にさえも慣れてしまうものだ。それもたやすく慣れてしまう。けだし、人間は極めて適応力のある存在なのだ。あの四月の晴れた日に自由に飛んでいこうとして挫折して以後、私にとっては何もかもが、まるで魔法をかけられたように単純なものとなった。ただ一つの目的は、存在し続けることだった、どんな形であれ、どんな条件の下であれ。日の光を見、空気を吸い、ものを食べ、身体の欲求を満たすために存在すること。自分自身の劣等感を見つめるために存在すること。特権ある人々の嘲笑を感じるために存在すること。特権ある人々とはつまり、幸運に恵まれて、国外逃亡した叔父もおらず、某氏の息子などと親交を結んだこともない人々のことだ。存在するために存在すること。そんな場合には、ひと切れのパンさえあれば、人が神に一日七回祈りを捧げるには十分だ。もっとも私は神に祈らない、神を信じてもいない。私は、我らが作業現場の守衛、四つの徒党を組む六人の悪魔を配下に置く、かの小ゼウスに祈りを捧げるのだ。悪魔や徒党のあるところでは、たとえその悪魔たちが平和的であっても、その徒党が寛大であっても、存在していくのは難しい。そして結局のところ、悪魔たちは大して平和的でもなく、徒党もさほど寛大なものではなかった。毎日のように、普遍的な広がりを持つ些事《さじ》のために、いさかいが起きた。程無くすると、楽天家たちは私に照準を定めた。彼らが私に照準を定めたのはもっともなことだった。私が元大学生だったからだ。どうやら私の言動に関して、何ごとかを耳にし、話題にしていたようだ。恐らく、ああいう連中の直観によるものだろうが、私が元切符売りや政治犯に比べればまだえじきにしやすいということを嗅ぎつけたのだろう。いずれにしても彼らは、説明し難い憎悪を抱きながら、私に照準を定めていた。都会育ちの連中だったから、自分たちの方が上だと思っていたようだが、彼らは私がこの町の生まれだということを忘れていた。この町の男子は、いろいろ弱点があり得るものだが、こぶしとナイフでは負けないのだ、たとえ元大学生であっても。自尊心ゆえに、私は子供時代にも友人に助けを求めようとしなかった。そんな旧友の多くは職もなく路上にたたずんだまま、腕っぷしにものを言わせ、ナイフや鉄製の飾り物を身に着け、都会育ちの連中に町ででかい顔をさせないようにしていた。私はそんな旧友らのところへは行かなかった。そんなところへは行こうともしなかった。そんなことをしたら笑いものになりそうだったし、そんな彼らの頭目にファグが、あの子供時代のファグがいまだ居座っていたということもある。今までずいぶん多くの水がこの川を流れたものだ。私と彼は町の中で出くわした。二人とも、互いをじろじろと見た。そして二人とも、お互いに何も変わっていないと感じた。二人とも、昔と同じままの関係だった。ファグのところの若い連中に助けを求める前に、私はむしろあの小ゼウス、守衛のＹ・Ｚに助けを求めた。彼なら、こぶしを用いずともあの情熱屋どもをどうにかしてくれる立場にあったからだ。彼がただ一言、あの連中の現場での作業を六か月延ばすと言えばそれで十分だった。小ゼウスはこの町の出身だった。小ゼウスは彼自身の力を知っていた。彼が私を救ってくれた。だから私は小ゼウスに祈りを捧げたのだ。

楽天家たちとの対立は、予見すらしていなかった事態を引き起こした。小ゼウスにそれを止める力はなかったし、私も同様だった。その事態が起こったのは、私たちの居場所に突如リンダが現れたからだった。ジプシーのエルメリンダ、私の童貞を奪った女だ。リンダは我々の現場から五十メートルと離れていない、セメント工場の製粉機のところで二年ほど前から働いていた。彼女と出くわしたのは、私が現場に顔を出した初日のことだった。彼女は微笑んで、私に目くばせしてきた。それ以外のことは何もなかった。私に話しかけてくることはなく、まるで見知らぬ人物のようだった。そんな彼女の態度に私は何の印象も抱かなかった、私には別の不安があったのだ。後になってわかったことだが、その当時リンダは同じ班の技師とつき合っていたらしい。その技師はひどく嫉妬深い男だったが、それはリンダに対してであって、彼自身の妻に対してではなかった。それでリンダも常に誤解を避けようとしていたが、その馬鹿男は大した理由もなくリンダを殴るのだった。私もまた、リンダとつき合っていたころには馴染みのなかった、繊細な問題が理解できるようになっていた。彼女のただ一人残された母親もジプシーで、父親は白人だった。それは誰にもよく知られていることだったそうだ。コンクリート工場の工場長で、リンダが生まれた頃はクレーン技師だった。彼女が白人の血を引いていることは、その薄いチョコレート色の肌を見ればわかる。そんな情報を、私は情報センターでもある楽天家たちから聞き知った。そのやりとりの中で、リンダの名前は頻繁に漏れ聞こえて来た。もっとも、楽天家の連中も、リンダには近寄ろうとしなかった。彼女の班の技師に絡まれかねなかったからだ。ああいった類の連中は、家畜の嗅覚で危険を察知していた。連中は、背を丸め縮こまるべきはいつか、歯を食いしばるべきはいつかを察知していたのである。ごく稀《まれ》に、彼らが隠れてこっそりとリンダに言葉をかけることもあった。だがリンダの方は振り向こうともしなければ、言葉を返そうともしなかった。

だからそのリンダが私のところへ来た時、私はすっかり当惑してしまった。五月の中旬で、ひと足早めの暑い日、ドゥラスの浜辺は人で溢れていると言われていた頃のことだ。石の塊を幾つか砕き終えて、我ら六本足の家畜は解散し、めいめい自分たちの隅の居場所で、車が来るのを待っていた。リンダがごくありふれた様子で小屋の入口に姿を現した。そして、まるでもう何百万回もそうしてきたかのような素振りで、顔をのぞかせた。元切符売りは弁当袋を手にしたまま固まってしまい、政治犯は指の間にタバコを挟んだまま、そして楽天家たちは他の連中以上に呆気《あっけ》にとられていた。リンダははっきりこう言ったのだ。

「サリ、ちょっと出て来てちょうだい」

ここで私をサリと呼ぶ者など誰もいなかった。誰もが私の名前を省略せずに呼んでいたのだから。楽天家たちが私をからかおうとする時も、セスと呼んでいた。私のことをサリと呼んでいたのは二人しかいない、ソニャとラディだ。その呼び名を発するや、その意味を理解するための時間も残さないまま、リンダは姿を消した。

彼女は、三十歩ほど離れた、陽の当たる場所で私を待っていた。その全身はセメントの粉まみれだった。作業帽のせいで、見えるのは彼女の顔の一部だけだった。厚織りの作業着が全てを覆い隠している。リンダが私に語った内容は、まるで電報のようだった。彼女はこう言ったのだ。

「今夜八時、例の場所で」

そして彼女は歩き去った。私は太陽の下に立ち尽くしていた。彼女の腰の動きを見つめながら、立ち去る姿を目で追っていた。作業帽と作業着を身につけていたので、その見慣れない姿はまるで粉まみれのかかしのようだった。そのかかしがつい今しがた、目をぎらぎらと光らせながら私にかじりついてきたのだ。そのかかしの下に隠れているものを、私は知っていた。彼女は、まるで前の晩に愛し合ったかのように、私を誘ってきたのだ。私は憂鬱に襲われた。彼女は、私が来るであろうことに何の疑問も抱いていないようだった。私は小屋へ戻った。楽天家たちが棘《とげ》のようなものを数本投げてきたが、私は何も言わなかった。そこへ運のいいことに、石を積んだ車が到着し、小ゼウスが入口に姿を現したので、我々は慌てて立ち上がり、六本足の家畜に、鞭で追い立てる必要のない従順な六本足の家畜に戻り、小ゼウスはその六本足に石を砕かせるのだった。私の耳の中では、リンダがはっきりと口にした、しかしその意図をまるで計りかねる「サリ」の呼び名が鳴り響いていた。もっとも私にしたところで、六本足のうちの一本となって、意味を探し求めていたのだ。自分の存在の意味を。

「あなたをサリって呼んだのは親しみのしるしよ、他の人にも誤解されないいし」

私がどうしてそんな略し方で呼んだのかと訊ねた時、リンダはそう答えた。他の呼び方ではなく、よりにもよってサリと呼んだ理由を私がしつこく知りたがると、リンダは笑った。「他の呼び方ってセスのことでしょ」彼女はそう念押しした。「セスなんて呼んだら、何だかまともな男として扱ってないみたいじゃない?」

もっともな説明だった。楽天家たちがこっそりその辺にいたならば、リンダに満点をつけただろう。私とリンダは、寒いとまでは言わないにしても涼しい晩に、いっそう身を寄せ合っていた。リンダは薄着だった。リンダは私を背中から抱き締めた。温めるために。そう、おそらくは、私を温めるために。リンダは熱かったが、私は氷のように冷え切っていた。その私の冷たさを、リンダは全く思いもよらないふうに解釈した。

「あいつには」自分の胸を押し当てながらリンダはそうささやいた。「あいつのことなんか一度だって好きじゃなかった、あなた以外に愛した人なんていない。あいつと出かけてたのだって、遅番を避けるためよ。遅番がどんなものだか、あなた経験したことないでしょ。私はもう一年間も出ていないわ。でも今はそうじゃない。だって、あなたが帰って来てくれたから、遅番のことなんかどうだっていいの」

リンダは私のシャツのボタンを外した。子供じみたナイーヴさで彼女が不安がっていたのは、私があの班のいかれた技師のことを気にしているのではないかということだった。だが私が彼女と会うために外へ出たのは単に、それまで二人で話をする機会がなかったからに過ぎない。リンダは何でもないようなことでひどく心を奪われていたが、そんな技師の話など私は興味がなかった。それでもリンダは身を焦がしそうなほど、そのことにこだわっていた。私はリンダに申し訳ない気持ちになった。彼女の頭を抱き、自分の方に向かせると激しく口づけした。リンダは狂ったように私に身をにじり寄せた。彼女の肉体から強い香水の匂いが立ちのぼったが、彼女が身をくねらせたその刹那《せつな》、ソニャの姿が私の脳裏をよぎった。リンダが身をくねらせ、ソニャが身をよじらせる。リンダが喘ぎ、ソニャが身を震わせる。私は絶望に駆られてリンダのブラウスを脱がせた。彼女の熱く燃える両胸が、氷のように冷たい私の唇に押し当てられた。私は冷え切っていた、氷のように……そして私は恐怖におののいた。そして羞恥を覚えた。そして罪悪感を覚えた。もう私は何一つ愛せなくなっていた。欲しなかったからではない。私の冷たさにはちゃんとした名前がついていたのだ。リンダにはその意味がわかっただろうか?

リンダは私を燃え上がらせようと努力を重ね、冷えきった私を手でさすり続けた。だが急に手を離した、まるで氷にではなく、赤く焼けた鉄に触れでもしたように。彼女は暗闇の中、私をじっと見つめた。その瞳はまるで猫のように輝いていた。そして視線を逸らした。月明かりの下で、彼女が涙を流しているのが見えた。リンダには何も理解できていなかった。彼女はただ、私の冷たさの意味がわからず泣いていたのだ。彼女は私が自分のことを愛していないと思っていた。彼女にはわからなかったのだ、私は彼女を欲していた、だがそれができないということを。ようやく彼女は我に返り、深呼吸して落ち着きを取り戻した。寒さが彼女を引き戻した。ブラウスを身に着け、ボタンを留めているうちに、リンダは彼女自身の価値を思い出した。彼女はすぐには立ち去らなかった。すぐには言葉も発しなかった。やがて、

「この不能が」

と怒気を含んだ声で言い捨てると、その場を立ち去った。私は暗闇の中でじっとしていた。リンダにはその言葉の意味がわかっていたのだ。

翌日、楽天家たちは朝っぱらから攻撃的なユーモアを仕掛けてきた。私とリンダの間に何があったか知っていたとしたら、連中のユーモアも違ったものになっていただろう。もっとも、私がリンダと会っていたことを疑う理由などなかった。俗物のけだものたちが突っかかってこようとするのは単に、前日リンダが私を訪ねてやって来たことで、彼らの平静さが損なわれたからに他ならないのだ。

だが私の方のユーモアとて、決して平和的なものではなかった。彼らが私をしつこく焚きつけるのも遂に頂点に達した。今日こそ自分のつけを清算する好機だと思えた。しばらく前から私はナイフを、チェーン付きでズボンの片方のポケットにしのばせていた。それはあるジプシーから買ったもので、楽天家たちが私をこれ以上挑発してくる時のことを考えてのものだった。それは綺麗なナイフで、銃剣のごとき鋭い輝きを放っていた。私がそれを使わなかったのは、使うのをためらっていたからではない。使うに至らなかったまでのことだ。我々の決闘は電撃的だった。連中のリーダー格は二十五歳ぐらいで、私より少し背が低かったが、トラックを待っていた時、不意に仲間たちの方を向くと鼻をひくひくさせ、匂いを嗅ぐようなしぐさをして、小馬鹿にするようにこう言った。

「この辺りは臭うなあ、糞の詰まった袋でもあるみたいだ。お前らだって我慢できないよなあ、この糞袋は？」

間髪入れず、私はリーダー格に飛びかかると不意打ちの一撃を喰らわせた。そして相手に隙を与えぬまま、まさしく袋のように地に這いつくばらせた。一方、仲間の二人はというと、一人は白人で一人はジプシーで、どちらも私と同い年ぐらいだったが、すぐさま私に向かってきた。憶えているのは、自分たちがまるで戸外で闘いながら舞い飛んでいるようだったことだ。それから、そのジプシーが鼻を血だらけにして地面に横たわっていたこと、そして私が頭に傷を負い、砕けた小石が自分の周りに転がっていたことぐらいだった。

後になって知ったのだが、そのジプシーの男はナイフを取り出していて、そのナイフは、その場に居合わせた全員が目にしていたそうだ。それにもう一つ、私は鉄棒で殴られて倒れてしまったらしい。幸運なことに、私のナイフはズボンのポケットにしのばせたままで、誰の目にも触れなかった。私を治療した看護師も同様だった。元車掌と政治犯は私にとって有利な証言をしてくれた。あの楽天家たちのためにも、二人はうまく立ち回った。裁判沙汰《ざた》には結局ならなかった。私が療養のための休暇を終えて戻って来ると、楽天家たちは既に作業場から姿を消していた。小ゼウスは彼らを袋詰め工場へ飛ばしたが、彼らで喜んで移っていったらしい。要するに、連中は数か月の刑務所送りになりそうなところを免れたわけだが、もっともリーダー格の男はと言えば、先に喧嘩《けんか》を仕掛けたのは私の方だとしつこく抗弁していたらしい。二週間の休暇を終えて私が仕事場に戻った日、小ゼウスが私に、頭は痛むかと訊いてきた。もう痛くない、と私は答えた。すると小ゼウスはしゃがみ込み、手の甲で私のズボンのポケットをポンポンと叩いて、

「こんなもの、お前には必要ないだろう」と言った。

「あいつらはな、お前がナイフを持っていることを知ってたんだぞ。お前がナイフを持っていて、先に仕掛けてきたのもお前だとあいつらが言ってきた時、そうだろうなと俺も思ったよ。お前がナイフを入れてる場所も、あの連中が教えてくれたんだ。ともあれ、ナイフを持つ者はナイフに見出されるってことだな」

それでも、小ゼウスの王国に留まっていた間、私がナイフを出すことはなかった。ただ、そのナイフをもう一方の腰のポケットに移しただけだった。どうやら運命は再び私に手を差し伸べてくれたらしい。そして私はそれを受け入れた。だがその運命が不実な怪物であることを、私はその時まだ理解していなかった。そして運命が差し伸べてくる手が、すぐさま私をぶちのめすこぶしに変わるのだということを、私は理解していなかった。悲惨な人間は奇跡めいたことを信じたがる。次に運命が私に手を差し伸べてきたなら、私はナイフを閃かせただろう。自分の身に待ち受けることを知っていたなら、その伸ばした手を血まみれにしてやっただろう、そう血まみれに……

13

違う、ドリの手のことを言ってるんじゃない。運命が再び差し伸べてきたのが、ドリアン・カンベリの手の形をしたものだなんて思いたくもない。彼は当時から工場の主任技師で、そんな栄光ある技師が、この有史以前の老いぼれであるセメント工場を立ち直らせることになったからと言って、彼自身の運がよかったからだとは言えまい。ドリは私より四つ、或いは五つ年上だった。私は学校時代の彼を憶えていた。年少の頃は、年長者たちのことが記憶に残るものだ。逆はめったにない。だがドリは私のことを憶えていた。酒場で彼の方から私に近づいてきたのだ。その時私は、ホールの狭く細長い隅の方の、ぽつんと離れた足長のテーブルで飲み始めたところで、後にそこは自分にとっておあつらえ向きの場所になった。反対側にはファグの一味が陣取っていた。その大半は職無しだった。何度か誘いがかかったにもかかわらず、私は彼らと交わらないようにしていた。ファグは遠くから私に向かって視線らしきものを投じていた。彼には職があった。機械修理工場だった。ファグがいつ働いているのか、そもそも働いているのかどうか、私にはわからなかった。彼は大半の時間を酒場の一角で過ごし、それ以外の時間は店のかたわらの松の木陰にいて、皆して集まって飲んでいた。そうして通行人を眺めてはくだらない悪態《あくたい》をつき、女の子たちに声をかけていたのだ。いや、全員にではない。声をかけるのは無防備な、要するに、ナイフを携えた兄弟なり従兄弟なりがいないような相手に限られていた。

ドリが私のところに来た時、私はコニャックを飲んでいた。ドリもコニャックを注文した。彼は背が低く、ずんぐりした体型で、頭髪は薄くなり始めていた。彼は初めての婚約をしたばかりだった。一度見たことがあるが、その時は婚約者と一緒にティラナ行きのバスに乗り込むところだった。ファグ一味の誰かが私の飲んでいる席に来ても驚きはしなかっただろう。もっともあの連中全員が、私と一緒にいるという危険を冒す度胸があるわけではなかったが。しかしドリは主任技師で、幹部であり、幹部にとって、私と一緒にいるのは好ましいことではなかった。だから彼がコニャックのグラスを手にして私の方へ歩いてきた時には、驚きもしたし、困惑もしたのだ。彼が来たことを、私は自分と楽天家たちとの一件に結びつけた。実際、彼の話は或る事件に関するものだったが、その件は幸いにも私とは無関係だった。工場のラボの女性助手の一人がかけおちしたという。どうやらここにも運命の手が伸びていたらしい。運命は彼女をして運転士の一人の後を追わしめ、フィエルだかヴロラだかどこかへと飛ばし、それによって、私のための空きができたというわけだ。私は長く考えるつもりはなかった。そして私は運命に感謝する気もなかった。私は、その部署に就くようにと私を誘ってくれたドリに感謝した。この私に、その部署に就くようにと……今の職場で肉体的にぼろぼろだった私にとって、ラボの仕事は天国のように思われた。明日の朝、工場長室で会おうとドリが言った。そこから私は天国へと向かうのだ。ドリの助けを借りて。もう小ゼウスの落とす雷を耳にすることもない。作業場の砕石機が怪物じみたうなりを上げるのに悩まされることもない。私の骨を削るようなあの音にも。それら全てのことを私は思い出していた。あの気の毒な政治犯は、彼自身が粉々になるまで石を砕き続けるのだろう。あの元車掌のことも。楽天家たちのことも。だが一つだけ、その時には思い出しもしなかったことがある。そのラボにはヴィルマがいることだ。

ヴィルマがそのラボで働いていることはもちろん知っていた。彼女が工場から出て来るのを見たこともある。白いズボンに白い上着を身に着け、頭には白い保護帽をぴったりとかぶっていた。私は彼女を遠くから、いつも遠くから見ていた。あの地獄のような環境の中、彼女がほんの一瞬でも通り過ぎるだけで、私は、自分が毎日のように罪深き悪魔たちと顔を突き合わせているのとはまるで異なる暮らしが、どこかその辺りに隠されているのだと確信していたのだ。その地獄の悲惨の只中で、彼女は天国の存在であるように思われた。だからおそらく私はドリの誘いを天国への切符と受けとったのだ。ドリの話によれば、一年とそこらばかり大学の工業化学科の学生だった私こそ、女性助手の失踪でできた空きを埋めるに相応しい人物と考えたらしい。だから私は地獄を脱し、天国へと移れることになったのだろう。実際のところ、その天国はごくありふれた部屋の一つで、ごくありふれた機材が置かれていて、昼と言わず夜と言わず耳をつんざくような音が鳴り響いていた。一言で言えば、天国でもなんでもなかった。私の生活に現れた唯一の変化と言えば、ラボでの仕事が始まってから、新聞紙に包んだ弁当を持参することがなくなったことだ。そして私はもはや悪魔たちと一緒には働いていなかった。その代わりに、私が一日中一緒に過ごすことになったのは、頭のてっぺんからつま先まで白一色の人間二人だった。その中の一人がヴィルマだった。

運命が私をヴィルマのいるラボへと導く前に、私はこれっぽっちの騒音も埃も無い事務所へと通された。照明は強くも弱くもなく、窓には鉄格子《てつごうし》が嵌《は》まっていた。そこへ入るには、白いエナメルラッカーが塗られた、つやつやと光沢を帯びる扉をノックしなければならなかった。そうして扉を開けば誰もが、床から天井に向かって、そして壁の一方から他方へと伸びる鉄格子の並ぶ中に自分が入ったことに驚きを覚えるだろう。それはまるで監獄の中にいるような印象を与えるだろう。だがそこは監獄ではない。そこは幹部の部屋なのだ。鉄格子の籠《かご》の中、書類棚と金庫に囲まれて、一人の人物がいた。数か月前、この作業場に仕事を得た時、私はこの部屋に通されたことがある。その時と同じ人物がまたそこにいて、その足元に電気の切れたヒーターが置いてあった。

『こいつも、この部屋の囚人だな』

二度目の対面で私はそんなことを考えた。

もしそんな私の考えを読み取ることができたなら、机に座っているその人物は、書類の山の中でくすりと笑っただろう。それから嘲笑しただろう。さらに高笑いを上げただろう。そしてしまいには、私の顔に向かってこう怒鳴りつけるのだ。

『囚人はお前たちの方だ。俺はお前たちを、お前たちの全てをここに持っているのだ。この金庫の中に閉じ込めてな』

そうしてこぶしで金庫を殴りつけただろう。しかしその男はと言えば、私の考えを読んでいるのか、はたまたいないのか、金庫を殴りつける必要さえ見出していないようだった。こぶしを痛めるだけだったろうから、そこまで愚かではなかったということだ。彼は書類の山から顔を上げた。そして私に、会社指導部からの要請により、明日からラボに勤務するようにとだけ告げた。彼は何度も「指導部からの要請」という言葉を強調した。

「この部署の候補者は十人いた」

私に何か特別なところがないか探し出そうとでもするように、私を頭のてっぺんからつま先までじろじろ見ながら、その男は言葉を続けた。

「そら」そう言って一枚の紙を私に突きつけた。そこにはセメント工場指導部から、私にラボ勤務を任命する旨が書かれていた。私がその紙に手を伸ばそうとすると、相手はすかさずそれを引っ込めて、

「言っておくが、君に関しては何の変更もない」

と言った。痰《たん》でも吐きそうな口ぶりだった。

「採石場はどこへも逃げやしないぞ」口調を変えずに男はそう言った。「この先も逃げやしない」

彼は私に紙を手渡し、私は鉄製の装飾の中で、手のひらに痰を吐きかけられたような気分になった。しかし相手の方は背を向けてしまった。私はどうすることもできず、むかつくような感覚を引きずるしかな

かった。

『構うものか』部屋を出て私は思った。俺に関しては何も変わらない。変えるほどのこともない。それでも運命は私を鷲づかみにし、ラボへと連れ去ったのだ。そこにはヴィルマがいる。椅子に座っているが、保護帽はかぶっていない。彼女のような存在がヂョダの娘だなどということが本当にあり得るのだろうか、と私は自問した。鳥肌が立った。彼女の顔に私はラディの瞳を見た。かつてラディの顔に彼女の瞳を見たように。ヴィルマに微笑みかけられると、のどがつかえそうな気分だった。ここにはラディの瞳がある、それもヴィルマの瞳の中に。だがそれはヴィルマだ、ラディはここにいない。それは彼が実在しないという意味ではない。彼はどこかにいる。だがどこに、そしてどうなって？

「そんなふうに微笑むのはやめてくれ」

私はヴィルマにそう言いたかった。

「俺はこういう人間だったし、これからだってそのままだ。俺は何も変わらなかったし、変わらないし、これからだって何も変わらないんだ」

私は口元に笑みを浮かべた。ヴィルマはそれを、彼女の態度への私の反応だととった。もし彼女がもっと注意深くて、私の目の中を読み取ることができていたら、私の表情にあらわれたどんな感情も、彼女の微笑みに似てはいても、単なる微笑みとして出た以上のものではないことに気づいただろう。ヴィルマには知る由もなかったが、散漫となった私の頭の中では、当時さんざんな目に遭わされた或る詩人の詩の一節が引用されていた。その詩人の冒瀆行為とは「俺はこういう人間じゃなかったし、これからだってそのままじゃない」というようなことを詠んだというものだった。そのために詩人は裏切り者としてずたずたに切り刻まれた。一方私は、生きながら地獄に落とされたわけだ。鉄の檻《おり》のような部屋にこもっているあの男が言ったことに、それ以外の意味など考えられなかった。

「おい虎よ、どうだ?」私はつぶやいた。自分の頭の中に「おい虎よ、どうだ?」という問いが浮かんだまさにその瞬間、私は笑みを浮かべたのだ。するとヴィルマが私に、自分の隣に座るよう言ってきた。その時私はドアの向こうのどこかで、虎が聞き耳を立てているような印象を受けた。ヴィルマの青い瞳に溺れそうになりながらも、私は彼女と距離を置こうと決心した。私の足跡を追って、いつも虎が着いてきているのだ。ヴィルマをも食いかねない虎が。かつてラディを喰ったように。ソニャを喰ったように。そいつがヴィルマまで喰ってしまうようなことに、私はなって欲しくなかった。

だがどれだけヴィルマと距離を置こうとしても、二人はずっと一緒で、最大でも六メートル足らずしか離れていないその部屋の中の空気を呼吸しているのだった。最大でも、と言ったが、それは二人が普段は一メートルと離れていない距離で仕事をしなければならず、私は彼女の息の匂いを嗅ぐことさえできたからだ。もしもセメントの製粉機の回転が止まったら、彼女の心臓の鼓動さえも聞くことができただろう。もっとも製粉機は一日たりとも一晩たりとも回転をやめなかったのだが。心臓の鼓動など全く聞こえなかったものの、ヴィルマがそこかしこで持ち出してくる話題についてのやりとりはひっきりなしに聞こえていた。彼女は虎に気づく気配さえなかった。彼女は虎が存在することも知らなかったのだ。私はと言えば、彼女には黙ってくれと言いたかった。虎はそこにいて、二人の様子をうかがっている。割れたガラス窓の、埃が入って来るところの、部屋の隅の暗がりの、壁の裂け目のところにいる。私にはその存在がわかっていたし、そいつがここにいることも感じていたし、その存在の匂いと共に、そいつがもたらす死の匂いまでも嗅ぎ取っていたのだ。私の背筋も凍りつく。足も木のように固くなる。口もひっついてしまう。ヴィルマは子供のままだった。頭に浮かんだその都度に、欲求を満たすことに執着する子供だ。彼女の頭に浮かんだのは、食堂へ昼食をとりに行こうと私を誘うことだった。それを私は九十九回まで避けてきた。百回目は避けられなかった。誰であれ、いつだって、子供が欲求を満たすことを否定するだけの力などないのだ。

実際のところは、二人きりで行ったわけではない。三人だった。ヴィルマはどこへ行くにも、ルルを後ろに連れていた。ルルはラボにいるもう一人の職員で「オールドミス」だった。その当時、ルルは処女性という点から見ればおそらくは娘の方だったかも知れないが、年齢の点から見れば老婆でもなかった。それでも、二十五歳になったばかりだというのに、その痩せた、少々前屈みの身体と、極端に深刻そうな目つきを刻み込んで暗く沈んだ表情からすれば、ルルは老婆に見えた。彼女は孤児院の出身だった。最初の数日でわかったことがある。縁故者なき者の常として、ルルは自分の存在とヴィルマを結びつけ、従属と言ってもいいほどに彼女を崇拝していた。ヴィルマに対する彼女の愛情は、犬が主人に向ける愛情に似ていた。同時にわかったことだが、忠犬の常として、ルルはヴィルマを守ろうと、彼女に危険をもたらしそうなありとあらゆる他の生き物に、猛々しい嫉妬を燃やしていた。ルルが初めのうち私に向けた敵意は、彼女が私を危険な存在の範疇《はんちゅう》に含めていることを示していた。だが後に彼女の態度は軟化し、その猛々しい視線は偏りのない視線に変わり、そして或る日からそこには柔和さが見てとれるようになった。ヴィルマは、もはや徒労ではあったが、自分の感情が露わになるのを防ごうとした。それができなかったのは、彼女の子供じみた態度のせいだけではなかった。ヴィルマの心情にとって最大の裏切りは、ルルの視線だった。それは私にとって、ヴィルマに何が起きたかを見るための鏡だった。ヴィルマの混乱も不安も感じ取ることができたし、その中身も知ることができた。ルルの表情に不意に柔らかな輝きがあらわれるのを見て、私が思い出したのはマクスのことだった。マクスの苦しむ様を思い出しながら、私は、一緒に食堂へ昼食をとりに行こうというヴィルマの百回目の誘いを受け入れない理由が、ついに見出せなかった。行く手には虎がいるのに。食堂には虎がいるというのに。どこにでも虎がいる。だが二人にはルルがいた。

一緒に食堂へ来たのは三度目か四度目だったが、まさにその日、ファグが食堂に姿を現した。その瞬間、私と一緒にいた二人の顔に現れた警戒の表情に私が気づきさえしなければ、それも私にとっては特に意味のあることではなかっただろう。我々がいたのは食堂の中央だった。ファグはそこから少し離れたテーブルにいた。彼は両手をポケットに突っ込んだまま、陰気な顔つきで、ゆっくりとした足取りで食堂に入って来た。歩いている途中で、テーブルの端にあった水の入ったガラス製ピッチャーにわざと肘をぶつけたので、そのピッチャーが床に落ち、大きな音を立てて砕け散った。要するにそれで全員の注目を集めたわけだ。食堂は静まり返り、食事をしていた連中が音のした方を振り返った。ファグは、その場に挑みかかろうとでもするように、我々のテーブルから数メートルほど離れた、誰もいないテーブルへと向かい、そこに腰を下ろした。

「何だこの男は」私は思った。「寝ぼけて夢でも見ているのか、それともゆうべカウボーイの出て来る西部劇の映画でも見たせいだろうか」私は自分のコップのワインを飲みほした。そしてコップをテーブルに置いた時、ヴィルマが真っ青になっているのに気づいた。ルルが幾らか不安そうな目で私の方を見ていた。

「やれやれ」と私は思った。「厄介なことになりそうだな」

自分を包み込む不安を覆い隠して私は顔を上げ、ファグをじっと見つめた。彼の目を、まっすぐに。避けようがなかった。ファグも私の方を見つめてきた。彼の仲間の一人が、ワインの瓶を持って彼のところにやって来たので、どちらが先に降参することになったのか、私の方だったか向こうだったか、それはわからない。しかしその時の私にとって、そんなことはどうでもよかった。向こうの二人はワインを飲み始め、ひっきりなしにこちらの注意を引くような音を立てていた。私は再び食事の皿に向かった。ヴィルマもルルも私の例に倣った。黙って食事をしていたその間に、私は、ファグがあの子供時代の戯れをずっと忘れないままでいるのだなと確信した。あの「ままごと遊び」を。冷たい汗が一筋、私のこめかみを流れた。そしてこめかみから下へと垂れた。幸いなことにヴィルマとルルは食事の皿の方にすっかり集中していて、向こうのテーブルの二人は、私の動きを追ってでもいるようだったが、距離があったので私の汗の粒には気づかなかっただろう。

「お前がいらいらする必要などないだろう」

こちらの方に向けるファグの脅しめいた態度を横目に見ながら、私はそう思った。

「俺がお前を恐れているなんて思うなよ」そう私が考え続けたのは、ファグが自分の考えを読んでいるのではないかという予感があったからだ。

「お前なんて、逃亡した叔父だっていないくせに、俺なんかよりもずっと疥癬《かいせん》まみれのけだものじゃないか。だが俺はずっとひどい目に遭ってきたんだ、このごろつきめ、お前の原始的な思考ではまるで理解できないほど、ずっとひどい目に遭ってきたんだぞ。子供の頃だって、そして今この時だって、俺はままごと遊びなんか信じちゃいないんだ、お前はいまだに忘れられないようだが。そんなお前だって、ヴィルマに、この絹のように柔らかい存在に近づいた時こそは、お前の耳をそぎ落としてやるぞ、それがわかる程度のアタマはあるはずだ。要するに、お前が俺を恐れることはないし、俺はお前を相手になんかしていないんだ。お前が怖いからじゃないぞ、このごろつきめ。俺には情なんかこれっぽっちもなくて、あるのは氷のような心だけだからだ。そんなこともお前にはわからないだろうな、このごろつきめ」

次の日、ヴィルマは出勤してこなかった。その次の日、ルルが私に一通の封書を持ってきたが、中には手紙が一枚入っていた。返事は私が聞きますから、とルルは言った。そうしてラボの自分の持ち場へ行き、試料の並ぶ中に、試料のように姿を消した。封筒を手にしたまま、そして自分の持ち場へと埋もれていくルルの、脆《もろ》く壊れそうな姿を見ながら、私は危機を予感した。この町での数々のアヴァンチュールの物語はこのように、手紙を手にするところから始まるのだ。そういう話はよく知っていた。埃まみれの私の町で、こういう話には倦むことがなかった。それらは一片の手紙で始まるが、誰一人としてその結末を知ることはない。俗物じみたロマン主義の世紀を生きるこの町の男子にとっては、それこそが最も重要な事件なのだ。こうした手紙を貰った幸運な者たちは、極めて無邪気な手法でそれを世間に公表した。一通の手紙が送られることで、一つの関係が確定し、他の者たちはそれを尊重することが義務づけられていた。この規則が踏みにじられた場合、ことは刃傷沙汰《にんじょうざた》にまで行き着くのだ。

ルルがヴィルマの手紙が入った封筒を私に差し出してきた時、私の頭をよぎったのは、ひとふりのナイフの予感だった。それと共に、死を運ぶ虎の匂いもした。私はぎょっとした。ヴィルマは町の娘のままだった。彼女も他の娘たちと同じく、俗物じみたロマン主義の世紀に生きていたのだ。私はその手紙をポケットに突っ込んだ。私の魂にはアヴァンチュールを欲する火花など全く残っていなかった。向こうに目をやると、そこにはルルが試験管の並ぶ中で、私に対して試験管のような無関心さで振る舞っていた。「がらくためっ」私はそう叫びたかった。「ヴィルマのところへ行って『お前はガキだ、俺にはガキの遊びにつき合うヒマなんかない』って伝えろよ」

その時ルルが振り向いたので、私は気まずい気分になった。ルルに対しても。そしてヴィルマに対しても。ヴィルマは私をお遊びに誘いたかったのだ。私は理解した。これはお遊びなのだ、半分は本気だが、半分は本気でない、そういう内容の。いやおそらくはそれ以上に、夢を生きたいと願う彼女の願望だったのだ。夢の中で人間は、どこで真実が終わり、どこから真実でないものが始まるのかを見分けることができないし、或いは敢えて見分けようとしないものなのだ。その手紙は美しく丸みを帯びた字体で、はっきりと書かれていた。

「マクスのことを憶えてる？　一緒にマクスのことを話しましょう。あなたがオーケーしてくれるならそれからあとのことはLが教えてくれます」

手紙はこれだけ、これで全部だった。送り主のイニシャルさえ見当たらなかった。苛立《いらだ》ちがつのった。無駄な困惑だった。ヴィルマがただの子供の一人で、世間知らずの田舎娘だということに、これ以上の論証など必要なかった。だがそんなことを考えていた私は、今までも何度かあったように、ソニャとの間でも何度かあったように、またしても自分が対人評価を誤ることになるとは思ってもいなかった。

私が手を挙げて合図すると、ルルが操作されたロボットのようにこちらへ歩いてきた。瞳には何やら、不安の色が見えた。その姿に私は、ほんの一瞬だが、主人に足蹴を喰らっておびえた犬のような印象を受けた。どうしたらいいのかと私が訊ねた時も、彼女は注意深く黙ったままだった。

「ヴィルマに会いたいんだ」私はそう説明した。

「どうしたらいいか教えてくれ」

ルルの様子が変わり、表情が緩んだ。ルルの表情が緩んだことは私にとって、心奪われる自然現象のようなものだった。まさに奇跡だ。ルルは私の手から手紙と封筒を取り上げると、それをアルコールランプの炎で燃やしてしまった。

「五時に、公園のはずれのところで待ってる」とルルは言った。「一緒に着いてきて、そして私が入ったところへ入って……大丈夫、そこは私の家、私のアパートだから。二階よ。そこにヴィルマが待ってるわ」

それだけ言うと、ルルは自分の持ち場へと去り、再び試料の並ぶ中に、試料のように姿を消した。ちょうどスラグの分析に取りかからなければならない時間だった。叫び出したくもあり、笑い出したくもあった。工場の前時代的な建物がのたうち震え、その内臓は、腹を下した時の胃腸のように跳ねまわっていた。サイロへの階段を上りながら私は、煙と粉塵がもうもうと入り混じる中で、世界の終焉が扉を叩いているような感覚に襲われた。その終焉をすぐそばに感じて、私は叫び声をあげそうになった。だがそれで叫んだとしても、誰一人その叫びを聞く者はいないのだ。工場の内臓は跳ねまわっていた。何だってヴィルマのお遊びに加わることなんか承知してしまったんだろう?

色のない午後だった。空はぎらぎらとして湿気を帯びていた。空を眺めると砂漠のようになっていて、鍋の中にいるような熱気で、汗まみれになるのだった。バーに入るのを避けたのは、その時間はごった返しているに決まっていたからだ。最後の瞬間まで私は、ルルが公園のはずれにいないようにと願っていた。だが無駄なことだった。彼女は時間通り、注意深く、周囲を気にしつつ、そこにいた。

「ルルめ」私はつぶやいた。「お前の息の根を止めてやるぞ」

ルルは私の姿を見ると動き出した。私は彼女の後を、距離を置いて、無気力な足取りで追うことになった。自分があらゆる面で不能だと感じていた。そのことを、ルルのアパートに入ったらすぐにヴィルマにも言おうと思っていた。ルルはドアを開けっ放しにしたまま、私よりほんの少しだけ先に部屋へ入っていった。ヴィルマは、ロングドレス姿に流れるようなブロンドの髪をなびかせて、目の前の部屋の中にいた。ヴィルマの周りの装飾品に何かが欠けているような気がしたが、しばらくして気がついた、ルルの姿が消えているのだ。

「ルルめ」私は思った。「このやり手ばばあめ、こんなふうにお前の女主人は、気が向くたびに誰にでも何かしら紙切れを送りつけるというわけか？」

ヴィルマは顔を紅潮させていた。二人の間にはテーブルが一つあった。私はテーブルの一方、ヴィルマは向かい側の椅子に腰を下ろした。ルルの姿はなかった。そのせいだったろうか、私もヴィルマも、会話のきっかけをつかみきれないでいた。

ルルが入って来て、コーヒーの入ったカップを二つと、ジュースの入ったコップを二つ置くと、入って来た時と同じく、影のように姿を消した。ヴィルマはジュースを飲んだ。それからコーヒーをすすった。私も同じ動作を繰り返して、ジュースを飲み、コーヒーをすすった。自分で自分が不能だと感じていることをヴィルマに告白したい、そんな私の心からの欲求は、不意にソニャの記憶に襲われた瞬間から、妄想と化した。ソニャが部屋に入って来て、ヴィルマのかたわらに立っている。その部屋の中で自分が、夢の中のように無垢なブロンドの髪の生き物とたった二人きりで一緒にいる、その生き物がまるで、幻想かキマイラでしかないのだと示そうとでもするかのように。私は、この生き物がどこかの男と寝たのか訊きたい欲求に駆られた。もし寝たのだとしたら、ヴィルマはオーガズムの瞬間に一体どんな反応をしたのだろう！　例えば、ソニャの場合は吠えるような声で、開けっ放しにした場所だったら、その声は遠くからも聞こえただろう。

リンダが呻《うめ》き声を上げるたび、私はいつも彼女がオーガズムの瞬間にこの世の終わりの痙攣を起こしているような気がした。私は顔を上げ、ヴィルマに向かって、恥知らずとも言い得るような視線を投げかけた。ヴィルマは何ら不愉快そうなそぶりを見せることもなく、ただ手にしたコーヒーカップがほんの少し震えただけだった。その震えを気づかれまいとして、彼女はカップをテーブルの上に置いた。それからにっこり微笑んだ。そして再び顔を赤らめた。私はと言えば、ヴィルマは今まで一度も男と寝たことがないに違いあるまい、などと考えていた。

その日の会話について、私は何一つ思い出すことができない。それはむしろ熱に浮かされたようなものだった。思い出すのは会話の切れ切れと、煩わしい羽毛のように宙に漂うマクスの名と、時折影のように出たり入ったりする天使のようなやり手ばばあのルルと、不能であるが故の自分の疲労感と、空っぽの頭と、鉛のようになった瞼と、ひからびた手のひらと、乾ききった脳味噌。あと憶えていることがもう一つ。泥棒のようにルルのアパートを出た私は、バーへ行った。そこでファグが五、六人の仲間といるのに出くわしたのだ。私はコニャックを頼むと、ファグたちの向かい側の隅のテーブルに腰かけた。自分に張り付いてくる連中の視線を感じていた。だから私は、あの死を運ぶ虎がどこに隠れているのかを、そしてそいつが私をつけ狙っているのを見出そうとした。犬の匂いの混ざったその匂いを、私は嗅ぎ取った。ぐいっとひと飲みした。たぶん偶然だろうが、同じ動作をその時ファグも行い、コニャックをあおった。そしてたぶんまたしても偶然のいたずらで、互いの視線がぶつかり合った。

「お前が虎なものか、このけだものめ」私は言った。「お前はヴィルマの永遠の拷問人だ。俺は彼女のところにいた、さっき別れたばかりだ。お前の名前など誰の口にも上らなかったのに、お前の恐怖の影は存在していた。ヴィルマは誰とも寝たことがなかった、これからも寝ることはない。お前は訊くだろうな、何で俺がそんなことを知っているのかって。答えは単純だ、ヴィルマが教えてくれたのさ。この馬鹿め、誰かと寝たことがありますなんて、女が大っぴらに認めるとでも思っているんじゃあるまいな？ そんな情けない目で俺を見るな。ヴィルマにお前が植えつけたのは恐怖だ。お前は彼女に、男と顔を合わせることをためらってしまう程の恐怖を植えつけてしまったんだ、なぜって、そんな男はお前の仲間たちからリンチに遭う羽目になるんだからな。お前は昔と同じだ、頭の固い、血に飢えた、情け容赦のない奴のままなんだ。ヴィルマを見ていると、マクスのことを思い出すよ。誰があれの息の根を止めたか、お前なら知っているだろう、あれの息の根を止めたのはこの俺さ。いつだったかな、ジプシーのシェリフだ、あいつがヴィルマにちょっかいを出したから、お前はあいつと彼女が会おうとするたびに脅し続けたんだ。そのことだって、ヴィルマが俺にはっきりと言ったわけじゃない。彼女には、お前の名を口にするのもはばかられたんだ。この薄汚い野郎め。ヴィルマはお前を恐れて、俺をルルの家に呼んだ。女がどこかで会おうと誘ってきて、しかも自分の家じゃないところに呼ぶってことがどういう意味か、お前にもわかるよな？」

突然、ファグがグラスを手にしたまま座っていたテーブルから立ち上がると、私の方へ近づいてきた。取り巻き連中はめいめいの席に座ったまま、自分たちの親分の頭に一体どういう思いつきが生じたのだろうかと、けだるい視線を向けていた。私は片足に重心をかけた。そしてもう一度コニャックをぐいっとあおった。ファグは陰鬱な、どす黒い顔を酒の酔いで赤らめて、私の前に立った。そしてにやりと笑った、いや正確には嘲りの笑みを浮かべていた。その時私は、ファグの上顎《うわあご》右側の歯が一本欠けていることに気がついた。ファグはにやにやしながら、まるで初めて会ったように私をじろじろと見た。そして、「哀れな俺たちと楽しくやろうぜ」と言ってきた。「そんな高いところですましてないでさ」それからしばらく黙り込むと、グラスを軽く振っていたが、こう言葉をついだ。

「知ってるぜ、お前は上の方の連中と馴染みだったんだってな、さぞや俺たちはハエみたいに見えてるんだろうよ。だがな」彼は喋《しゃべ》り続けた。

「騾馬《らば》よヴァラレを忘れよ［「都会に染まって故郷を忘れる」という意味］。お前も忘れたのかい。俺たちがハエなら、お前はノミだ。おい何とか言えよ学生さん、ノミかシラミかどっちの方がいい？　俺に言わせりゃ、どっちもどっちだがな。だからさ、そんなところに一人でいないで、仲間に入れよ。まず何よりも、目を開けていろ、つまずかないようにな。つまずいたら足を滑らせるぞ。そうして足を滑らせると、足を折っちまうぞ、なあ、わかるだろう」

　ファグはコニャックを飲み干した。そしてもう一杯を注ぐと、その多大なる効果によって両目を潤ませた。これ以上にあからさまな警告はあり得なかった、ヴィルマは今なお禁断の領域であり続けていたのだ。そしてファグは自分の仲間たちの方へと立ち去り、私はグラスを正面に持ったまま、テーブルにもたれて立っていた。幸運にも、その時バーに入って来たのがドリだった。彼は辺りを見回し、私を見ると、こちらへ近づいてきた。ダブルを注文すると、ドリはファグがしていたようにそれを飲み干した。両目は潤んでこなかった。私は言いたかった、ドリこそ死を運ぶ虎につけ狙われる不安を全く感じさせない、類稀なる人々の一人なのだと。もっともドリには何のことか理解できなかっただろうが。ドリは煩わしそうな様子だった。ドリがカウンターへ行き、ダブルを二杯持って戻って来た時にそのことがいっそう見てとれた。その煩わしさの原因を、彼はすぐ説明してくれた。婚約者のことで手一杯なのだと。

一緒にもう一杯あおった後、私は自分の悩みの原因についても語るのが当然なことだと思った。つまりファグからの脅迫のことだ。ドリは私に、しっかり気をつけていろと忠告してくれた。

「まあ確かに」と彼は苦笑いしながら言葉を継いだ。「やつの鼻っ柱をへし折るためなら悪くはないだろうさ、時期を見てあの娘のパンツを引きずりおろすってのもな」

それで私も苦笑いした。ドリの言い回しが俗なものに思えたせいもあるし、それに実際のところ、ドリはヴィルマのことを言っていたのだが、その娘のパンツをどうやって引きずりおろすかなんてことに私はまるで好奇心が湧かなかったのだ。離れた、店の隅の方で騒ぎが起こった。騒ぎに続いて、グラスの割れる音がした。それらの音でいさかいが始まったらしいことがわかるのだ。ところが何も起きなかった。グラスを割ったのはファグで、それは数日前に食堂でやったことと同じだった。注意を引くためにやったのだ。私は顔を上げ、ファグが注意を引こうとしていることに気づいた。

「可哀想な奴だ、お前は」と私は思った。

「そのうち店中のグラスを割らなきゃならなくなるだろうさ」

するとファグのことが気の毒に、心底から気の毒に思えてきた。あいつもあいつなりに苦しんでいる。

私も私なりに苦しんだ。みんなが苦しんでいるのだ、それぞれの事情で。ドリもそうだ、その晩どうして婚約者のことで手一杯だったのかは知らないが、四杯目だか五杯目だかを片づけると、一緒に帰ろうと私に言ってきた。

14

ヴィルマの目に、私の冷淡さが映っていなかったはずはないし、彼女自身の態度の中にも、変えるべきは変えるという威厳が備わっていた。それが起きたのはルルの家で会った翌日のことだ。一緒に昼食に行こうという誘いは二度となかったし、ルルは二度と私にメモのようなものを渡してこなかったし、私を見る時のルルの目は、敵対的でこそなかったが、およそ無関心なものだった。その時こそ、私が自殺したい思いに駆られた二度目で、昼も夜も、死の単調さに追い立てられた。だがそういう行為に及ぶことはなかった。私には、そういう行為が余りにもありふれたものになっていたのだ。もし私の父が処刑され、私がどこかこの世の果てへ抑留されるようなことがあるとしても、私は自殺するような気概の持ち主ではなかったのだ。そう、ラディがしたようにはいかない。ラディは自殺した。あの日、ラディは自殺したのだ。しかしそれより先にこの町に流れたのは別のニュースだった。ラディの父親が処刑されたというニュースが。

真実は、何某とかいう元同志がどこかに空いた穴のかたわらで頭を撃ち抜かれたというニュースが、スポーツ欄に書かれるという形で町に流れたことだった。それも一切の論評抜きで。大多数は完璧に無関心だった。永遠の埃と、時に真っ黒に変わる灰色の記録が、我が町民たちを十分過ぎるほど現実的にさせたのだ。死を運ぶ虎は全員をつけ狙っていた。誰一人、安全だと感じられない時代だった。誰もが、幸運の中にも全く幸運を感じず、不幸の中にも不幸を感じられなかった。虐げる側にも、虐げられる側にも。賢者の側にも、愚者の側にも。正しきものの中にも、悪党共の中にも。誰もが虎を恐れ、誰もがお互いを恐れていた。だから、何某とかいう元同志の処刑のニュースは、スポーツ欄のニュースという形でなければ伝えることができなかったのだ。それも論評抜きで。私の父はいついかなる時でも理性的な人物だったが、その父に私は、しばらく公衆の面前から身を隠した方がいいと勧められ、自分にとっての通り道は職場へ向かう道と家へ帰る道だけになり、寄り道も一切しなくなった。時宜にかなった忠告だ、そう私はとらえていた。ラディの自殺という、新たなニュースを知るまでは。

我が人生の不条理は、ラディの自殺がヴィルマとの壊れた関係を復活させる要因となることを望んだ。彼女との関係成立が受け入れられるとすればだが。十月の中頃で、素晴らしい天気が数日続いていた。悲劇など起こるとは信じ難かったが、にもかかわらず、悲劇の数々は空中に漂ったままだった。ラディの悲劇を私に知らせて来たのは父だったが、それはこの上なくむごいやり方によるものだった。私は仕事から戻って来たばかりで、キッチンのソファに横たわり、聴く気もないのにラジオを聴かされていた。ラジオをつけていたのは母で、大のドラマ好きな母は、連続ラジオドラマの放送を聴こうとラジオをつけていて、私の理解できた限りでは、それは叙事的にして抒情的な恋愛ドラマだったようだ。そこへ父が、既に老いの翳《かげ》りが見て取れるようになった表情でキッチンに入って来て、私のかたわらにあった椅子に腰掛けると、あの友達が首を吊ったぞと言った。父は一言一句この通りのことを言ったのだ、むごいことに。

「あの友達が首を吊ったぞ」

母は叙事的にして抒情的なドラマの方に釘づけで、ずっとラジオを聴くことに集中していた。その母と一緒にずっと聴いていた私は、「あの友達」という、父の言葉の意味するところを理解しかねた。私と母の鈍い様《さま》を目の当たりにした父はむっとして、詳細に入り込んでいった。その説明で私は、彼が部屋に閉じこもり、首を吊り、そこにぶら下がったまま五日間も気づかれず、ようやくその不在に気づいた人によって、通報が行われたのだということを理解した。

「死体は腐ってたらしい」父はつぶやいて、そしてこう続けた。「気の毒な子だよ」

「あんな気の毒な人生があっていいものかしら」父の言葉に母が応じた。「お父さんもお墓の中だし、お母さんはどこだかわからないけど、あんなにひ弱で、あの顔色でしょう、あら嫌だ、ごめんなさい、亡くなった人をつかまえてこんなこと……」

その母の言葉の意味に気がついて、私はぞくっと身震いした。母は同時に二つラジオを聴いている状態だった。国営放送と、父のとだ。母は同時に二つのドラマの展開を知りたくて興味津々だったのだ。国営ラジオ局の叙事的かつ抒情的な恋愛ドラマと、そして父のラジオからの、死のドラマとを。私は母にこう訊ねたい気持ちだった。

『どっちのドラマがお気に入りなんだ、国営ラジオかよ、それとも父さんという名のラジオかよ？』

二人は私の方を見ていた。父の顔色は真っ青だった。母の方はといえば、涙が一粒、頬を流れ落ち、そしてとうとう国営放送のラジオを切ってしまった。私は立ち上がり、自分の部屋に閉じこもった。ラディの瞳が、永遠に続く陰鬱さを伴って私の方を見つめていた。私は天井か、或いは窓の鉄柵にロープをかけ首をくくっている彼を、その大きくぶらぶらと揺れる様を思い浮かべた。舌がはみ出し、瞳は濁っている。私は吐き気をもよおした。部屋が腐臭を放ち出し、このままここに居続けたら息が詰まってしまいそうな気がした。壁も、床も、机も、自分が伏せっているベッドも、何もかもが腐臭を発していた。私は外へ出た。だがそこにも死の腐臭があった。何もかもが死んで、腐っていた。

私の中で何が起きていたのか、それを説明するのは難しいが、私はルルの家へと続く道を歩いていた。至るところに私を脅かす危険が転がっていた。午後だった、暖かい午後で、人々は路上にたむろしていたから、私がルルのアパートへ入っていくところを見られる可能性は十分にあった。ルルは私の鼻先でドアをぴしゃりと閉めるかもしれないし、私を路上へ追いやるかも知れない、それは私の様子が尋常でなかったからということもあるし、彼女からすれば、私に親切な対応をする道理がないからでもあった。先日会った時以来、二人の関係は死んだも同然になっていたのだから。そうなると、どうして私は、ヴィルマがルル宅に会いに来るのを承知してくれるはずだなどと考えたのだろう？　彼女は私の冷淡さに傷ついたのではなかったのか？　だがそんなことを私はこれっぽっちも思いつかなかった。私は自分が泥沼に落ちて、その泥沼に呑み込まれ、引きずり込まれそうになり、木の枝でも草の端でも何でもいいからつかまろうとする、そんな人間になっているように感じていた。ヴィルマの瞳が幻影のように私を駆け巡っていた。もしあの日の午後ヴィルマに会えなかったら、恐らく私は発狂していただろう。そして恐らくルルの目には私が本当に発狂してしまったように見えていただろう。

ノックした私にドアを開けた時、ルルは悲鳴をあげた。彼女は慌てた様子で、私の肩越しに左側を、それから右側を見た。幸いなことに、階段に人影はなかった。それでルルの態度は決まった。陰気な、苛立ったしぐさでルルは私の方に手を差し伸べた。最初、私は彼女が自分にひと突きを喰らわしてドアをぴしゃりとやるのかと思っていた。ところがそんな想像に反して彼女は、私を室内へと、その華奢《きゃしゃ》な身体のどこにそんな力を行使するほどのものがあったのかと驚くほどの勢いで、連れ込んだのだ。今や私は部屋の中にいて、その背後ですばやくドアが閉められた。向かい合ってこちらを見つめるルルには何の深慮遠謀めいたものも見て取れなかったが、私がここへ来た理由を言わない限りはこれ以上、一歩も先には行かせないと決めているようだった。私は何も言わなかった、その時は何を喋ったらいいのかわからなかった。だが私の様子が、表情が、目が、私の存在全てが物語っていた。ルルは私をキッチンへ招き入れた。一言も発しないまま私はソファに座り、ルルはコーヒーを淹れるために小鍋を取り出した。コーヒーを飲みながら、私は自分がヴィルマのために来たのだと語り、ヴィルマに会いたいことを、またそのことをルルがヴィルマに伝えに行ってくれれば、これ以上にありがたいことはないのだと語った。ルルは険しい顔つきになった。こいつは何と虫のいいことを要求しているのか、そうルルの表情が語っていた。しばらくすると彼女は出ていった。戻って来たのは一世紀も後のように感じられた。それに気づいたのは、外でドアの鍵をガチャガチャやる音がしたからだ。私が待つキッチンに、ヴィルマが一人で入って来た。流れるようなブロンドの髪だった。柔らかなその表情に、青い瞳をしていた。その瞳は、私にラディの瞳を思い出させた。

ヴィルマがソファに、私の隣に座ると、のどがつかえるような気がした。

「ラディが、首を吊った」私は自分でもぞくっとするほどのさりげなさでそう言った。私の言っていることをヴィルマが理解しているのかどうかはわからなかった。ヴィルマは黙って私の言葉を聞いていたが、やがて「知ってる」とうなずいた。

「もう聞いてるし、みんなの耳にも入ってる。残念ね、あなたのあのお友達が首を吊るなんて。一度だけ、あなた達が一緒にいて、大通りを歩いてるのを見たことがあるの。いい人そうだったから、本当に、本当に残念」

私は、ヴィルマの瞳がラディの瞳と同じ色なのだと言いたかった、たぶんそれが言いたくてここに来たのだろう、もしここへ会いに来ていなかったなら、自分の痛みをほんの幾らかでも和らげることができたかどうか、私にはわからなかった。ついでに、ラディが首を吊ったなんて自分には信じられないのだとも言いたかった。だが何も言わなかった。もし喋ったら、声の震えを、そして恐らくはすすり泣きさえも抑えきれなくなっていただろう。

その日もルルは再びジュースを持ってきた。そして再び私とヴィルマを二人きりにした。そしてまたしても私は、人目を忍んで立ち去ったあの夜更けまで自分たちが何を話していたのか、まるで思い出せないのだ。私の頭は働かず、私の頭は意思疎通もできなかった。ヴィルマが相手でさえもだ。その翌日の逢瀬はもはやかき消されてしまった。まるで音の消されたテープのように。憶えているのは、ヴィルマが私に何か隠し事があって、それを私に言おうとしていたということだけだ。その印象は、三日目に私が彼女にこう言った時、一層強まった。

「君、何か隠してるね」

彼女はテーブルを挟んで、窓のかたわらに座っていた。それまでの二度の逢瀬の間はずっと、二人はいっしょに隣り合って座っていた。三日目、ヴィルマはテーブルを挟んで窓のそばに座っていたが、それは別に不安のせいではなかった。かたわらだろうが離れていようが、私と二人きりでいることに、ヴィルマが不安を感じるなど、お話にもならなかった。テーブルひとつ分の距離は決して深い谷底ではなかった。乗り越えれらない、乗り越えようとも思わない谷底があったのは私の中にだった。乗り越えようとも思わなかったのだ。ヴィルマは私から離れたテーブル越しに、窓のかたわらに座っていたが、それこそ私に何かを語ろうとしているからだという、そんな私の印象はますます確かなものになった。僕に何か隠しているの、と私が言うと、ヴィルマはくるりと背を向けた。私は狼狽《うろた》えてソファに座ったまま、流れるようなブロンドの髪を見つめていた。黄金のナイアガラだ。落ちたら最後、底無しのナイアガラ。

「私の実家はK村にあるの」ヴィルマは窓の方に顔を向けたまま、そう言った。

「私が生まれたのはこの町だけど、父はK村の出身よ。でも私はK村には一度も行ったことがないの。父も村にはめったに行かなかった、親戚もいるし、綺麗な村だと話してくれたのに。私もK村に連れて行って欲しい、そして向こうにいる親戚に会いたい、何度も父にそう頼んだわ。でも父はあれこれ理由をつけては、私を行かせようとしなかった。そうしてとうとうわかったの、父がどうして自分の生まれた村に私を連れていきたがらなかったのか、その本当の理由が。それを私が知ったのは、ずっと後になってからよ。何年か前に、そこの親戚の一人が私に教えてくれたの、その村は収容者だらけだって。父の生まれた村は、収容所村だったのよ。それを知っていたのは父だけだった、だから、いつまでたっても私が自分の生まれ故郷を見に行くのを許さなかった……」

そこでヴィルマは沈黙した。彼女はずっと私に背を向けて、顔は窓の方を向いたままだった。

「こんなことがあり得るのか」私は思った。

「こんな天使のような存在が、飛び込めば跡形も残さず消え失せてしまうような黄金のナイアガラの持ち主が、ギョダの娘だなんて、こんなことがあり得るのか？」

当時のギョダは「狂人ギョダ」ではなかった。当時はまだ「恐怖のギョダ」だった。彼は町の救いようのない子供たちにとっての監督者であり、様々な年代の子供たちにとっての牢番人であった。私と道ですれ違うと、彼は目を合わせず、顔を曇らせた。私に対する彼のよそよそしさは、私が大学を追われ、私の経歴の「地雷」が世間に知れ渡ってからは病的なものになった。あの恐怖の男ギョダが、当然自分に告白すべきことを、さもなければ重い罪に問われるようなことを何年にもわたりひた隠しにしてきた私を、許すはずがなかった。彼は私のことを許さなかったが、私の父に対しても同様だった。彼は私に挨拶さえしなかったが、父に対しても同様だった。我々とは目も合わせようとしなかった。目を合わせようものなら何かの病気にでも感染するかのようだった。挨拶でもしようものなら、まるで狂犬に噛まれでもしたかのようになっただろう。おそらく私や父は狂犬のように思われ、避けられていたのだ。

ヴィルマはずっと黙ったまま、窓の方に顔を向けていたが、私は、もしかしたら、我らが幼年期の牢番人は、自分の娘を守ろうとしていただけではないだろうかと思った。収容所村というのがどんなものか、番人ギョダはよく知っていたのだ。収容者の所業に満ちた収容所村など、ヴィルマのような生き物の目にとって衛生的ではない。収容者の顔で溢れた収容所村などを目にするには、ヴィルマは繊細過ぎるのだ。私は思った、ギョダは自分の娘を大切に思う余り、形容しがたい凶行にさえ及ぶかも知れないと。例えば、機関銃で町の男たちの半数をバラバラにするぐらいのことはやりかねない。だから番人ギョダが自分の娘を、その健康に悪影響を及ぼしそうなありとあらゆるものから守ったというのも、驚くにあたらないことだった。収容者たちの顔など見たら、ヴィルマは具合を悪くしていただろう。

「その、親戚の女の子はね、私と同い年なの」不意にヴィルマが言った。

「タンツィっていうのよ。今までタンツィなんて名前の女の子に会ったこと、一度だってある?」と言って、思いもよらぬ素早さで、ヴィルマは私の方を向いた。流れるような髪がその向きを変えた。黄金のナイアガラが後方へ退いた。ヴィルマは頭に両手をやり、指先を額へと下ろし、それから手のひらで頬をするりと撫でた。

「父からタンツィの話を聞かされた時、私は」と彼女は言った。

「ちょこまかとすばしっこい女の子を思い浮かべたわ。とんでもない踊りを、それこそ父の村の上にそびえる山の谷間で、山羊たちと一緒に飛び回るような、そんなとんでもない女の子を想像しようとしていたの。父から受けたK村の印象では、そこは奇跡のような観光地に違いないと思っていたのよ。でもタンツィは、そんな私の想像とはまるで違っていたし、K村もそうだった。もしタンツィが私に会いにティラナに来ていなかったら、たぶん彼女とも会うことはなかったでしょうね。ううん、わざわざ私に会いに来たんじゃないんでしょうけどね。私と会った時タンツィは『やっと運命が微笑んでくれたから、ティラナであなたに会えた』って言ってくれた。タンツィは愛らしい女の子だったわ。彼女の手はがさがさだった、あなたが働いていた現場の労働者の手よりも、ずっとがさがさだった。身体はがっしりして、動きが敏捷で、でもどこか肉体的に歪んでいたの、うまく表現できないけど……タンツィは賢い子だった。彼女と三日もいっしょにいたらよくわかった、自分が世間をまるで知らないってことを、というか、正直に言うと、自分がどれだけ甘やかされてきたのかってことを」

ヴィルマは窓際から離れると、テーブルのそばの椅子に腰を下ろした。私と彼女との距離は縮まり、二人を隔てるものはテーブルだけになった。私は相変わらずソファに座ったまま、クッションの効いた背もたれに寄りかかっていた。ついさっきまで私は、自分に注がれるヴィルマの視線を感じながら、うつむいていた。だが今ではヴィルマの方がうつむいていて、私の視線に気づいているのかいないのかもわからない。私は彼女の顔の中にラディの瞳を探し求めた、私は彼女に何か隠しているのではないかと言ったが、なぜ彼女がよりによって今日という日にタンツィなどという変わった名前の親戚の話をしようとしたのか、それはわからないままだった。

「彼女のことを思い出すと」ヴィルマはまだ喋っていた。「泣きそうになるわ。何日か前に彼女に会っていなければ、たぶん彼女の話なんかしなかったでしょうね。来週タンツィは結婚するのよ、その買い物でティラナに来ていたの。私も招待されたわ。行かないと思うけどね、わかるでしょ、父が許さないもの。でもそれは別にどうでもいいの。タンツィがね、一つ面白いことを教えてくれたのよ……或る女の人の話だけど……」

ヴィルマと会うようになって三日目の午後だったが、或る女の人の話だけど、と彼女が口にした時、私の中に湧き上がったのは燃えたぎるような不快感だった。

「よしてくれ」私は彼女にそう懇願したかった。

「どこかの女がどこでどうしたなんて話、聞きたくもない」

彼女の話に出て来る女性がブリジット・バルドーなどでないことは想像がついていた……タンツィがブリジット・バルドーのことなど話すわけがなかったし、タンツィの村にブリジット・バルドーが足を踏み入れたことなど一度もない。もし足を踏み入れていたとしても、どうして私がブリジット・バルドーの話など聞きたいと望むだろう?

それを望んでいるのはヴィルマの方だ。ヴィルマにその話をしたのはタンツィだ。タンツィによればその女性は、名前こそブリジット・バルドーではないものの、たぐいまれなる美貌の持ち主らしい。その女性がトラックに乗せられてKに到着した時、彼女を目にした者達は呆《ほう》けたようになっていたという。

「その女性はKにいるわ」ヴィルマは言った。

「収容者の家族が詰め込まれた建物に住んでいるそうよ」

さらに私が聞かされた話では、タンツィにとってのブリジット・バルドーに無礼な態度をとろうとする者は誰もいないらしい。タンツィによれば、収容者が住むその建物が立っている山のふもとには、毎週のように一台の車がやって来るという。最初のうち、その車が何を連れ出し、何を連れ戻し、そしてどこへと帰っていくのか、誰一人として知らなかった。それはソヴィエト製の旧式の「ガズ」で、よく整備されていて、車体は暗緑色で、窓にはカーテンが下ろされていた。車はいつも決まって火曜日の同じ時刻、午前十時にやって来て、ほんの数分停車し、再び元来た方向へ、粉塵を巻き上げて走り去るのだ。戻って来るのはその日の夕方近く、しばしば夜遅くなってから、村が山のふもとで忘却の中に沈む頃で、エンジンの音が響いてくると、人々はその「ガズ」が、地鳴りを立てながら収容者たちの住む建物へと滑り込んできたことを知るのだった。最初にわかったのは、送り迎えされる人物だ。それは美しい女だった。最初のうち、村ではそのことを特に不思議には思わなかった。収容者を連れて時折、村から町へ、或いはまたどこかへ行ったり来たりする「ガズ」の往復など、別に誰も不思議がるようなことではなかった。そういう人々が何の用で呼ばれるのかもわかっていた。疑惑が生じたのは、その美しい女が町へ呼ばれるのは単に尋問のためではないことがわかった時だった。誰がその件に鼻先を突っ込もうとしたのかはわからない。どうしてその「ガズ」の往復の真の目的が明らかになったのかもわからない。おそらくただ一人の人物によって明らかにされたものではないだろう。最もあり得るパターンは、美しい女の謎めいた行動が、その彼女に首ったけな連中によって明るみに出されたというものだ。この首ったけ連中の執念深さが、注意深く設えられた防護措置を無力化してしまったのだ。その美しい女の終着点は町ではなかった。その美しい女は町を横目に通り過ぎ、森の中へと向かったが、その森のかたわらには保養地があり、その保養地のかたわらには一軒の狩猟小屋があった。そこでその美しい女は或る人物と会っていた。その人物は、灰色の目をしていた。狩猟小屋の中に、その美しい女は灰色の目の人物と二人きりで閉じこもっていた。村では、彼女がその灰色の目の人物と愛の営みにふけっているのだと噂になっていた。スパイ活動に従事しているのだと話す者たちもいて……

不意に私は解き放たれたバネのように勢いよくソファから飛び上がった。そしてヴィルマの肩をつかむと、ぎゅっと力を込めた。ヴィルマは青ざめて、怯えの感情が青い瞳の中に渦巻いた。ヴィルマがタンツィの話したことを繰り返している間、私の耳はガンガン鳴っていた。それはソヴィエト製の旧式の「ガズ」が、砂埃を巻き上げながら村道を走り抜ける轟音だった。その車が乗せているのはブリジッド・バルドーではない。いやたぶんブリジッド・バルドーも、オーガズムに達すれば叫び声を上げるに違いないのだ、ソニャとそっくりな叫び声を。美しい女が森へと向かった話をヴィルマがしている間、私の耳は喘ぎ声じみた悲鳴に掻き乱され、私はさながら、ソニャが灰色の目の男に抱かれる様を生々しく目の当たりにしているようだった。そうして私は思ったのだ、自分と同じだ、ソニャも自殺などできなかったのだと。そしてこうも思った、ソニャは生きながらにして死を生きているのだ、灰色の目の男の息のかかった下で。

「この話、あなたは興味があると思ったから」とヴィルマは言ったが、その時も彼女の青い瞳の中には怯えが渦巻いていたし、私は私で彼女の肩をつかんだまま、彼女を窓から放り出したいと思っていたのか、それとも彼女の青い瞳の中に飛び込んでしまいたいと思っていたのか、自分でもわからないままだった。

私は彼女から手を放すと、ソファに腰を下ろした。ヴィルマは恐怖に憑かれたままで、まるでのどに手をかけられ、もう少しで息絶えそうになっていたところを突然の天啓の介入で命拾いした人のようだった。私はルルのアパートを出た。外は夜が更けつつあった。

15

その翌日、私の日程はバーから始まった。私にとっては、呪われし時の到来だった。

バーはすいていた。憶えているのは、十二歳ぐらいの少年が、一直線に私のところへやって来て挨拶をすると、ズボンの尻ポケットから封筒を取り出して私に手渡し、私はと言えば、送り主は誰かと訊ねもせず、自分のズボンの尻ポケットに突っ込んだことだ。私は彼のことを神々の伝令ヘルメスのように美しいと言いたい気持ちになった、そんな素描画を私はどこかで見たことがあって、それには足に翼のついた少年の姿が描かれていた。その少年に頭がおかしい奴だと思われるのではないかと不安になった私は、ヘルメスのことを口には出さず、封筒を届けてくれた苦労への報酬として、焼菓子を勧めた方がいいだろうと考えた。少年はそれを受け入れなかった、たぶん焼菓子は食べなかったはずだ。いやたぶん、私におごられることは彼の自尊心にかかわることだったのだろう。さほど友好的とも言えなさそうな視線を残して、川沿いの住人たるヘルメスは立ち去った。それから私は、封筒を引っ張り出して中身を見たい魔力じみたものを感じた。だがその代わりカウンターへ行ってもう一杯注文した。そして、誰から来た封筒なのか、中に何があって、何が書かれているのかと考えていた。

女給仕は私の学校時代の同級生だったが、バーがすいているのをいいことに、頼みごとをする時のような、また不安そうな口調で、もう飲まない方がいいと忠告してきた。私は彼女にありがとうと言った。彼女は私に呪われし時が迫っていることは知らなかった、でなければそんなつまらない忠告を私にしようとはしなかっただろう。だが、どうして飲んではいけないのだ？　私のような重要でも何でもない者が飲んだところで、社会のモラルの土台に一口なりとも嚙みつけるというのだろうか。言うまでもないことだが、膝上何センチまでが女子の健全なモラルで、アルコールが何グラムなら社会のモラルの土台を揺るがすのか、誰にも決められるはずがないのだ。私は酒を飲むことを禁じられ、女子たちはミニスカートを禁じられる。国は飲むための酒を売るが、ミニスカートは売らない。そうだ、酒を飲むことに責任を負うのは国であって、私ではない。そして、女子がミニスカートを履かないことにもまた、責任を負うのは国なのだ。多かれ少なかれそういったような理屈づけを私は幼なじみの女につらつらと話して聞かせた。彼女はひいひい笑いこけた。笑いこけた挙げ句、彼女は私にコニャックのダブルをタダで出してくれた。

「もうこれ以上、私にそんなどうでもいい話を持ち出そうなんて思わないでね」

隅のテーブルへ戻る私に、彼女が声をかけた。

「そのコニャックをあげるのは、あなたがまともな人だからよ、どうせそれを飲んだら、あなたはおとなしい羊みたいにまっすぐ帰るんでしょう」

私は手を振って応えた。そしてコニャックを少しだけすすった。ほんの少しだけ。もし私が騒ぎを起こしていたら、その幼なじみの女は私に一滴たりとも飲ませようとしなかっただろう。

だが私はあれこれ考えていたかった、そして落ち着きたかった、私に呪われし時が訪れる、まさにその時までに、世界との平衡に達したかった。そして、その平衡に達するために、私は哲学的な冷静さをもって論理構築を行う必要があったのだ。そしてまた、そうした哲学的冷静さに達するために、私は飲み続ける必要があった、少なくとも、グラスが空になり、平衡に達するまでは。そうして一口を惜しみながら私は論理構築をしていたが、結局のところ出て来たのは、私も、そしてソニャも、必要とあらば自らの命を絶つような、そういうタイプの人間ではないということだった。私も、そしてソニャもまた、その場に合わせた解決策を見出せる類の人間に属しているのだ。そういうふうに考えているのはソニャも同じだったはずだ、そんな理由づけを私は続けた。それ以外のことは重要ではなかった、ひとかけらも重要ではなかった。灰色の目の男は旧式の、しかし手入れのよいソヴィエト製の「ガズ」で何度か彼女を迎えに来ていて、しまいにはソニャも彼の論理に屈した。何にせよ、灰色の目の男にとってソニャとの取引は決して容易なものではなかった。言いかえれば、ソニャにとって灰色の目の男との取引もまた、決して容易なものではなかった。二人の間の合意は、商談の末に達成したものであったろう。ソニャは自分の品を売ったのだ。では灰色の目の男はどのような値でそれを買ったのか？　だがそれもまた、これっぽっちも重要なことではない。ソニャは結局彼の論理に屈し、商談が成立し、「ガズ」はソニャを連れ出し、そして町へと向かった。その点だけが単純な連中の記憶に残ったのだ。実際のところ「ガズ」は通りを走り抜けると町の外へ出て、さらに森の中へ、松の木が茂るその森の中の保養地へ、そこにある、灰色の目の男が自分の住まいとして使っている狩猟小屋へと向かう。それ以外は大して重要ではない、と実際はそういう商談だったのだ。確かに、ソニャにはどんな商談も行う権利があった。

私は残ったコニャックのしずくをあおった。自分が砂浜に打ち上げられた魚のような気分で、じりじりと焼けつくような渇きを感じて飲んだ。そうしながら幼なじみの視線を横目で盗み見ていた。彼女がこれ以上私に飲ませたくないと思っていることはわかっていた。彼女は小太りで人当たりのよい女だったが、私には頑として飲ませようとしなかった。それに、彼女の耳は静寂そのものだったが、私の方は耳鳴りがしていた。彼女の耳には、旧式のソヴィエト製の「ガズ」が森を走り抜ける轟音は聞こえていなかった。狩猟小屋の板張り床の上を歩くソニャの足音も聞こえていなかった。だが私の耳には何もかもが聞こえていたし、何もかもが見えていたのだ。

「飲ませてくれよ、おかみさん」そう私は叫びたかった。ソニャの喘ぎ声に頭がおかしくなりそうだった。灰色の目の男の息遣いに、頭がおかしくなりそうだった。二人の裸身が板張りのベッドの上でリズミカルに跳躍する、その動きに頭がおかしくなりそうだった。もしその時に二人目の客が入って来なかったら、私はその小太りの女主人を八つ裂きにしていただろう。だがその客は神々の伝令などではなかった。それは我が守護天使のドリであった。

ドリに言わせると、その日の私のユーモアは攻撃的だったそうだ。私にはわからなかった、どうしてドリまでもが、あの幼なじみの、カウンターの女給仕と同じことを私に忠告してきたのかと。

『もう飲まない方がいい』

その日は私に向かって誰もかれもが、もう飲まない方がいいと要求してきた。余りに度が過ぎていると。あんたも俺に渡す手紙があるのかとドリに訊ねた私は、肩をつかまれ、半ば力づくで外へと連れ出された。どうやらドリは、私が侮蔑の言葉を吐こうとしているか、私が支離滅裂なことを口走るまでに酔いどれていると思ったらしい。だが私は侮蔑などするつもりもなかったし、自分が何を言っているかもわかっていた。自分をバーから引きずり出そうとするその手段こそ、暴力そのものだと私は喋っていたのだ。

「俺は抗議するぞ」私は言った。

「暴力の行使に抗議するぞ。これは暴力だ」私はなおも続けた。

「こんなことができるのは、灰色の目の男みたいなプロレタリア独裁機関だけだ。プロレタリア独裁こそが真の暴力だ。その真のものが加えられている場所こそ、樫の木のベッドの上だ、松の木の狩猟小屋の中だ、違うのは、暴力が暴行と化したことで……」

そこで一発ぶん殴られて私は黙らされた。そこは町の中心の公園の近くだった。自分の周りにイボタが生い茂っている。私はドリに目をやった。彼は嘲笑を浮かべていた。

「もしお前が牢屋の中で終わりたいんだったら、わめき続けてればいいさ」とドリは言った。

「俺はお前につき合う気なんかないぞ。あと一言でも口走ってみろ、お前の脳天に一発喰らわせてやるからな」

　そこで今度は私が嘲笑う番だった。

「お前は汚らわしい臆病者だ」私はそう言い返した、ただし声を落として。

「まるでカタツムリだ。お前もそれぐらい認めたらどうだ。俺は自分がそうだって認めてるぞ、俺はカタツムリだ」

　私はカタツムリの哲学についてもう少し何か付け加えたかった、カタツムリの国家について、カタツムリの独裁についてだ。だがそれはかなわなかった。のど元にせり上がるものを感じて、私は公園の隅で、セメントの粉にまみれたイボタの上に吐いた。それからドリは私を家へ連れて帰った。家で私は、カタツムリの国家における普遍的な特性について一席ぶった。ドリは母が入れたコーヒーを飲みながら、それを聞いていた。そしてコーヒーを飲んだドリは帰って行った。私は眠りについた。眠ってしまったので、私の頭に残っていたのはただ、明日目が覚めたら必ず会いに来いとドリに言い渡されたことだけだった。そう言って彼は階段を下りて行った、必ず会いに来いと言い残して。しかし私は、どうして会わなければならないのかわけがわからぬまま、階段の手すりにもたれかかり、悪態をつき、手を振りながら、こう叫んでいたのだ。

「また会おうな、カタツムリよ！」

　また会おうな、カタツムリよ！　また会おう！　だがどこで？　そしてなぜ？　目が覚めた時、私はそんなことを自問自答していた。寝ている間もずっと、ドリがどこで、そしてなぜ、自分に会おうとしているのか、そんなことばかり考えていた。その日は空虚に感じられた、まるでカタツムリの抜けた貝殻のように。ありとあらゆるものがどす黒い不吉のしるしであるような、不吉な日だった。私が今こんなことを言うのは、別に、階段を下りた時に目の前を黒猫が横切ったからというだけではない。猫の色さえ何だったかはっきりしないのだ、もしかしたら灰色だったかも知れない。何にせよ、それは猫だった、灰色であれ、或いは黒であれ、虎ではなかった。それは単なるネコ科の肉食動物の一族、最も無害なものの代表格であって、むしろそれ故にこそ、不吉をもたらすとされているに過ぎないのだ。

イボタの茂る公園の脇の、バーの扉へと続く道に面した場所に、大柄な男が一人、憤然として立っていた。腕組みし、瞳には怒りが火花のように散っていた。男が私を見たその時、私は、まさにここで、この日の不吉が私を待ち構えていたのだと思った。それはヂョダだった。彼が外に出て来て、まさしく私のためにここに立っているのだという強烈な感覚に襲われた。最初は道を変えようかと思った、誰もが黒猫に出くわしたら道を変えるのと同じように。もっとも私は猫が黒だろうが灰色だろうが、迷うこともなくそのまま歩いて行くのだが。私は顔を伏せたまま、会釈もせず彼の前を通り過ぎた。何としてでもできるだけ早くバーに辿り着いて、コニャックの大グラスを、瓶まるごと一本をひと息にあおることしか眼中になかったのだ。わめき散らさぬように、この世で知る限りの最も汚らわしい言葉を吐き散らす前に。ところが、どうやらヂョダにはヂョダの算段があったようで、ただ通行人を見張るためだけに、外へ出て道端で公園の囲いの杭のように突っ立っているわけではなかったのだ。私が顔を伏せて前を通り過ぎようとしたその時、ヂョダがフンと鼻を鳴らした。彼が私に何を言おうとしているのか、私にはほとんどピンと来なかった。ともあれ、この子供時代の牢番人は私に敬意を表して、バーの扉へと続く道のど真ん中に罠を仕掛けたのであり、この場所こそが、私を捕えるには最も確実な場所だったのだ。罠の中では普通なら機銃が火を吹き、爆弾の一つも投げ込まれるものだ。そしてヂョダの爆弾は「耳をそぎ落としてやる」という言葉で、それをまるで歯の隙間から痰を吐くように口走った。私は、耳があろうがなかろうが自分は気にも留めていないと言い返した。

私の返事は言い過ぎだったが、それはヂョダにお返ししてやらずにはいられなかったからだ。それが相手に与える意味、その破壊的な効果についてはこれっぽっちも考えていなかった。ヂョダの顔がどす黒くなった。芯のない紙凧のような、私より頭一つ分だけ大きいその体躯がぶるぶると震えた。

「この馬鹿野郎め」ヂョダは鼻を鳴らした。

「くたばらせてやる」

ヂョダはその言葉を何度も、むしろ自分自身に言い聞かせるように繰り返していた。私はヂョダに背を向け、彼をその場に残したまま、イボタの茂る公園の脇の道を歩いて行った。

「くたばらせてやる……くたばらせて……」

その時、私はヂョダの憤怒の理由に思い至ったのだ。三日間も続けて私はヴィルマとルルと一緒にいた。そしてヴィルマはヂョダの娘だ。そしてヂョダは自分の娘を、狂おしいほどの愛情でもって愛しているのだ。

「見られたんだ」私は思った。

「誰かが俺達を見ていたに違いない、誰かが、俺達がルルのアパートにいたのを見つけて、それをギョダに知らせたに違いない」

寒気が背筋を駆け抜けた。恐怖からではない。自分の娘の首筋に近寄る連中にギョダが何をしようとするのか、私にはわからなかったし、私は間違いなく、そういう類の連中には含まれていなかった。だが私の返答は悪いものに、十分に悪意にとられてしまった。抗しがたい誘惑にかられた私は振り返らざるを得なかった。ギョダは歩道の脇の同じ場所に立ったままで、私に対する怒りを火花のように散らしながら、ずっとこちらを見つめていた。もはや疑う余地はなかった。見られたのだ。

私はバーには行かなかった。もしバーに入ってしまったら、ずっとその場所に居座り続けることになっていただろう。私は工場へ向かった。その日は煙がまっすぐに、まるで黒い噴水のように立ち昇っていた。ふと、

「犬は吠えるままにさせよ、煙はまっすぐに昇らせよ」

という今風の言い回しが頭に浮かんだ。その後で、

「犬は吠えるままにさせよ、キャラバンは前進させよ」

という正しい表現を思い出した。

「馬鹿馬鹿しい」私は一人ごちた。

「誰が犬で、誰がキャラバンだ？」

私は工場の前で、しばらく呆けたように立ち尽くしたまま、大空との完全な平衡の中で、溶け込むこともなく、まっすぐに立ち昇る黒い煙を眺めていた。ほんのひと吹きさえあれば、そうだ、空がひと吠えさえすれば、煙は散り散りに拡散し、キャラバンは崩れてしまう。世界の平衡は崩れてしまうだろう。そして私も土を喰らうことになる。ギョダは私に土を喰らわせるのだ。ラディがそうであったように。一方ソニャにはそんなものを喰らうつもりはない、彼女は取引したのだから。だが私はどんな取引を、誰とすればいいのだろうか？　そこで私は、自分が必ずドリに会わなければならないのだと思い出した。ドリは私に命じたのだ、必ず会いに来いと。

だが彼は見つからなかった。工場の周囲には人の足跡も見当たらなかった。その日は何もかもが打ち捨てられているように見えた。ラボも無人だった。ヴィルマも、ルルもそこにいなかった。その打ち捨てられた感じが私を恐怖に駆り立てた。ミキサーの轟音が、まるで地の底から発する地響きのように私の耳に届いた。

「誰かいないのか？」

とうとう私は力の限りに大声で叫んでいた。誰の返事もなかった。ただミキサーだけがゴロゴロと回っていた。

「誰かいないのか？」

私がもう一度、絶望にかられて繰り返した時、ラボの隅の、作業帽をかぶった頭が目に入った。それは午後の番に来る女性助手の頭だった。五十代で、肉付きのよい丸々とした顔で、いつも眠そうな顔をしていた。轟音のせいか、作業帽のせいか、或いは耳に詰めた蠟栓のせいか、彼女には私の叫び声も聞こえていなかった。振り向いて、ラボの中に私がいるのを目にすると、彼女は悲鳴を上げた。

「俺は化け物じゃないぞ、この馬鹿め！」

私は怒鳴りつけた、彼女にそれが聞こえるはずなどないと知りながら。彼女によるとドリは会議中で、ヴィルマとルルは休んでいるらしい。彼女はもう一人の女性の助手と共に、今日はサイロから出て来て欲しいと緊急に呼び出されたらしい。というのも、午前中に誰も姿を見せなかったからだ。ヴィルマについては、誰も欠勤の理由を知らなかった。ルルは入院していた。ルルの入院の理由を訊ねると、その女性助手は恐怖にとらわれたように私を見つめた。

「襲われたのよ」彼女はそう説明した。

「重傷を負ったの。ゆうべ家に帰る途中、暗がりで誰かが飛び出してきて、頭を何かで殴られて、それで……」

彼女の丸い顔は真っ青になっていた。私はその場を立ち去った、もうそれ以上は聞く必要などなかった。身震いするほど悪い想像が頭の中を駆け巡って、ドリに会いに来るよう言われたこと、ヂョダが待ち伏せていたこと、ヴィルマがいないこと、ルルが襲われたこと、それらが互いに結びついた。私は病院へ向かった。

ルルは、手術を受けた四人の女たちと一緒の部屋に入れられていた。幸いにも私は外科部長と顔見知りだった。彼は私も住んでいるアパートの中央の、入ってすぐのところに住んでいた。彼は私が着る白衣を見つけてきて、ルルが寝ている部屋まで私を案内してくれたが、余り長居しないようにと注文をつけた。中に入った途端、私は悪寒に襲われた。部屋の隅に女性が一人、そしてその枕元に少女が二人座っていた。女性は苦しそうに呻き声を上げ、水を求めていたが、水を与える者はいなかった。私が部屋に入ると、少女二人は振り向いてこちらを見た。それから自然に、二人の視線は私から離れ、右側にあるベッドの方へと向けられたので、私は、そこに寝ているのがルルに違いないと思った。そしてそのことに気づいた私はたちまち固まってしまった。外科部長の気の利いた計らいも、私を手助けしてくれた用意の良さも、隣近所のよしみとはいえ、予想を上回るものだった。そして今、少女たちが底意に満ちた視線を投げかけ、そしてその視線は、私が向かうであろうベッドへと向けられている。もはや一点の疑う余地もない、私がルルのところに出入りしていたことも、今や町じゅう皆の知るところとなっていたのだ。

私は少女たちに背を向けた。薬品の重苦しい匂いが、女たちの重苦しい匂いと混ざり合って、私は臓腑がのど元までせり上がるような気分だった。私はルルの頭に指先を伸ばした。ルルは私に気づくと、ああ何ということだ、口元に微笑みを浮かべたのだ。彼女はひどく殴られていた。だがそれでも、ああ気の毒なルル、彼女は何とか口元に微笑みを浮かべようとしたのだ、まるで私に慈愛を与えようとでもするように。その顔色はどす黒く、片方の目は腫《は》れ上がり閉じていた。私はベッドから垂れた彼女の手を取り、自分の両手で包み込むと、ひざまずき、冷え切った彼女の手の肌に唇を押し当て、口づけし、そしてのどから絞り出すような声でつぶやいた。

「ルル、誰が君にこんなことをしたんだ、教えてくれ!」

ルルはもう一度、口元に微笑みを浮かべようとした。彼女はめったに笑わない女だった。それでも彼女が笑う時には、その顔に自然の奇跡が現れるのに気づくことだろう。だがその日印象に残ったのは、彼女の腫れ上がった顔と片方だけ開いた目だけだった。

「真っ暗だった」ルルは途切れ途切れに語った。

「頭に袋をかぶせられたの。急に襲われたけど、怒りで声も出なかった。歯を食いしばって耐えようとすると、もっとひどく殴られた。そのうち殴り疲れたのか、頭に袋をかぶせたまま私をアパートの入口の階段のところに放り出した。殴るのに飽きたのか、それとも誰かに見られたと思って急に怖くなったのかも。近所の人が二、三人出て来て、ぼろぼろの袋みたいになった私を見つけたけど、暴漢たちは姿を消していたわ。初めのうちは、何が起こったのか、自分に何があったのか、わからなかった、ただの強盗だと思っていたの、それが自分を襲おうとしたんだって。でもそうじゃなかった、少なくとも強盗じゃなかった。間違いなく、あのバーのごますり連中よ。今ならよくわかる、どうして私にこんなことをしたのか。あなたもわかるでしょう、だから気をつけてちょうだい」

私はずっとルルの手のひらを両手で包んでいた。

「君の言う通りだ」私はささやいた。

「あいつらはかさぶただらけの犬どもだ。あいつら、女にも一対一じゃ出て行こうとしない。いつもグループで固まって、群れている、狼と一緒さ」

ルルは、私の声が大きくならないようにと私の手をしっかり握りしめた。

「ルル」私は言った。

「俺のせいで、君をこんな目に遭わせてしまった。今日これから、君に触れようとする奴は俺が相手だ。聞こえてるか？　君の髪のひとふさにでも触れようとする奴は、俺が相手になってやる」

私は、ルルの手がしっかり握りしめてくるのを感じた。それから私はたわいもない話をした。だがどんな厄介なことでもする覚悟はできていた、復讐するには十分だった。


病院を出たのは昼近くだった。私はバーへ通じる道を避け、長く伸びた環状路を通って自分の住む家へと歩き、裏通りを抜け、半ば忍び込むように家へと入った。そんな意味のない行為をしたのはたぶん、ルルと枕元で会話しながらの決意が、自分の責務であると確信したかったからだろう。彼女の陰鬱な表情と、片方だけ見開いた目が私から離れなかったし、彼女が努めて口許に笑みを浮かべようとしていたことに、私は痛みを覚えた。

「気の毒なルル」私はつぶやいた。

「何だって君がこんなことに」

鍵を回し、家の中に入った。アパートの部屋には誰もいなかった、母も父も仕事に出ていた。アパートの静けさが私の神経を鎮め、頭がすっきりしてくると、冷静にものを考えられるようになった。まず私はコーヒーを沸かした。コーヒーを沸かしながら、あの時、あの連中は全員バーにいて飲んでいたなと考えた。実際のところ、私にとってその全員が必要だというわけではなかった。私にとって必要なのは唯一人、ファグだけだった。他は私からすれば用無しだった。

コーヒーがふきこぼれて、ストーブの上に散り飛び跳ねた。部屋にコーヒーの焦げた匂いが充満した。

「さてどうしようか、俺たちは」と、小鍋からカップに液体を注ぎながら私はつぶやいた。

「俺にしたことを、この俺が甘んじて受け入れるとでも本当に思っているのか？　お前はずっとそう思ってきたのか、きっとそうだろうな。

『あいつは臆病者だ』と、そうお前は言ったのだろう。『たかが学生風情が、ルルごときのために危ない橋を渡るわけがないさ、一石二鳥じゃないか』と、お前はそう言ったのだろう。

『あのやり手ばばあみたいなルルに思い知らせてやるんだ、死ぬまで忘れられないぐらいにな』と言ったのだろうな。かくして事件は町を震撼させる、いずれにしてもだ。人々はルルの頭に袋がかぶせられた理由を知るだろう。ギョダも知るだろう。そしてあいつが最初にすることは、能無しどもの集会だろう。素晴らしいぞ、ここまでの段階で、お前の考えはしくじっていない。ギョダは怒り狂って、ヴィルマに腹を立て閉じ込めて、家から一歩も外へ出さないだろう。ルルが教えてくれた通りだ、ヴィルマは自分の女友達が入院している病院へ出かけていくことさえできないのだ。ここまでは、お前の計画は、まさにその通り、予定通りに進んだわけだ。だが、お前のそれは計画なんてもんじゃなかった。お前には、ルルを恐れおののかせる方法が幾らでもあった、ギョダに自分の娘の所業を知らしめる方法だって幾らでもあった。それなのに何だってお前は焦ってこんなことをしたのだ、俺は言いたいよ、何だってお前のところのならず者を二人も寄こして、暗闇の中で無防備な人間を、誰の髪のひとふさにも触れたことのない哀れな女を、何だって殴ったりした？　殴ることがあったのかい、ファグよ、お前だって、彼女の苦痛に苛《さいな》まれる気の毒な様を見れば、申し訳ないと思うだろうよ。お前にだってけだものなりの本能があるだろう、ファグよ。お前がけだものの本能以外で動くことなんてあり得ないからな。俺は心からお前のことを残念だと思っている。お前の仲間にもだ。俺も俺自身を残念だと思う、俺たち全員をな。だからお前にも訊きたいことがあるんだ、答えてくれないか。何だって俺たちはこんなことになっちまったんだ？　お前は笑って、笑いくたびれるほどに、俺をバカ呼ばわりした。こんな問いかけも、お前の怠惰な脳ミソにはほとんどこたえないんだろうな。この俺が苦しめられている時、俺たちがどれだけ悲惨な状態なのかと思うとゾッとするよ。俺のこの問いが、ただお前の神経に障りさえして、お前のパンくずだらけの頭に響きさえすればと考えて、俺はゾッとするよ。

泣きわめくがいいさ、ファグよ。俺は憶えているぞ、俺たちが子供だった頃、お前の父親は軍人で、将校だった。今はどうだか知らない、まだ仕事を続けているかも知れないし、もう年金暮らしに入っているかも知れない。お前の父親はギョダとも友人だった、それなのにお前のことをギョダは鞭でぶちのめしたんだ。この俺をぶちのめしたようにな。俺の父は、ギョダが俺に鞭を喰らわすことを認めていた。だがお前の父親は、それを認めていたか？　そら、また怒り狂うがいいさ、俺の問いをお前は侮辱ととらえるんだな。俺はお前も、お前の父親のことも侮辱したくはない。俺たちは子供時代を鞭と共に過ごしてきたし、今もまだ鞭の下に留まり続けている。それこそが俺たちの不運なんだ、ファグ。なぜって、鞭は痕が残るし、墓に入っても消せやしないからな。だからお前にしても、お前の周りにいるあの番人どもにしても、自分より弱い者たちに暴力を振るうことを当然のことだと言い立てている。薄汚い商売だよなあ、ファグ、それは認めるべきだぜ。ルルのような無防備な、罪もない存在を殴りつける、それは胸糞の悪い連中のすることだ、お前だって胸が悪くなるんじゃないか。胸が悪くならずにいられない者だっている、この俺がそうだ。ところがどうだ、こうしてお前と喋っている中で、俺は努めて冷血になろうとしている。お前と面と向かっていてもこうして冷血でいられるかどうか、俺にはわからない。もし面と向かうことになったらどうなるか、それは議論するまでもないだろう。ちゃんと話し合おうぜファグ、お前はルルを殴っておいて、扉で聞こえるところまで近づいた。扉はこの俺だ、お前のメッセージはよくわかった。だがな、お前は一つ小さなミスをした。お前は忘れている、俺がお前と同じようにこの町で育って、同じものを食って、セメントの埃を喰らってきたことを。俺たちは二人とも、セメントの埃を喰らってきたんだぞ、ファグ、つけの清算は俺たちなりのやり方でやるってことも学んでいるんだ。つまりお前は間違ったんだ、ルルを殴って、それで俺を震え上がらせることができる、ヴィルマから手を引かせることができるとお前が信じたその時からな。お前もヴィルマが欲しいんだ、俺は知っているぞ。子供時代からの古い遊びにずっと信頼を置いていると思っているお前自身に、身体が震えてくるだろうよ。俺はお前のことが気の毒だよ。もし俺のところに来て、面と向かって嘆きわめいてくれれば、こんな単純なことでここまで馬鹿馬鹿しいことにはならないんだ、なぜって俺はヴィルマとは何もないんだから。それがお前の行動の悲喜劇たる面でもあるんだ」

私はカップをテーブルの上に置いた。コーヒーで落ち着いてくると、頭がすっきりする感じがした。ただ胸の中に何かしらくっついているものがあった。蟹《かに》が一匹、胸郭にある空間の中に張り付いていて、それがごそごそ動いただけで胸郭が破裂するように感じた。それは私の憤怒の蟹だった。身を縮こまらせたままで、噛みついてくることはなかった。じっと待機して、私の動きを見張っていた。私は立ち上がり、服をしまってあるタンスの方へ歩いた。探していたものはタンスの隅の引き出しの、古着が無造作に突っ込まれた、その奥にあった。それはナイフだった。砕石場でもう少しのところで、楽天家どもに対抗して使いそうになったものだ。銃剣風の鋼刃がついた、綺麗なナイフだった。それは油の浸みたぼろ切れでくるんでビニール袋に入れてあって、その袋は木製の小箱にしまってあった。私はそれをゆっくりと、思いの向くまま、刃がぴかぴかになるまで磨いた。そのナイフを手にしたまま、私はベッドに横になった。規則正しく呼吸すると、心臓は正常に鼓動を打っていた。内面の声が、そのナイフをもう一度そのぼろ切れに包んで、そのぼろ切れをビニール袋に入れて、ビニール袋を小箱に入れて、小箱を古着の中にくるんで、そうして眠ってしまえとささやきかけるのだった。それは私の良心の声だったのだろうか、それともヴィルマの声だったのだろうか。おそらくは私の良心の声であって、それがヴィルマの声で私に話しかけてきたのだろう。ずっと私に聞こえていたのは、ヴィルマの声だった。それは私に小声で、苦痛に満ちた声で話しかけてきたが、その間も私はナイフの刃先をじっと見つめていた。困ったのは、自分が眠れないし、何も感じられないし、いかなる種類の感情も湧き上がってこないことだった。ヴィルマの声は、遠くから聞こえていた。ヴィルマの声はまるで別の惑星から聞こえてくるようだったが、しかし空間的には彼女は私のすぐ近く、道路を隔てた数百メートル向こうの家に閉じ込められているのだった。

「あんたなんか関係ない」私は茫然《ぼうぜん》となりながらつぶやいた。

「あんたなんて、俺と何の関係もないんだ。あんたは汚れを知らな過ぎる、この世界のことになんか巻き込まれるべきじゃないんだ」


私は外へ出た。ヴィルマのささやく声を引きずりながら。自分がヴィルマに感じているものが何なのかわからなかったし、そんな感情にどんな名前を付けたらいいのかもわからなかった。昼過ぎで、うだるような熱気で息も詰まりそうだった。埃っぽい空が町の上に広がっていたが、その時初めて、この空は本当に埃っぽいのだろうか、それとも自分にそう見えているだけなのだろうか、という疑問が浮かんだ。ヴィルマにも、彼女が幽閉されている部屋の窓から、こんなふうに埃っぽい空のように見えているのだろうか？

「本当に」私は思った。「何だって、俺とヴィルマが同じ空を見ているなんて思わなければならないんだろう？　別々の人間が、悪は誰にとっても悪で、黒いものは誰にとっても黒い、そういう意味での同じ世界を見ているなんて、何だってそんなことを認めなければならないんだろう？　目を閉じさえすれば、世界は消え失せてしまう。眠るのと同じように。眠りもまた死だ。二十四時間ごとに人間は、死の眠りに向けた訓練をしてるんだ」

そう思った。自然と自分の手が動いて、ナイフを入れた場所に、ズボンの右ポケットの中の辺りに触れていた。

いつも通り、その時間にファグとその仲間たちは、私が座るホールの反対側の隅にあるテーブルを占領していた。私が入って来たことは、完璧な無関心で迎えられ、誰一人として私の方を見もしなかった。それで私は、自分の来訪が待ち望まれていたのだと知った。素早く、あの中の誰がルルをリンチした奴なのか、見つけ出そうとした。そして、誰であれリンチをしかねない奴ばかりだなと思いながら、カウンターへと向かった。そこの小太りの幼なじみのせいで、私が店内に入った時に形作られた印象はさらに強まった。彼女もまた、この日あの連中が誰かを待ち構えていることを察していた。

「気をつけなさいよ」そう言いながら彼女は私の前にコニャックのダブルを出した。

「今日は私、ちょっと嫌な予感がするのよ」

「俺もだよ」と私は言葉を返した。

「気分が悪くて虫酸が走るぜ」

向こうの隅にいた連中が、こちらを横目でちらりと見た。

「虫酸が走るぜ」という言葉を、私は大声で、狙い定めてはっきりと言い放った。幼なじみの女給仕の顔が引きつった。彼女は引っ込んだが、一方私はグラスを手にしたまま、悠々とした足取りで反対側のテーブルへ辿り着いた。そこに座ってテーブルに肘をついた時、すぐさま私は、自分が履いているズボンの重要性に、そこの連中が気づいていることを嗅ぎ取った。灰色の布地の辺りだった。右足で目立っていたのは一本のチャックで、それが膝下までまっすぐ伸びていた。チャックは内ポケットを覆っている。この膝下まで伸びたチャック付きのズボンは流行っていて、町で広く出回っていた。内ポケットに何が隠されているかは気づかれていた。少なくとも、隅に座っているあの連中にとって、私のズボンの右ポケットが偽物でも空っぽでもないことは明らかだった。私は病院から戻ってすぐこのズボンを履いてきたのだ、あの連中ならいつも通り、集まっているところを見つけることができるだろうと確信して。誰一人その場を離れなかった。そこで私は、連中の誰一人として、膝下に伸びたチャック付きのズボンを履いていないことに気がついた。それだからといって、他のポケットが空っぽだということにはならなかったが。

空疎な数分間が過ぎて、この日は何も起こらないのではないかという気がし始めた。誰もチャック付きのズボンを履いていないからという、ただその事実からではなかった。連中はその日ひどく大人しくて、言ってみれば、公の場に感謝状でも受け取りに出て来たようだった。ファグが顔を上げ、盗み見でもするように私の方を見たが、その目つきには何かはっきりしない、とらえどころのないものがあった。

「この野郎め」私は心の中でつぶやいた。

「どうしたことだ今日は？　お前がそんなに大人しいとは、どうも気に喰わないな」

外に目をやると、道路脇の、イボタの生い茂る公園の近くにいる人物が目を引いた。背が低く、年齢は判別がつき難い類の男だった。ランブロという名で、当局の内通者だという噂だった。ランブロがその場所にいるのはよくあることで、別に驚くようなことではなかった。そのランブロから少し離れたところに警官が一人来ていたが、それも何ら驚くようなことではなかった。ところがファグが彼らの様子をずっと見つめているのに気づいた時、私は驚かずにはいられなかった。概して、この町の若い男たちは、チャック付きのズボンを履いていようがいまいが、内通者たちにも警察官にもアレルギーを示していたからだ。

一体どうしたんだ、今日のファグは？

私はコニャックをひとしずくだけ飲んだ。向こうでは連中が黙って自分たちのことにかかっていた。みんな飲んでいたが、ファグは違った。ファグの前のグラスは空になっていた。他の連中は飲んでいたが、彼は飲んでいなかった。彼はランブロと目くばせした。

「糞ったれめ」私は毒づいた。

「一体どういうつもりだ？」

グラスをテーブルに置いた時、何となくだが私は、ファグが何をやらかそうとしているかに気づいた。慌てず、疑念を生じさせることなく、私はテーブルを離れて、カウンターの右側、トイレのある方へ歩いて行った。だがトイレには入らなかった。カウンターの裏側に回り、女給仕の方にヒュッと口を鳴らした。小太りの幼なじみは私に気づいて、ちらと目をやった。私は口元に指をやった。そしてこっちに来いと手招きした。私はチャックを下ろして内ポケットからナイフを取り出すと、気づかれないようにと身振りで示したまま、それを彼女に手渡した。

「頼む、これを隠してくれ」私は小声で言った。

「後で俺に返すんだ。もし俺が取りに戻らなかったら、捨てるなり何なり好きにしてくれ。だが他の奴には渡すなよ」

女給仕は私の言った通りにやってくれた。私は自分のテーブルに戻った。向こうの連中はまだ飲んでいる。ファグは外に視線を送っていた。私は時間をかけてコニャックの残りを飲み、それから次を注文した。

「もう飲んじゃダメよ」

幼なじみの女給仕は不安そうにささやいた。

「飲まないさ」私は彼女をなだめた。

「その代わり、キャンディを一つくれないか」

小太りの幼なじみはもう一度私を見つめたが、キャンディを紙にくるむと、カウンターの上に置いた。私が自分の場所に戻りながら見ると、ランブロのかたわらに今度は警官が二人いた。それからの出来事は何もかもが急だった。ファグが自分の場所から離れて私の方へ向かって来た。片方の手は背後に隠していた。

「この間抜けが」

私は一人ごちた。ファグが私の頭にコニャックを浴びせる前に、私がファグにそれをした。ファグが隠し持っていたグラスが落ちた。グラスの割れる音。ファグは憤激して、テーブルめがけて飛びかかり、そのまま私を壁へ叩きつけようとしたが、私がそれをひょいとよけたので、あわやテーブルがバーのガラス窓にぶつかりそうになった。女給仕の悲鳴が上がった。その場に居合わせた二、三人の客たちが、恐れをなして逃げ出した。ファグの仲間たちは、誰一人として間に入って来なかった。予想した通りで、警官が入って来て間に入った。警官の一人がファグを、もう一人が私を押さえ込んだ。警官二人と共に平服の、この町ではよく見知った顔が一人いた。ランブロは姿を消していた。私とファグは抗議らしい抗議も示さないまま連行された。集まってきた人々の好奇心に満ちた視線を浴びながら、それぞれ間に入った警官に連れられて、我々は地区の警察署へと到着した。

町の中心部から少し離れた警察署の、その二階建ての入口へと入る時、私は全身をくまなくチェックされた。ポケットも空にしてみせたが、ズボンの右足側のチャックのある部分だけはそのままにしておいた。私が隠し持っている物体を発見する喜びを、私の所持品リストに関わっている人物のために残しておいてやったのだ。丸く血色の良い顔をした警官がいて、恐怖をかき立てるようなごつい前足をしていた。

「さあて、ここでこんないかさま芝居とはな」

とその警官は、まるでもう何かを発見して私の肩をつかみ壁際に追い詰めたかのような、満足げな口調で言った。

「貴様らみたいなチンピラどものいかさまが、俺たちにわからないとでも思ったか?」

その時点までのその警官の態度は、まさに模範的と呼べるものだった。その時点まで彼は、私が淡々とポケットを空にしてみせる様に対して驚嘆すべき忍耐を示していた。私が特に気にするそぶりもなくテーブルの上にバスの乗車券や硬貨やその他こまごましたどうでもいい品々を出していくのを、その警官は冷淡なほどにせせら笑っていた。まるでこう言いたげだった。

「ほら出せよ、馬鹿が、ほら出せよ! 俺は待ってやるぞ」

その顔は輝いていた。その目の中には、鼠《ねずみ》をもてあそぶ時の猫の目のような光が煌《きらめ》いていた。

「そうら、な」警官はふんぞり返ったまま、私のズボンの右側のチャックのついたところに自分のごつい前足の先を伸ばしてきた。

「何をそうビクビクしてるんだ？」

素早い動きでズボンのチャックを引き下ろし、ポケットに指先を突っ込んだ警官がそこから引っ張り出したのは、紙にくるまれたキャンディだった。彼は自分の目が信じられない様子でそれをごつい前足の先に挟んでいた。それを一方の前足の裏から他方の前足の裏へと移し替え、包み紙を剝いてみると、出て来たのはキャンディそのものだった。

「さあてと、これは」彼は弱々しくむにゃむにゃとつぶやきながら、私のかたわらに立っていた警官を見た。

「何だこれは？」

その手にした物体はキャンディ以外の何ものでもないと私が答え、よろしかったらお宅のお嬢さんにどうぞ、と言ってやると、彼はギョッとしたふうで座っていた椅子から飛び上がった（後になってわかったことだが、彼には高校生の娘がいたそうだ）。そして同時に二発を喰らった。腹にこぶしを、脛《すね》には蹴りを入れられた。痛みに呻き声を上げながら、私は床に崩れ落ちた。すると今度はあばらに蹴りを喰らった。かくして、所持品検査は終了した。力強い腕で引き起こされて、引きずられるように廊下を連れて行かれると、どこかのドアが開いて、その中へ放り込まれ、ドアが閉まると、私は顔から床に倒れ込んでいた。

しばらくの間、私は思うように身体を伸ばすこともできず、ぴくりとも動けない有り様だった。全身が痛かった。それから感覚を取り戻し、どうにか起き上がって、壁際にあった椅子に腰掛けた。私がいたのは窓のない部屋で、天井には電球がぼんやり灯っていた。何度か廊下の方で足音が聞こえた。ナイフの代わりにキャンディを発見してしまった時の、あの赤ら顔の警官の馬鹿面を思い出して私は吹き出した。

「俺にユーモアがある限りは」私は思った。

「全てうまくいく」

そんな私の言葉を確認でもするように、廊下の方に足音がした。足音はだんだん近づいてくる。

「たぶんファグを連れて来て、面通しでもさせるのだろうな」私は一人ごちた。ファグのことは、この警察署の建物に連れて来られた時から一度も見ていなかった。だがファグではなかった。ドアが音を立て、開いた時そこにいたのは背の高い、見覚えのない顔の若い警官二人だった。その警官二人はこの町では見たことがなく、その後も二度と見ることはなかった。背後でドアを閉めると二人のうちの一方がその近くに立ち、もう一人は私の方へ来た。私は椅子に座ったままだった。のどが痛く、渇きを覚えて、水をくれと頼みたかった。私の近くに来た警官は、私を上から下まで眺め回してから、

「ナイフはどこだ?」と訊いてきた。

「どこにやった? お前がナイフを持ってることは知ってるぞ、我々が引き留めなかったらお前は罪を犯していたんだ。まったく、このごろつきめ、ナイフはどうした?」

彼は私に返答する間も与えなかった。私の腹にこぶしを一発、脛に蹴りの一発を喰らわした。ついさっ

き赤ら顔の警官が私を相手に実験してみせたのと同じ、標準的な打撃だった。その効果も多かれ少なかれ似たようなものだった。私は痛みに呻き声を上げ、そして警官が私を支えて椅子に座らせなければそのまま床に崩れ落ちていただろう。部屋がぐるぐる回っていた。頭上の電球が、蠢《うごめ》く無数の電球に変わっていた。その光を背にして、胴体の無い警官の顔が、額に垂れた数本の髪の毛が見えた。意識が少しだけはっきりしてくると、あばただらけの貧相な顔が目に入った。同時に、ドアの近くにいる警官がこちらを見つめているのにも気づいた。彼はあばただらけの貧相な顔を横目で見て、それから私へと視線を移した。

「おい」彼はにやにやしながら同僚に訊ねた。

「こいつのツラをどこで見たっけか、俺にはどうもわからなくなってきたんだがね。そりゃ前は憶えていると言ったぜ、こいつはスリで、何日か前にコンビナート行きの路線バスで捕まえたんだってな。でも、確かにそうだっていう気もするが、そうじゃないような気もするんだ。泥棒のようにも見えるし、そうじゃないようにも見えるし。それより、ただの変わった奴って顔してるんだよな。そりゃ俺だってこいつのことを、二日前に屠場の近くで十四歳の娘をレイプしたあの犬畜生だって思ったかも知れないぜ、まあ今日たまたま刑務所の房の中でその当人を見てなかったらの話だけどさ。さてこれは困ったぞ、と俺は思ったね。こいつのツラは、昨日まで我が物顔にティラナの路上を店から店へと、まるで首都を解放するかのようにうろついていた誰かに似ているんだ。だがこの恥知らずときたら自分が誰で、どこから来たのかも一旦忘れてしまったんだからなあ。何でだよ、こん畜生が」その警官は私の胸ぐらを強くつかんだ。

「山と山が出会わなくても人は出会うものだってな。わかったか？　この糞ったれが……」

私はこれまでにこんな人間と会った憶えがなかった。これといった理由もなく、この警官からこれほどまでに憎悪を買う理由が理解できなかったのだ。

「もしも、もう俺が死ぬんだと言われているのなら」私は思った。「死なせてくれよ」

私は警官の顔に唾を吐いた。警官の顔色が変わった。憶えているのは頭への二発と、腹への一蹴りだった。半死半生と言うよりは、半分夢のような半分うつつの状況の中、「ダイティ」のレストランにいる自分自身が見えた気がした。黄色い照明の下で、けだるいブルースのメロディが耳に響いていて、私に寄り添うソニャの、揺れる髪の匂いがしていて、その向こうの丸テーブルから、灰色の目の男がこちらを見つめていた。灰色の目の男の隣には、面長で顎の尖《とが》った、モンゴロイド風の顔つきの男がいて、夢うつつの中でその男は身を隠すように、こちらに気づかれないように、少しばかり身を縮めていた。だが私は知っている、私はその男を知っている、あれは……あの男は……とそこで意識が戻った。

警官二人は立ち去っていた。おそらく私が意識を取り戻した、ちょうどその時に立ち去ったのだろう、二人の声がしていて、口汚い罵《ののし》りの言葉が聞こえた。いずれにせよ二人は立ち去っていて、頭上にはぼんやり光る電球が見えた。体中がズキズキと痛み、顔は焼けるようだった。きっと自分の顔は腫れ上がっていて、たぶん青黒くなっているだろう。まるで自分の顔ではなくなったようで、仮面が貼りついているような、それも釘で打ちつけられているようだった。私はどうにか立ち上がり、椅子に腰を下ろした。疑いようもなく、状況は深刻になっているようだった。私は罠にはめられた、それは確かだった。連中は私を武器所持のかどで捕えようと躍起になり、そしてこの数か月間をかけて私を追い込んだのだ、それも明らかなことだった。だがそれにしても、私が喰らったこの打撃は、この町の警察における通常の論理を超えていた。私に関わったあの連中は、この町の警官ではない。私に関わったのは、制服であれ私服であれ、この町の警官ではなく、うち幾人かは今まで一度も見たことがない顔だった。どうしてなのか、その疑問はすぐに氷解することになった。

初めのうち、私は彼が誰だか気づかなかった。たぶん長いこと顔を合わせていなかったので、その間に彼も変わってしまっていて、それでわからなかったのだろう。それにたぶん、こんな状況で互いに顔を合わせることも、私が置かれたこの状況と彼の来訪との間に関係があることも予想だにしなかったから、私は彼がわからなかったのだろう。それにもまして彼のことがわからなかったのは単に、私の感覚が朦朧《もうろう》としていて、電球の光も弱くて、余りにも弱かったので、彼の顔がもやに包まれているようだったせいかも知れない。そのもやの中から彼は私の前に姿を現した。私は椅子に座って、壁に身をもたせかけていた。頭も壁にもたせかけていた。彼の顔がもやの中から出て来て、そして私は彼に気づいた。

私に何らかの感情のたかぶりがあったとは思えない、私が思ったことはただ、彼もさっきまでいた連中と同様、自分を射撃の的にするのだろうな、ということだけだった。

「山と山が出会わなくても人は出会うものだ」

そう言って彼はふっと笑った。私は何も答えなかった。返事などしても何の意味もなかった。私は彼の足元に投げ出されたのだ。閣僚の息子の党員査察官の足元に。灰色の目の男の足元に。だがそこで、こいつに何か言ってやるぐらいはいいだろう、と思い直した。それで私は、その山と山が出会わなくても人は出会うとかいうのと同じ諺《ことわざ》は、ついさっきあの馬面の、モンゴロイド風の、頬骨の張った奴から聞いたばかりだと言ってやった。

「あんたも憶えてるだろう、あの晩だよ、『ダイティ』のレストランの」私は彼を挑発した。

「あのモンゴロイド風の奴はあんたの隣の椅子に座ってた、あの晩は私服だったけどな、今日みたいな警察の制服じゃなくてさ」

灰色の目の男はまたふっと笑った、いや正確にはふんと鼻で笑って、胸の前で腕を組み、彼の同僚がそうしたように、私を上から下まで眺め回すと首を振った。

「どうやら君は、学ぶべきことを何も学んでいないようだ」そして彼は私を見つめた。

「どうやら君にはまだ教え込む必要があるらしい。だが私がここへ来たのはそんなことのためではないし、私が君に教えることなど何もない」

彼は、何かを言うべきか言うまいか迷うように押し黙った。その何かを頭の中で反芻《はんすう》しているようだった。それで私には彼を観察し、しばらくの間、その薄い、蛭《ひる》のような唇がソニャの唇に吸い付き、ソニャの体の節々を吸い回し、ソニャの乳首を舐め回す様について、あれこれ思い浮かべる余裕ができた。私からすればそんな蛭どもの所業を見せつけられること以上にひどい拷問はないのだということが、この男にはわかっているのだろうか？　そんな蛭どもを目にするぐらいなら、こぶしと蹴りを浴びせられ、頭を壁に叩きつけられる方を私は望むだろう。

「君はうまくやった」ようやく彼が口を開き、蛭がうねうねと動いた。

「ナイフを持っていると連れてこられて、ナイフの代わりにキャンディを持っていたような人を罰することなどできない。大したものだ、前から君は賢い男だった。それにしても、本当にどこかへやってしまったのかい？　それで私が来たというわけだよ。何しろこの町にはギョダという奴がいて美人の娘がいる。何でも、奴は娘にちょっかいを出そうという連中には誰であれ墓穴を用意してやるんだそうだ。だが君に関しては話が別だ、君は女にちょっかいを出すような類の男ではない。君は女を貪り喰らう類の男だ、そしていずれは自分自身も貪り喰ってしまうしか道がない。今回、君はうまくやったと思っているだろう。だが私がここへ来たのは、正直に言うが、その件じゃないんだ。私にならまだ、君を救えることがあるかも知れないからだ。こうして互いに憎み合っていても仕方がない、そう思わないかね？　私は君を憎んできたし、君も私を憎んできた、いや否定しようとしなくてもいい。問題は、なぜそうなったのかということにある。だが答えはこうだ、そんなものは付け髭ほどの値打ちもないことだ」

彼は私の近くまで来ると、その灰色の目で私を凝視した。

「そうだ、無駄なことだ、いいかね。あれは何の価値もない女だ。私も彼女には何かしらがあると思っていた、だがつき合ってみると実に一銭の価値もないことがわかったのさ。あんな口の臭い女を。よく君は長いこと我慢していられたものだ、丈夫な胃の持ち主だよ、君は。私は自分の好奇心を満たしてから手を引いた。だが君はどうだ、人を貪り喰らう君の、その好奇心たるや大したものじゃないか。聞くところによると、あの女は村の阿呆とつき合い始めていて、そいつはよだれを垂らしたうすのろ男なんだそうだよ。いいかね、あれはこれといった女じゃない、ただのヒステリー気味の女だよ……」

ドアの向こうの廊下からは足音が聞こえていた。行ったり来たり、近づいたり、途中で立ち止まったりしていて、どうも誰かが耳をあてて盗み聞きしているようだった。足音は再び遠ざかり始めたが、また途中で止まった。灰色の目の男がたった一人で入って来て、何の手はずもなしに私と一対一でいるはずがなかった。だが私は疲れ果てていた。こんな男につばを吐きかける気にもならなかった。こいつは頭のてっぺんから足の先まで胆汁まみれなのだ、つばを吐かれたぐらいで汚れるものか。私は笑った。初めは微《かす》かに、やがて大声で。ドアが開いて誰かの顔がのぞいたが、灰色の目の男が手を振ると、また引っ込んだ。灰色の目の男は私に、馬鹿みたいに笑うんじゃないと言った。映画じみた真似はやめろとも言った。

「私は真面目な話をしにここへ来たのだ、たぶん君にとって興味のある話だ……おそらく他の誰かにとっても……村のぐうたらの件は気にしないでくれ、君をからかうために言ったことだ」

蛭が蠢いた。そして身を伸ばし、動きを止め、へばり付いたが、私からすれば、何千匹もの蛭が全身の皮膚の一平方センチごとに張り付いて、化け物じみた渇きを癒そうとするように私の血を吸っているのだ。

「理解してもらいたいが」灰色の目の男は話を続けた。「君の状況は深刻だ。君は自分で持っていたナイフを捨てて隠しきれたつもりでいる。私もそうだ、君はナイフを捨ててしまったと思っているのだが、あちらはそうは思っていない。君が他の連中と絡んでいたその時、君のそのチャックのついたポケットにナイフがあったことを証言できるという者達もいる。彼らは見ていたんだ、君がそれを手で触っていたところを」

　彼の話がどこへ向かおうとしているのか、私にはわからなかった。自己防衛の本能に、抗弁せよと急き立てられて、そんなナイフのようなものなど持っていなかったと私は言った。すると灰色の目の男はにやりと笑った。心のこもったように、それもごく自然に見える様子で近寄った彼は、私の肩に手を置いた。ごく親しげにだ！　そしてこう続けたのだ。

「君を心から信じるさ。君はナイフで切りつけ合うような連中とは違う。君がきちんと説明しようとしてくれたことが私は嬉しいよ。君が置かれているような状況では、川を切り抜け、袋小路を抜けるためにも説明することが重要だ。さあ、一緒に考えていこうじゃないか。君には恋人がいたね、町で一番の美人の子だ。人間、美人とつき合う時には危険を受け入れるだけばかりでなく、方策を探ることも必要さ。君には経験がある、とびきりの美人とつき合うと何が起こるか、君なら知っている……人々が君をじろじろと見る。そこまではまだ何の危険もない、言ってみれば、危険とは潜在的なものだ。君は二つの方面から手ひどい脅しを受けた。第一はその娘の父親からだ、この町の有力者だ。第二は、バーで絡んできたあのならず者の男からだ。君も聞いているだろう、奴は異常なまでの嫉妬にかられ、彼女をつけ回っていた。この男ときたら彼女の一挙手一投足の、それこそ彼女が一日何回トイレを出入りしたかまで言えそうなぐらい詳しくてね。ところが君はと言えばだ、弁解の余地もないほど不注意なことに、よりにもよってその彼女と、彼女の知り合いの家で何日も続けて会っていたというじゃないか。そこに何かしらの罠があるかも知れないということに、君はどうして思い至らなかったのかね？　君は罠にはまり、そして捕えられた。あのならず者は、君が自分に襲いかかって、ナイフで攻撃を仕掛けようとしたと証言し、署名までしているんだぞ。否認するのは君の勝手だ。だが仮に我々が、今回の件で君に悪いようにしなかったとしても、あの娘の父親からは逃れられないぞ。あの父親は何だって知っている。天地を動かしてでも、君の息の根を止めようとするだろう。それができるほど、あの父親には力があるんだ」

私はずっと思いを巡らせていた。時間の観念はなくなっていた。ここに入れられてからというもの、目にするのは薄暗い電球だけで、自分がもう何時間ここに閉じ込められているのかもはっきりしなくなっていた。頭も働かなくなっていた。自分の身に起きた出来事と、灰色の目の男がそこにいることの間にどんなつながりがあるのか、見出そうとしたが、何一つとして接点が思い浮かばなかった。彼は何か真面目な話を、何か自分にとって興味のあるような話をしたいと言っていた。だがそれは他の誰かにとっても興味のある話らしい。誰にだろう?

「頼む、やめてくれ」彼の瞳が怪しく光るのを見ながら、私は思った。「お前は、自分がソニャとつき合っていたなんて話をするためにわざわざここまで来たんじゃないだろう。俺の目の前で彼女を侮辱しに来たんじゃないだろう。そんなちっぽけなことのために苦労してこんなところにいるほど、お前は暇じゃないだろう」

そのことについては、灰色の目の男も同じ考えだった。

「些細なことにこだわるのはやめようじゃないか」彼はそう言ったが、不意に、

「君は、ソニャについて知りたいと思ったことはないかね?」そう訊ねてきた。私にはこいつの脳天を叩き割るだけの力もなかった。

「ソニャは、牛小屋の清掃をしている」と彼は、自らが裁かれることのない立場にある人物特有の安定感ある口調で言った。

「本当のことを言うと、ソニャが牛小屋にいるのを目にした時は、いたたまれない気持ちになったよ。その日はちょうど例の阿呆男が、よだれを垂らしながら彼女の周りをうろついていてね。まあ想像してみたまえ、あのソニャが、炭鉱夫がするようなブーツを履いて、農婦みたいな身なりで、頭に毛糸のスカーフを巻いて、鍬を手にして、牛の尿やら糞やらを掃除しているところを。まさにその日、私は思いついたんだ、ソニャを救える人間は君だってね。そんな思いが生まれたのは恐らく、凍てつく寒さで、大地が凍りついていたからだ、糞尿にまみれ、阿呆男に追い回されるソニャの姿を見たからこそ、普通なら哀れみとでも呼ぶような、そんな芯からの感情が、私の中に生まれたのだろう。私は本気で、心の底から彼女のことを哀れんだ。そこで私は、その阿呆男の膝が震えて立てないほどにしてやれと命じた。だがそれが何になる？　あのどん底で過ごす一時間ごとにソニャからは何かが奪われ、やがて全てを失うことになるだろう。それで私は思いついたんだ、ひょっとしたら、ソニャにはまだ救いの道があるかも知れないと。それが数か月前のことで、それから私の頭に浮かんだのが君のことだ。それはまだ結晶化されていない、議論するには時期尚早な、ほんの思いつきに過ぎなかった。だからこれは、私と君との間だけの話なのだ。私はね、ずっと思っていたんだよ、もし君にソニャを救いに行ける可能性ができたならば、君には救いに出向くだけの備えがあるはずだとね。だから私はここへ来たんだ、君がソニャを救いに行ける、その可能性を作るために。今日でないとしても明日には彼女を呑み込んでしまうであろう、あのどん底から彼女を救い出すために」

その最後の言葉を言い放った彼の声は震えていた。誰であれ、この灰色の目の男が不安を感じていることを、その語った言葉が、その魂の奥底から出て来たものであることを疑いはしないだろう。だが私は、ひっきりなしに上下する相手ののどぼとけを眺めながら、自分のナイフがあれば今すぐにこいつを片づけられるだろうにな、と考えていた。ズボンの右ポケットに入れておけばよかったのに、と。だがそのナイフは、幼なじみの元同級生の、小太りの女給仕に渡してしまった、だからこうしてただ耐えるしかない、こんなものまで呑み下すしかないのだ、この部屋に連れて来られて閉じ込められた時からずっと、この男ののどから流れ出す汚らわしいものさえ呑み下すしかないのだ。沈黙こそ雄弁、という言葉が本当ならば、彼はこの時の私が殺意を抱いていたことを理解していたはずだ。そして私には彼を殺すことができたはずだった。さしずめ羊を屠《ほふ》る時の如く、ナイフの刃先をのどぶえに突き立てていたことだろう。しかしながら沈黙は語らなかったのだろうか、或いは私の沈黙の意味を彼は理解しなかったのだろうか、それとも私の望んでいることを彼は理解していたのだろうか。

「君の」と灰色の目の男は言った。

「君の手に、ソニャの命がかかっている。彼女を救うためなら君は何だってするだろう。返事は今でなくてもいい。これから向こうの連中に命じて、君を釈放させよう。君は家に帰って、風呂に入って、食事をして、睡眠をとりたまえ。そして元気を取り戻したら、私と話したことを思い出してくれ。これはソニャの命に関わる問題だ、そして彼女の命は君が握っている。君が元気を取り戻した時、きっとこの話こそ、君が最初に思い出すものになるはずだ。次に思い出すのが、この私からの提案、つまり君に行って欲しいという提案だ、ただし君の返事は今でなくてもいい。取り敢えず君に憶えておいて欲しいのは別のことだ。君は賢い男だ、自分の置かれた状況を見つめ直すだけの分別もある。過去のことは置いておこうじゃないか。君は大学を追われ、セメントの埃にまみれたこの穴ぐらの中で、危機が君の人生に影を落としている。だが君には、新しい人生のチャンスがあるんだ。それを再び手にできるかも知れないことに、君は一度でも考えが及んだことはないかね？　大学に戻って、やり残したことをまた続けられるかも知れないことに、君は一度でも考えが及んだことはないかね？　いやそれ以上にだ、君がソニャと元通りつき合えるかも知れないことに、一度でも考えが及んだことはないかね？　私はあり得ると思うが、それら全てのことに君が考え及んだことがあるとしても、君自身がそれを信じていなかったのだ。それはただの白昼夢だと、君は自分でそう呼んできたのだ。私はね、それら全てのことが現実になり得るのだと、君に言うためにここへ来たんだよ。君がソニャを救いに行く気になりさえすればいいんだ。蛆虫《うじむし》のように無為に過ごす、この悲惨を逃れられないぐらいの人間なのかどうか、君にもわかるだろう。君は埃の中から、輪番制の仕事から、あの狂信的なヂョダの暴虐から、ナイフで襲ってくる路上のけだもの連中から逃れられる。君は自由になれる……私の話を聞きたまえ。君がこんなぬかるみに嵌まることはない。君のような人がこうして負けをさらすなんて、罪なことだよ」

私の話し相手は、おのが誠実さに酔いしれ身も砕けんばかりだった。それがこの男なりの話し方であるらしかった、私にはそんなふうに見えた。この時には、全てが本気なのだと私も信じそうになっていた。しかし、彼のような人種のことを私はよく知っていたし、私の疑念は恥ずかしいほど深かった。別にソニャのことで嫉妬していたからではない。彼がソニャのことを頼みに私のところへ来たというのを信じていなかったのだ。私の疑念が恥ずかしいほど深かった理由はとりわけ、ああ神よ、これ以上何を夢想できるというのか？　という点にあった。何だって実現するのだと、そう私は感じていた、望みさえすればそれでいいのだと。だから私も全身全霊をかけて望んだのだ、初めからやり直したいと、ソニャにもう一度会いたいと、彼女とベッドを共にしたいと、彼女の肉体のそばで永遠の快楽に浸りたいと。これ以上何を夢想できるというのか、このどん底の敗残者が？　灰色の目の男は穴が開くほどこちらを見つめていたが、私の方は頭の中が空っぽで、今にも膝から崩れ落ちて、ここから出してくれ、ソニャに会わせてくれと、懇願してしまいそうだった、それで世界が滅んでも構わないからと。俺に何をして欲しいんだ、と私は訊ねたが、その声は震えていて、自分の声ではないような、まるで墓場から蘇った死者が、別世界から語っているかのようだった。

「別に」と灰色の目の男は答えた。それで私は思った、悪魔が魂を奪いに来る時もこんな言い方をするのだろうなと。

「別に大したことじゃないよ」彼は言葉を付け足した。その言葉に私は押しひしがれそうだった。

「私と君との交友関係、友達つき合いさ。自由な時間を自由に語り合うのさ、いや君のじゃなくて、他の人達のことさ、知り合いでもいいし、そうじゃなくてもいいし。クラブでも仲間でも、名前は君の好きにしたまえ、そういうものを作ろうじゃないか、私と君と、ソニャとでさ。今じゃなくていい、今日じゃなくてもいい、明日でも、君がそれを望んで、私が間に入れば、みんな抜け出せるんだ、あの牛どもの糞尿にまみれた場所から離れることができるんだ。それは君だって、大人として、男として、身に染みて感じているだろう、君だって見ただろう、強者の権力がどんなものか、君だってわかっているだろう、弱者、愚者、生まれぞこないの連中ばかりが、不定形のぬかるみに汚れまみれて無為に生きさらし、人間的な美徳も何もかも、ゼロの掛け算みたいなものにされ、足蹴にされ、侮辱され、見下され、虐げられるだけの、無に等しい存在だと思い知らされるのだということを。君はそういうことがわかるぐらい賢い男だ。さっき言っただろう、別に大したことを頼みたいわけじゃない。私と二人で自由に話そうじゃないか、顔を見て話せればいい、公園でもカフェでもいい、散歩をしながらでも、料理を並べたテーブルででもいい、どこでも君の好きな場所でいい、バーがいいならそれでもいい、君の好きな場所で、人生のことを、人間のことを、学生のことを、学生の考えることを、学生のすることを、学生の時間の過ごし方を、学生の不満を、学生の噂話を、今日したいこと、明日したいことを……返事は今でなくてもいい。今から向こうの連中に命じて、君を釈放させよう。家に帰って落ち着きたまえ。だが二人で話したことは誰であれ、他言無用だ」彼の目が怪しく光った。

「よく考えたまえ、万事うまくいけばいいがね。さもないと……」

彼はその言葉を最後まで続けなかった。

「二日後に、作家同盟のクラブで待っているよ」そう言った。「静かで快適なクラブでね、広いホールで私はチェスをして午後を過ごすんだ。清潔なところだし、有名人、著名人、芸術家も集まって来るし、綺麗な女たちだって珍しくない。じゃ待っているよ、二日後の、そうだな、夕方六時にしよう。君が来なければ、私の提案は受け入れられなかったということだ。チャンスを与えたよ。チャンスは無駄にしないことだ。さもないと……」

私がようやく自分の中で、咆哮《ほうこう》する自分自身の内側で「いやだ」という言葉を形作ろうとした時には、灰色の目の男は立ち去った後だった。独房の中に「さもないと……」の言葉が残っていて、私の「いやだ」の叫びは、のどに絡まったままだった。その言葉は私の中で、檻に入れられた家畜のような獰猛《どうもう》さで吠え猛り、鉄格子に飛びつき破ろうとしていた。だが鉄格子は破れなかった。叫びは私自身の中に閉じ込められ、そこに留まったまま押し黙った。壁は何も聞かなかった。独房も何も聞かなかった。独房の中に「さもないと……」の言葉が、真っ黒な鳥のようにその場に留まっていた。ドアが開いて誰かが入って来た。あの赤ら顔の、ごつい前足を生やした警官だった。警官は私の顎にその前足の先を伸ばし、私の顔を持ち上げた。薄暗い電球が、それでも私にはまぶしかった。警官の歯は異常なまでに真っ白で、規則正しく並んでいて、頑丈そうだった。こんなに真っ白な、並びがよくて頑丈そうな歯は見たことがなかった。その時、警官の前足には一枚の布きれがあり、彼がそれで私の顔を拭うために顎を持ち上げたのだということに気づいた。いや布きれではない、アルコールを浸した大きめの脱脂綿だ。私の顔は燃えるようにヒリヒリとした。それから警官に櫛を手渡され、服についた埃を払うようにと言われた。

「ここでは、お前に手を触れた者は誰もいない」

最後に警官は言った。

「お前の傷と青痣《あおあざ》は、路上で見ず知らずのちんぴらに絡まれてできたものだ、喧嘩してちんぴらが殴ったんだ。さあもうここから出て失せろ、いいか、今度また俺の手にかかったら、こんなに簡単にはいかないからな」

警官は私を連れて外へ出ると「またな」と言った、たぶん習慣でついそう言ったのだろう。

「二度と会うかよ」私は内心で返した。道はがらんとしていた。町全体ががらんとしていた。ただ空の片隅に垂れ下がった黄色い太陽が、黒い雲に端の辺りを遮《さえぎ》られていた。それでも私にとっては十分まぶしかった。まるであの独房の薄暗い電球のように。

一九九一年三月

大粒の雨がアスファルトの路面に落ちて、埃《ほこり》を辺りに巻き上げた。私は顔を上げた。

「何だって晴れてくれないんだ、ふざけた空め」私は悪態《あくたい》をついた。「出て行った連中が濡れるかも知れないとは思わないのか？　今頃はもう着いた頃だろうに、いまいましい空め、まるで安い商売女の下着だ」

みんな行ってしまった、私は残った、残ってアルセン・ミャルティのところで犬の肉のハンバーグを食って、アルセン・ミャルティが小便を垂れ流して度数を上げたラキを飲んでいる。窒素を含んだ硝酸塩に比べれば、アルセンの小便の方がまだましだ。アルセンの小便なら少なくとも何事もないが、硝酸塩だと別世界へ送られてしまう。と言っても、国を去った人々が辿り着いた世界のことではない。あれもいわば別世界だが、私が言っているのは全く別の世界、無に囲まれた、夢を見ない眠りの世界なのだ。私も今は帰って横になって、眠りたかった。夢を見る眠りだ。それとも夢は見ないだろうか？

深い酔いの狭間を漂いながら、アパートの入り口に辿り着いた。私は階段に座り込んだ、座らなければ、ぶっ倒れていただろう。別世界へ……別世界へ……

「別世界へ行きたいよ」通りから入って来て階段の下で私の姿を見つけた母に、私はそう言った。母は悪態をついた。母が何に悪態をついたのか、私にか、別世界にか、それとも階段の暗がりを罵《ののし》ったのかはよくわからなかったが、そこから母の肩にもたれかかってよじ登るのは厄介な作業だった。ようやくアパートの自宅の玄関前に辿り着くと、ドアが開いて入り口に父が姿を現し、その瞬間から全てがずっと楽になった。父が片方を、母がもう片方を支えて私をキッチンへ運び込み、ソファに横たわらせた。酔いのせいで全てが静かな水面をたゆたうように流れ、水底で踊りつつ、ゆらゆらと、よろよろと揺れていた。そのソファの船に横たわる私と共に、母も父も、テーブルのかたわらの椅子に腰かけて、ゆらゆらと揺れていた。私も揺れていた、両親の顔も二重になって揺れていた。父の顔も二つ、母の顔も二つ。見つめている悲しげな四つの顔からは、ほんの僅かな希望も失われていた。それで私は二人に問いただしたい思いに駆られた、一体全体この俺に何を期待していたのだと。我が両親よ、哀れな我が両親よ、あなたたちは老いぼれてしまった。その老いを私は酔った目で眺めていた。私はソファの船から立ち上がると、二人の方へと流れ、哀れな四つの顔に一度ずつキスをした。父に二度、母に二度。私は四組の唇で、四組の目で、四組の腕で、まるでブッダの像だ。

「俺はブッダだ」私は父の顔々、母の顔々にそう言った。二人は黙ったまま泣いていた。何を嘆いているのか、私にはさっぱりわからなかった。おそらく二人の失われた希望を、甲斐のない人生を嘆いているのだろう。ブッダを自称する者が今やこの家に、二人の前に現れたのだ、それも恐らくは些細な事故のせいで。ドリの息子の小便のせいで。もしもドリの息子が首筋に小便をしなければ、たぶん私は国を出る者たちの中にいて、どこかの難民キャンプにいたことだろう。難民ブッダだ。

両親は私を部屋へ連れていき、私を着替えさせると、ベッドに寝かせて布団をかぶせた。私は夢を見ない眠り、言うなれば死の眠りに落ちた。頭蓋骨の内部がガンガン鳴り響く中、姿を現したのはドリだった。

「ドリはどこだ?」窓の向こうに眩しく輝く空を見ながら、私は思った。

16

私はまるで死人のように、夢を見ることもなく眠った、何時間そうしていたのかもわからない。たぶん十三時間か、たぶん十四時間か、たぶんもっと長く、たぶんもっと短く。だがそれはこれっぽっちも重要なことではなかった。時間がその場に留まって欲しいと私が望んだとしても、時間は過ぎ去っていくのだ。時間は自らの務めを続けるだけだ、無情にも、永劫続くリズムで、私の眠りが夢のないものであったか、死による眠りであったか、知ろうともせず。時間は去った、去ってしまった、十三時間、十四時間、たぶんもっと長く、たぶんもっと短く、警察署を出て、人気《ひとけ》のない町の中、虚《むな》しくも人目を避けることに腐心し、家へと帰りついたその時から。家の中もこれまた人気がなかった、両親は何の理由だかわからないが不在だったからだが、その不在が私にはことのほか慰めになった。あれこれ説明する必要もないし、喋《しゃべ》る義務もない。全ての沈黙が自分のためだけのものであり、全ての空虚さが自分のためだけのものだった。そして自分の部屋も冷たく、飾り気がなく、まさに自分のためだけのものだった。それは私のベッドのためのものでもあった。古い衣装ダンスのためのものでもあった。だがそれらには口がなく、醜く打ち捨てられ、身じろぎもしなかったから、私が打ち捨てられるような感覚に恐れて身を震わせながら服を着替える時も、ベッドに潜り込んで布団をかぶり、夢を見ながら、或いは夢など見ることもなく眠る中、自分もろとも時が止まってしまえばいいと願っている時も、それらは私にとって何の邪魔にもならなかった。

時は止まらなかった。空は明るくなっていた。私が最初に感じたのは、世界がまるでそのままだということだった。そして次に感じたのは、顔や、のどや、むこうずねや、あばらの焼けるような痛みと、全身が崩壊してしまったような感覚だった。鏡は正直に、一切の隠し立てなく、私の顔の部品を映し出した。顔の左半分は青黒く腫《は》れ上がり、唇の左端が切れている。その他の部分はかすり傷か小さな痣《あざ》だけで、大したものではなかった。同時に自分の髭が伸び、成長し続けていることもわかったが、それはごく当たり前のことで、大して印象に残らなかった。髭は夜でも、眠っている間でも、一時的に死んだ状態でも伸び続けていた。髭は死人であっても伸び続けるのだ。鏡は、その正直さでもって、私が一時的であれ永久にであれ死人であるのだということを執拗に思い出させようとしているらしかった。私はシャワーを使い、それから鏡の前で、不安に包まれたまま、髭を剃り始めた。時は止まらなかった、時は無情に、永劫に続くリズムで、私の髭が伸びようと伸びまいと、流れていくのだった。だがこの私は、返事をしなければならなかった。灰色の目の男が返事を待っている。

たとえ髭を剃ろうと、ありったけの品々を手にし、些《いささ》かなりとも顔面の虐殺の痕跡を覆い隠そうと努力しようと、それは無理な話だった。それどころか痕跡はむしろ目立っていた。いや、それは痕跡というよりも、廃墟だった。結局のところ、私は出かけることにした。殴り書きされた顔にしたって、たとえそれが殴り書きされた死人の顔であっても、何の驚きも生むことはあるまい。殴り書きされた死人の顔を見ても誰も驚かなかった、このことこそ、警察での私の冒険が今や知れ渡っているという事実を説明づけるものだった。その場所から出て来ることができた、まさしく私も出て来られたのだから、それを幸運だと思うことこそあれ、顔の殴り書きを殊更《ことさら》不安がる必要などない、それもまた、このゲームのルールの一部なのだから。

バーでは、幼なじみで小太りの女給仕との間の理解が一瞬で成立した。一言の必要もなく、私にコニャックのグラスを差し出してきた時の素早い目くばせだけで十分だった。

「心配しないで」彼女の目は私にそう言った。

「例のものは安全な場所にあるから」

「とっといてくれ」私はひとりつぶやいた。

「安全だろうと安全でなかろうと、好きにしてくれ。俺にはもうナイフは必要ない。あれを使う最後の機会こそ昨日だった。もし捕まっていなかったら、あれをファグの身体に使っていただろう。俺は捕まってしまった。かくしてファグも命拾いしたわけだ。ナイフなんて、もう自分には必要ない。あんなもの、原始的で、野蛮な武器じゃないか。もしあれを使うなら、俺は相手に面と向かって立ち、狙いを定め、両胸の間、心臓のやや下の辺りを目がけて突き立てなきゃならない。その後のもろもろの危険は言うまでもない。なぜって、実際、今言った通りに相手の胸のその部分目がけてナイフを向けたとしても、逆のことが起こる可能性は排除できないからだ、要するに俺が先にナイフを喰らって別の世界へ行っちまうってことさ。もっとましな場合でも、俺が勇気を出して相手を別世界送りにしてやったところで、俺を待っているのは刑務所か、銃弾か、首の紐か、どれも割に合わないことでは似たり寄ったりだ。いや、言っておくが、古典的なナイフ、その隠しているナイフがどこにあるのかは知らないが、それは俺のものじゃない、もう俺には用済みだ。危険だし、アシがつくし、持ってるだけで命懸けだ……」

私はずっと一人でつぶやいていた。それで自分に不安を覚えた。私が一人つぶやきながら、ちびりちびり飲んでいる間も、小太りの女給仕は私から目を離さなかった。彼女は同意するように首を振っていた、まるで私の内部に入り込んで何もかも聞いているかのように。

「例えばだ」私は説明を続けた。

「何か厄介なことがあって、君が俺と敵対関係になるようなことがあるとしよう。まあ数学教師みたいな言い方をすれば、仮説という奴だ。君が俺と敵対関係になった、或いは反対に、俺が君と敵対関係になったと仮定しよう。もう一つ数学の言葉で言うなら、二人の人間が敵対関係に陥るような無限個の理由がありうるということだ。身もふたもないようだけど、一つ挙げてみようか、君の仕事がうまく行っていて、君のことを尊重してくれる男性がいるのに、俺ときたら、まあ俺が女だと仮定してだが、夫に棒でぶたれていて、俺がそのことでいまいましく感じているとしよう。或いは、君が金を手に入れたのに俺には一銭も入らず、君が美人なのに俺は不細工で、君が健康なのに俺はくる病持ちで、君にはみんなが寄って来るのに俺には誰も、男一人さえも近寄らない、それどころかこっちから近寄って、ボリボリ掻き始めようものなら逃げられてしまう。要するにだ、俺たちが敵同士になったとして、その敵対関係の始まる原因なんてのは大抵ごくつまらないものだってことさ。お望みならもっと別な原因でもいいぜ、大それた原因、なんて誇大妄想にとらわれてそう呼ぶ連中もいるがね。わかるかね、おかみさん、俺には君を殺すことだってできる。いや、ナイフでじゃないぜ、君を殺して自分も死ぬほど俺はイカレちゃあいない。つまり、君を殺しても俺は無罪で済むってことさ。無罪ってだけじゃない、俺が勝者になるんだ。勝者ってだけじゃない、体制の側になるんだ。快適で、豊かで、幸福で、有力な」

私は外へ出た。もうちょっとでも店に留まってあの女給仕の視線に晒《さら》されていたら、私は怒り狂っていただろう。激昂するはずだったのが、少しも激昂しなかった。私はナイフを差し出された。あの古典的なナイフではない、金属製の、身体に突き刺し、肉を裂き、骨を砕き、胸郭を切り刻み、心臓を貫き、はらわたをえぐり出す、野蛮な武器の方ではない。差し出されたのは見えないナイフで、身体に突き刺すことも、肉を裂き、骨を砕き、胸郭を切り刻み、心臓を貫き、はらわたをえぐり出すこともなく、相手の息の根を止めることができるという、全く正反対のナイフだった。その相手はベッドで妻と、或いは婚約者と、或いは恋人と静かに眠っている。その妻か婚約者か恋人を新たな生で満たしながら、その時そいつは至福の痛みを味わうだろう。ナイフを突き刺され、深く深く突き刺されていることにも気づかないまま。そして翌日にはバーで会い、コニャックを一杯、二杯、五杯と飲み、相手の血に染まったその手でもって、固く握手を交わすのだ。
私は致死性の物質を浴びせられたような気分になった。まるで毒を持つ蜘蛛のような。石の下に隠れている蛇のような。私の目の、硝子体の海の中をソニャが泳いでいる、頭に農婦のようなスカーフを巻いて、炭鉱夫のブーツを履いて、牛の糞尿をかき分け、よだれを垂らしたうすのろ男に追われながら。そうして彼女は一生そのままでいるのだ。うすのろ男のよだれにまみれて。私の目の硝子体の海に溺れて。灰色の目の男の蛭《ひる》に乳首を吸われて。自分は死んだ方がましなのだろうか。それともナイフを受け取るべきなのか？

工場の煙突から煙がまっすぐ、空へ向かって、まるで黒い噴水のように立ち昇っていた。もしも自分が、そうだ、吠える犬の役に扮して叫んだとしても、煙は再びまっすぐに立ち昇ることだろう（犬は吠えるままにさせよ……）。ジプシーたちの住む場所から本当に鳴き声が聞こえてきたが、キャラバンらしきものが通り過ぎていくのは見えなかった。キャラバンとて恐らく、河原にジプシーの居住地が存在するなどとは知らないだろうし、彼らがどこへ向かうのか誰も知らず、彼らはジプシーの犬どもの鳴き声など気にかけることもなく、もし私が犬の真似をして吠えたとしても、彼らが気にかけることはないだろう。あの肉づきのよい、いつも眠そうな顔で、白い作業帽をかぶった女も、私がラボに入って、誰かいないのかと必死に大声で問いかけた時でさえ、私に無関心だった。やっとのことで、ドリがまた会議中であること、ルルは病院で、ヴィルマはずっと仕事場に姿を見せていないことがわかったぐらいだった。その肉づきのよい顔曰く、理由についてはわからないという。

「居眠りのアナグマめ」私は思った。

「ヴィルマがいない理由なら、お前にだってよくわかっているだろう」

思わず知らず手が伸びて、自分の顔の痛めつけられた部分を隠した。アナグマが私をまじまじと見つめている。

「何でもないんだ」そう言って私は彼女の好奇心を鎮めようとした。

「ゆうべ夕食に誘われたんだ、見ての通り、いろいろ素敵なことがあってね」

すると彼女は笑った。それが突然の笑いだったので、私もむしろ落ち着きを取り戻した。

「随分手厚くもてなされたものねえ」しばらくして彼女はそう言った。そしてこう続けた。

「ひどいものだわねえ。あなたお大事にね、気をつけるのよ。あの連中に目をつけられたら最後、命が持たないわよ」それだけ言うと、アナグマは私にくるりと背を向けて、ラボの隅へと戻っていき、後には真っ白い埃がもうもうと舞う中に作業帽が見えるだけだった。

「どうも」私は誰に言うともなくつぶやいた、彼女はもう離れて行ってしまったし、私の言うことなど聞いてもいなかったからだ。仮に近くにいたとしても、やっぱり私の言うことなど聞いていなかっただろう、なぜなら私は自分で自分につぶやいていたのだから。自分で自分を励まそうとでもするように。そして私は外へ出た。

ラボを出ると、私はしばらく工場の前の通りに立ち、黒い煙が噴水のように上がるのを眺めていた。そこにじっと立ったまま、空へと立ち昇る煙を見ていると、耳に犬の鳴き声が響いてきた、群がる犬ども、腹を空かせ、凍えて、足蹴にされ、毒入りの肝臓で始末される、道端のけだものどもの声だった。

「だが俺は」私は思った。「俺はいつ自分の肝臓の切れ端を喰らわされるんだろうな?」

この考えが私の中を電流のように駆け抜けた時のことは憶えているが、そこから後の出来事は全てぼんやりしたままだ。まるで誰かに、バールだか取っ手だか何かしら重いもので頭をぶん殴られてしまったように。だが誰も私をぶん殴ってなどいないし、バールや取っ手も喰らっていない。だからこれは健忘症の類ではない。

その日、つまり、私が痛めつけられた顔で朝を迎え、工場へドリを探しにいったその日まで、私の記憶のテープはそれまでの出来事を多かれ少なかれ正常に記録していた。だがそこから先のテープはほとんど空っぽだ。記録容量が足りなかったからではない。もう何も記録するようなことがなかったから、テープは空っぽなのだ、我が人生の中のこの章を締めくくる、幾つかの出来事を別として。

17

私の記憶のテープの最後はノイズの中にうずもれている。聞こえてくるノイズは時に叫び声であったり、時に犬の鳴き声であったり、時に死の悲鳴であったりする。私の耳の中は昼も夜もわんわんと鳴り響いていて、まるで蝿の大群が頭蓋骨の内部にいて、頭を破裂させようとでもしているようだ。だが私の頭は、それはどんな人間の頭の中でも同じようなものだが、最も高度に組織化された物質の部分を維持し保護しようとする自然の法則にのっとって徹頭徹尾、堅牢に構築されている。要するに脳のことだ。そしてその脳のどこかの部屋に、記憶のテープが保管されている。その部屋には十五年、十六年、十七年、或いはそれ以上の年数の残滓が、さらにそれから先の地を這うような単調な人生の沈殿物が、分厚く、べっとりとこびりついているのだ。

だがしかし、時に叫び声であったり、時に犬の鳴き声であったり、時に死の悲鳴であったりするそのノイズが、記憶の部屋の奥から噴き出して、積もり積もった歳月の沈殿物をかき分け、表面へと溢れ出ることもある。そんな人生の、ごく最近の部分の出来事が記憶のテープに記録されている。それは、単調さが溜まっていくこの町で、己自身のうちに死を抱えつつ私が生きていくようになる段階の、直前の数日間のことだった。

今となっては出来事の内容まではっきり憶えているわけではない。最初に何が起こり、その後に何が起こったのか、互いの間に何らかの繋《つな》がりがあるのか、それとも偶然の巡り合わせだったのかもわからない。確実に言えることはただ一つ。私にはそれを未然に食い止めるだけの力が無かった。自分自身の不可解な行動を食い止めることはできたかも知れないが、それに続く出来事には関係のないことだった。

実際、指定された時刻に私は、あの閣僚の息子にして党員査察官の、灰色の目の男が待つ作家同盟を訪れたのだ。私の訪問に意味などなかった。私が作家同盟を訪れたことに意味があったとすれば、それは私がナイフを持参していった場合の話だろう、なぜなら私は彼を殺すという、ただそれだけのために彼と会うことを承知したのだから。それなのに私は、ナイフも無しにそこへ行ったのだ、そして作家同盟の鉄製の扉を開けた時、私は灰色の目の男が来ているのだろうかとホールの中を見回すことさえしなかった。

自分の不可解な感情に答えを出せないまま、私はくるりと背を向け、もと来た道へと引き返した。その時、私は人生における重要な発見をした。自分にはナイフを使うような勇気がないことを。自殺するような勇気もなければ、他人の命を消すような勇気もない。そんな自分の臆病さを私は、恐らく灰色の目の男が私への親交を求め待っているであろう、作家同盟の鉄製の扉から遠ざかりながら感じていた。そして私は羞恥を覚えた。そこからこうして自分が生と死の狭間で、生においてでもなく、死においてでもなく、生きるでもなく、死ぬでもなくもがきあがくのを感じていた。毒のしたたる過去へと引き戻されつつ、自分にとってはおよそどうでもいい未来へと引き返しつつ、希望を失い名もなき存在に貶《おとし》められていくのだった。

自分がこの生に留まり続けるのはそこから逃れることが不可能だからだ、作家同盟の鉄製の扉から遠ざかりながら私は、その思いがますます確かなものになるのを感じていた。自分自身の無力さ。恐らくそれは、この町のぬかるみの狭間で、凡庸と卑俗の中で生き延びて、他人の苦痛や悲劇を耐え忍び、断罪されつつやり過ごしながら歳月を重ねていくことなのだと言えるだろう。死は永遠の眠りだ。生きながらの死は永遠の拷問だ。

まず起きたことは、ドリの逮捕だった。少なくとも、私の記憶ではそうなっている。ドリが逮捕される前に自分がラボをクビになっていたのか、それともドリが逮捕された後で、あの鉄格子《てつごうし》の事務所に閉じ込められた男に呼び出されて解雇を告げられたのか、それははっきりしない。だがそんなことはどうでもいい、まず起きたことはドリの逮捕だったということだ。

それは冬のことで、バーはすっかり満員だった。その頃私はドリが技師たちとバーに来ているのを何度か見かけたものだった。ドリは婚約者とうまくいっておらず、憂鬱そうに飲んでいた。ドリが逮捕されたのは、彼が技術委員会の会議室を出た時のことで、彼は皆の見ている前で「人民の名において君を逮捕する」と書状を読み上げられつつ、手錠を掛けられたという。それは私も聞いている。だが私自身は何一つ見なかった、ドリも、敗残者たるその笑みさえも見ていなかった。運命とは皮肉なもので、私はいつぞやの、酔っ払い、大声で不潔な言葉を叫んで彼に喰らったこぶしのことを思い出していた。ドリは私と一緒に穴ぐらへつき合わされるのが嫌だったから、私をぶん殴ったのだろう。それが今はどうだ。あの慎重なドリが自らを穴ぐら送りにした、まるであの眠そうな顔の、白い作業帽をかぶったラボの助手が私に向かって注意しろと予告していた、もしあなたも連中のリストに載せられているなら長くはもたないわよという、その言葉が現実になったかのようだ。どうやらドリはそのリストに載っていたらしい。私には理由の見当がつかなかった。彼が閉ざされた扉の向こうの法廷で、いつ裁かれたのか、それから十年が経ってぼろぼろになった彼が出獄してきた時でさえもわからなかったし、我々は金さえあればそのたび一緒に飲んでいたが、彼は過去のことを思い出したくもないようだった。

その次に起きたことは、私があの鉄格子の事務所の男に呼び出されたことだった。彼は咳込み、身体をぼりぼり掻きながら、私を頭のてっぺんからつま先までじろじろと見た。彼は私に、私が三日連続で欠勤したので、就業規則により解雇すると告げた。この場合、恐らくそれは正当なものだったのだろう、私は自分が何日前からラボに姿を現さなくなっていたのかも憶えていなかった。朝は家を出るのだったが、最初に寄るのはあのバーで、そこに貼りついていた、もちろん交通手段が無かったからではない……飲んで、飲んで、ただ飲んでいた。飲み飽きることがなかった。朝から晩までだ。だから、鉄格子の部屋に閉じ込められたあの男が言い渡したことについて、私が疑義を差し挟む余地は無かった。たぶん私が欠勤したのは、就業規則を適用するのに必要な三日間どころではなく、もっとずっと長かったのだろう。だから私もあれこれと文句を言わなかった。その場を立ち去ったが、完全な喪失感を抱えたまま、どこへと行くあてもなかった。私の足跡をつけてくるのは死を運ぶあの虎で、私に飛びかかり、押さえつけ、ひと呑みにしようと待ち構えていた。私は歩きながら奇跡が起こるのを待っていた、背中に虎の爪が食い込み、その牙が私ののど元にかじりつき、自分に終わりが訪れるのを。だがそれはやって来なかった。私の終わりはどうしたわけか、やって来ることはなかった。それはきっとどこかに隠れていて、私が洞穴のようなその口の前に、まるで断崖に立つ盲人のごとくやって来て、そうして自らの歩みでそこへ滑り落ちてしまうまで、私の苦痛を盗み見ているのだ。私はそんな自分の終わりを具体的な形で思い浮かべていた、例えば虎に噛みつかれて、人生の断崖絶壁で引き裂かれ、運命の歯車に押し潰される様を。自分がそんな最後に、もうずっと前に辿り着いていたことに、私は気づいていなかった。なぜと言って、もっと別な、もっと苦痛に満ちた最後が私の運命に用意されているなどということが、果たしてあるだろうか？

今ならこう言える。あの時、我が身の転落と、灰色の目の男に会いに行かなかったことの間には何の繋がりもなかったのだ。ドリが逮捕された後、三日だろうと四日だろうと、或いは五日だろうと、ぐでんぐでんに酔い潰れていれば、放り出されても当然だ。それが灰色の目の男のせいだなどとは考えもしなかった。ギョダのせいだとも思わなかった。鉄格子の部屋に閉じ込められた男のせいだとも思わなかった。だが彼らは私の転落における、真の共犯者だった。灰色の目の男は私からソニャを引き離した。ギョダは私からヴィルマを隠した。鉄格子の男は、私の手に勤務記録簿を渡すのと引き換えに、それ以外の全てを奪い去った。その記録簿をどうしたらいいかわからなかったので、私は立ち去り際に、鉄格子越しにそれを床へ放り投げていった。

それから数日後、町にある軍支部から派遣された特別配達員がアパートのドアをノックした。私は家にいたが半分酔い潰れ、半分腑抜けのようになっていた。特別配達員は私に、署名され封緘《ふうかん》された公文書を手渡した。私も受け取りにサインした。私は祖国からの呼び出しを受けたのだ。祖国は私を必要としていた。それが数日後のことだった、鉄格子の部屋の事務所を追い出されてから、ほんの数日後のことだった。

18

あと少しだ。それで記憶のテープも終わる。そこからは全てトンネルの暗闇で、先に進めば進むほど蝙《こう》蝠《もり》たちが顔と言わず身体と言わずぶつかってくるのだ。その漆黒のトンネルにどうやって入ったのかも、どこからどうやって抜け出すのかも、まるでわからない。テープの最後の部分はノイズだらけで、どこかしら深いところで鳴り響き、地の奥底には犬の吠える声が、まるで真っ暗なトンネルを抜ける盲目のキャラバンのように、その場に留まっている、そして死者達の叫びのポリフォニーの中に、ヴィルマの悲鳴が上がる。それは痛みゆえの悲鳴であり、無垢なる子の上げる悲鳴なのだ。

その夏、私は世界から取り残されていた。祖国は私を呼び、私はそれに応えたが、銃器の代わりに私に与えられたのはシャベルだった。やがて私のシャベルはつるはしに置き換わり、それから鍬になり、さらに様々な農具類へと移り変わっていった。どうやら祖国は私に銃器の必要さえ見出していなかったらしい。私の血を流す必要さえもだ。私は日々、農村のＮＢＵ（軍農業公社）で腐り果てていくのだった。そこでは鶏を飼っていた。羊を飼っていた。豚も飼っていた。そしてその間も私は腐り続けていた。恐らくそのためだろう、いわば進みゆく私の腐敗のせいで、私の血は祖国にとって無価値なものとなっていた。もはや認めざるを得ない、祖国において、私に属するものなど何もないのではないか、石も、砂粒も、母も、父も。それらは誰か他の人のものだ、言ってみればＮＢＵの、痩せ細った首に肉づきのよい顔をして、のみならず尻にピストルを携えていて、その銃身をジャケットから覗かせている、あの人民委員のものなのだ。自分のような、銃を持たない兵士達は誰であれ、彼からすれば、角を生やした悪魔であり、それはあの砕石場の楽天家の悪魔どもよりもたちの悪い存在だった。自分達からすれば彼は小ゼウスでこそなかったが、神であり、毎日、目を見開いている時も、夜の闇の中でも、自分達が罪人であり、他のアルバニア人の血とは別の血が流れている劣等人種であることを思い知らされたし、一日に六回、つまり三度の食事の前と後には、彼に向かって感謝を捧げなければならず、こうべを垂れ、口を閉じ、耳をそばだてていなければならなかった。彼について話すのはこれだけだ、他に興味をひくことは特にない。

その電報が届いたのは午後のことだった。暑い午後で、豚舎からは息も詰まりそうな匂いが漂っていた。私は一本のポプラの木陰に横たわり、頭の中はまるで呆《ほう》けた家畜のように空っぽだったが、その時、誰かが小屋の並んでいる方から私を呼んだ。嘲笑を伴ったその呼び声は何度か繰り返されて、それでやっと私は電報のことを言われているのだと気がついた。私の倦《う》みきった頭脳はどうにかその知らせを理解し、どうにか解きほぐした。誰かが苦難の末に一通の電報を、私がいるこのどん底の地へと送り届けてきたのだ、それでも地球は回っているのだということを知らせでもするかのように。私は受け取りにサインして、薄くかすれた活字のある、不可解な紙切れを手に取った。そこにはヴィルマの悲鳴が封じ込められていた。電報を開いた途端、ヴィルマの悲鳴が破裂したように砕け散った。

「ヴィルマ シス ソウギ アス14ジ ルル」

私はその電報をポケットに突っ込んだ。そしてポプラの木陰に戻り、再び横たわった。

「ヴィルマが死んだ」私はつぶやいた。葬式は、明日十四時に行われる。ルルがそう言っている、そしてルルに嘘をつくような癖は無い。

私は両手で顔を覆った。手のひらが濡れていた。痺《しび》れきった私の頭脳でも、ヴィルマが死んだという、その知らせの意味だけは理解できた。だが痺れきった私の頭脳は、分析を行い、問いを展開できる状況にはなかった。どうして死んだ？　どんな状況で？　私の頭脳にできるのは、要するに、あの天使のような存在がどこか別の場所に行ってしまった、彼女は彼女本来の場所である天国へ慌ただしく去ってしまった、という結論に辿り着くことだけだった。この町の、悪魔どものいるこの地獄は彼女の世界ではなかったし、町も彼女を引き留められなかったのだ。

「ヴィルマが死んだ」

私は両手で顔を覆ったまま、つぶやいた。手のひらがぐっしょりと濡れていた。

上の連中に事情を説明して休暇を願い出るのは、私にはやり過ぎであるように思われた。ヴィルマの死という秘め事を、彼らと共有することが意味のあることとは思えなかったからというだけではない。彼らはすぐさま私に、ヴィルマと何があったのか訊いてくるだろうが、私には、彼らを十分に納得させ、休暇を取れるようなしっかりした回答ができそうもなかった。

私はこっそり持ち場を離れると、畑を囲む柵沿いの細い道を歩き、そこから、以前は小さな川が流れていたと思しき深く掘られた溝へと身を潜め、そこからさらに進んで、農村部とその地区の中心部を結ぶ、砂埃にまみれた穴だらけの、通り過ぎる自動車さえも稀《まれ》な道路へと出た。太陽は太陽にあらず、それは私の頭上で赤く灼けている鉄だった。もしも自分がとち狂って上の連中に休暇を願い出ていたとしたら、彼らはどんな問いを投げかけ、自分に休暇を与えまいとしただろうか。そいつは何者だ？　と訊いてくるだろうな。お前の母親か？　姉妹か？　叔母か？　それとも祖母か？　それとも……そして私は何ひとつ答えられなかっただろう。自分にとってヴィルマが何なのか、私は自分でもわかっていなかったのだ。私はヴィルマのことを知りたいと思わなかったし、彼女のことを知るだけの時間もなかったし、知ることもできなかった。頭上で真っ赤に灼ける鉄の下を歩きながら私は悪夢じみた感覚をおぼえていた。

「神よ」私はつぶやいた。「彼女は俺のためにあんたが用意してくれた幸運だったのに、俺にはそれが見えなかったのか？」

背筋にぞっとするものを感じた。

「神よ」私は狂気に憑かれたように叫んだ。

「彼女は俺にとって死という幸福だったのか、だから今こうして、あんたが俺にそれを知らしめてくれたってことなのか？」

私の叫びは消え、辺りに再び荒涼とした静寂が戻ってきた、そして私は道を進んだが、この悪夢は疑いようもなく、頭上で真っ赤に灼ける鉄のせいだと考えていた。

最初は徒歩で、それから車に乗り、それから列車に乗り、監視兵の目を盗みつつ、私が町に辿り着いたのは深夜だった。町は暗闇に包まれ、照明はどこも消えていた。恐らく停電だろう。工場の煙突の先で火花がちかちかと閃光を放ち、空へと吸い込まれていた。一軒だけ灯りがついている家があった、ヂョダの家だ。ほの暗い光が揺らめいていたが、それは蠟燭の光だった。私は松の樹の幹に身をもたせかけた。私の足が私自身をこの場所まで、この子供時代からある、柵のすぐ近くの松の樹まで引っ張ってきたのだ。ちらちらまたたく蠟燭のように、震える、押し殺したような泣き声が聞こえた。急に灯りがつき、自己防衛本能で私は木の幹の背後に身を隠したが、それも無駄な行為で、一人寂しく取り残された私は、忘れ去られた影のようだった。玄関に姿を現した集団の中にルルの姿が見えた、彼らは足早に階段を下り、押し黙ったまま庭を通り抜けると、鉄柵の門のところで散り散りになった。私は額を汗でぐっしょりと濡らしながら、そっと忍び寄った。ルルは一団と別れると、私の知らない誰かと連れ立って、曲がり角へと消えた。私も、これ以上その場にいて何をしたらいいかわからなくなった。私は考え迷っていた。見知らぬ男はアパートの入口の階段までルルを送って行った。そこでルルとその男は別れた。

建物の陰に潜んで、私はその見知らぬ男がいなくなるのを待った。一方、ルルはアパートの中へと入って行った。私がドアをノックしても、彼女の返事は無かった。私がしつこくノックし続けると、ドアの向こう側に近づく微《かす》かな足音と、「どなた?」と訊ねる、小さく、不安そうな声が聞こえた。私が自分のことを告げるとドアが開き、ルルは声を上げて私の胸元に飛び込んだ。背後のドアを閉めると、ルルは顔を上げ、私も彼女の青ざめた顔を見つめた。

「毒を飲んだの」

ルルは泣きながら言った。

「私は気づかなかった、私には彼女を救うことができなかった。だってそんなこと、私にわかるわけないじゃないの」

ルルは震えていた。まるで死人のようだった。私はルルの頭を両手で包み、胸に抱き寄せて髪を撫でた。

「何があった？」彼女の耳元に顔を寄せ、私は訊ねた。ルルは私から身を離した。ルルの身体はずっと震えていた、全身が震えていた。彼女は無言で小鍋をストーブに置き、コーヒーを沸かした。私がコーヒーを飲みたいのか飲みたくないのかも訊かず、私が家を訪ねるたびそうしてきたように、ただ小鍋を置いただけだった。私はテーブルのかたわらのソファに腰を下ろした。私がコーヒーを飲み終わるまでルルは黙ったまま、私と向かい合う形で座っていた。私がコーヒーを飲み終わると、ルルは立ち上がった。

「ヴィルマはね」ルルの声は氷のようだった。

「毒を飲んだの、思い出せないけど、気分が悪くなるような名前で、たしかヴィルマのお父さんが葡萄《ぶどう》の樹に撒いていたわ。ヴィルマは自分の部屋に鍵をかけて閉じこもって、それで家の人が呻《うめ》き声がするから何かあったんだって気がついて、ドアを壊したんだけど、でも手遅れだった。病院で亡くなったわ」

その時、私は真っ青になっていたに違いない、吐き気を催したが、しかし、ついさっき飲んだコーヒー以外に吐くものも無かった。

「ヴィルマの苦悶は、マクスの苦悶と似ていたのだろうな」と思った。そんな考えを私はもう少しでルルに話しそうだった。マクスの件をルルは知らなかったし、私も話さなかった。ルルがマクスの件を知っているはずがなかった。だがヴィルマのことは何でも知っているルルだから、ひょっとしたらマクスのことも知っているのかも知れない、だから私のことも突き刺すような視線で見つめているのだ、まるで犯罪者を前にしているかのように。私は自分が犯罪者ではないことを、かつてマクスを毒殺したのが私自身ではなく、私が手を下したわけではないのだと説明したい気持ちだった。マクスを毒殺したのはシェリフというジプシーで、野犬駆除のため茹《ゆ》でた羊の肝臓の切れ端に毒を混ぜたものを使ったのだ、マクスは野犬ではなかったのに。私はヴィルマに何の悪意もなかった、ただヴィルマの父親に、我が幼年期の番人に復讐したかっただけなのだ。ヴィルマに対して私は何一つ悪意がなかった、何も、何一つとして。

恐るべき疑念に私はのど元をつかまれた。ルルが挑発するような沈黙で私のかたわらにいる間、私の痺れ切った頭はやっとのことで一つの問いに辿り着いた。なぜヴィルマは毒を飲んだ？　彼女のような存在が、責めを負うことなどあり得ない、そそぐべき罪などないはずだ。だったらなぜだ、なぜだ！　私は顔を上げ、窓際で暗闇に視線を投げかけているルルを見た。

「ルル」私の声はかすれていた。

「何があった……？　ヴィルマにはそんなことをする理由がない。何だって彼女が自分で毒を飲んだりしなきゃならなかった？　ルル、俺は一日かけてここまで来たんだ、もうへとへとなんだ、最初に会ったのが君で……」

　ルルはこめかみを押さえた。真っ青な顔がさらに血の気を失った。激しくしゃくり上げ始めて、しばらく話ができる状態ではなかった。

「ヴィルマはレイプされたのよ」ようやくルルは口を開いた。それは単なる叫びではなかった。引き裂くような叫びは、彼方から槍のように投げつけられ、その槍は私の胸に突き刺さった。私は息を呑んだ。

「ヴィルマはレイプされたのよ」私の胸をえぐろうとでもするように、ルルは繰り返した。

「四日前に、彼女の家で、彼女が毒を飲んだその部屋で。犯人にはチャンスがあった、彼女を見張って、家の人達がいなくなるのを待っていたのよ。みんな結婚式に行ってしまって、ヴィルマだけが行かなかった。どこか遠くの村の、従姉妹の結婚式よ。ヴィルマ以外みんな出かけたの。どうして彼女だけ行かなかったのかわからないけど、たぶんそれが彼女の不運だった。レイプされたのは日曜日よ。あんな優しい、何の罪もない彼女を、誰も助けに行ってあげられなかった、彼女がレイプされた時も、毒を飲んだ時も。狼は羊を手にかけた。ファグが……ファグが、ヴィルマをレイプしたのよ」

　私は飛び上がった。私の内側に叫び声が湧き上がった。壁に自分の頭をぶつけなければ、叫びは私の外へと飛び出して、アパートを、町中を叩き起こしていただろう。そして私は壁に向かい、血を流し、目はかすんでいた。叫びは私自身の中を駆け巡った。

「あなたの頭が割れたって、何も変わりゃしないわよ」まるで私が頭を割ってしまえばいいと本気で思ってでもいるように、ルルが言った。

「ヴィルマは生き返らないわ、もういないのよ、あなたは壁に好きなだけ頭をぶつけてればいいんだわ。どうしてあなたに電報を送ってしまったのかしら？　ああ神様、どうしてあなたなんかに電報を送ってしまったのかしら？　彼女のために何もしなかったあなたに、彼女を見ようともしなかったあなたに、気持ちをわかってあげようともしなかったあなたに？　壁に頭でも何でも何千回でもぶつけてなさいよ、起きたことはもう戻らないわ。呼ばれて一緒にいた彼女の、その彼女の何をあなたは憶えているの？　あなたは何もわかってなかった、あばずれ女と連れ立って歩くしか能の無いごろつきの、馬鹿どもの酔っ払いどもみたいな態度で彼女に接していたくせに？　ヴィルマはあなたと一緒なら世界の果てまで行くつもりでいたのよ。なのにあなたときたら壁に頭をぶつけるだけ。ぶつけてなさいよ、ヴィルマはもう生き返らないわ」

ルルは再び激しくしゃくり上げた。私には、彼女の中に溜まっていた憤怒を発散するままにさせる以外に為《な》す術《すべ》がなかった。ルルが私にそれをぶつけ、私に爪を立ててきたとしても、私は驚かなかっただろう。泣きながらルルは私のかたわらに来て、

「気にしないで」と言った。

「あなたのせいじゃないの。あなたがヴィルマにもっと違う態度をとっていたって、あなたたちがうまくいくことなんてなかったと思う。あなたのせいでもないし、彼女のせいでもないの。あなたたちがお互いわかり合えたって、ギョダはあなたたちが一緒にいることなんか許さなかったと思う。ヴィルマもそれは

わかっていたのよ。わかっていたのはファグも、あの狼も同じよ。彼女があの男にどれだけ苦しめられていたか、私にだけはわかるの。あいつはヴィルマにひと時の平穏も与えないで、追い回し、見張っていたのよ、昼も夜も。

「ヴィルマのことで後先見えなくなったあの男は、ヴィルマと結婚させて欲しいとヂョダに頼みにいったの。ヂョダはあの男を、奴隷主が奴隷にするように扱ったわ。娘と結婚したいなら、お前の耳たぶがちぎれるまで殴らせろ、自分に娘が四十人いたってお前には一人もやるもんか、そう言ったのよ。ヂョダはファグのことをわかっていなかった……今頃は気が狂ったみたいになって、髪の毛を引きむしって、大声で泣きわめいてるわ。何が起こったかを知った時、あの人は銃を手にして町中へ出て行って、ファグを探して回ったわ、バーに、酒場に、工場に、ファグの家まで全て探し回って、もし見つけたらその場で殺していたでしょうね。でも警察の方が先に気づいてたわ。ファグはね、二日前に逮捕されたの、捕まったのはティラナよ、ティラナのどこに隠れていたかはわからないけど。今日、他に見張り役の男も二人逮捕されたわ、誰かは知らないけど」

ルルの声が途切れた。私に話すことがもうなかったからかも知れないし、単にその時の私の表情が半ば血走っていた事実にその時初めて気づいたせいかも知れない。しばらくは身じろぎもしなかったが、

「あなたが壁に頭ぶつけることなんかないのよ」とつぶやいた。

「割れるのは壁じゃなくて、あなたの頭よ」

そう言ってルルは隣の部屋へ行くと、アルコールの入った小瓶と、脱脂綿を持って戻って来た。

「私の言うことを聞いてくれるなら」彼女は最後に言った。「今夜はここに泊まってちょうだい、ソファで寝るといいわ。あなたその格好じゃ、家の人たちがびっくりするわよ」

彼女の言う通りだと私は思った。頭や壁そのものについても、頭と壁について彼女が言ったことについてもだ。壁に頭なんかぶつけたってしょうがない、みんなそう言うし、納得もするだろう。逆のことをそそのかそうとする者がいたとしても、たちまち強固な壁の論理に説き伏せられてしまうだろう。どうしても納得しない者は、頭を割るだろう。

「君の言う通りだ」私はルルに言った。「俺が壁に頭をぶつけたって意味がない、俺にだってそのくらいのことはわかるさ。壁はぴくりとも動かない。それどころか割れるのは俺の頭だ。それにしてもいつまでなんだ、ルル、いつまで俺たちは壁に頭をぶつけてなきゃならないんだ?」

「頭をぶつけたって壁は壊れないってことがわかるまでよ」

ルルにそう返されて、私は立ち上がった。もうここにはいられない。これ以上ここにいたら、頭が粉々に砕けるまで壁にぶつけ続けそうだった。

火星人が現れたとしても、両親はここまで驚かなかっただろう。私が帰って来るとは予想もしていなかったし、それに、寝入っているところを私に起こされたのだから。真夜中に叩き起こされてそれは何倍にもひどいものになっていた。

「心配するなよ」私は言った。

「警察から戻って来たわけじゃないんだから」

百戦錬磨の両親は私に何も訊かなかった。何であれ、私が健在であればそれで十分だったのだ、頭の傷や血まみれのシャツなど大したことではなかった。両親はどうやら、私の不意の帰宅の理由に勘づいたらしく、翌日の葬儀についてくどくどと説明しようとしてきた。私はその流れをやんわりと止めた。私の神経はひどくたかぶっていて、自制心を保とうと努力するのも辛かった。父は寝室に戻った。母は私に何か食べたいかと訊いてきた。何も食べたくないと私は答えた、ただ、体を洗いたいだけだと答えた。母は水の入ったたらいを石油ストーブの上に置いた。それから寝室に戻ったが、それは私がそうするように頼んだからだった。母は寝室に戻る前に私のそばまで来て、不思議そうな顔で私を見た。そして手を伸ばし、私の頭を抱きかかえて自分の胸元に押しつけた。意味もわからぬまま、私は母のするままにさせた。それは子供時代以来すっかり忘れていたしぐさだった。

「何日か前に」母は言った。

「お前のズボンを洗おうと思ったんだよ、あのチャックのついたズボンを。隅っこの方にゴミが入っててね。後ろのポケットに封筒があったよ。お前の部屋の、テーブルの上に置いといたからね」

母はくるりと背を向け、私は廊下に立ったままだった。母が口にした封筒の謎にもとらわれていた。封筒というからには、中には手紙があるはずだ。私には、それが誰からの手紙なのか皆目見当もつかなかったし、そんな手紙が入った封筒がズボンの後ろのポケットにあったということにも心当たりがなかった。それは確かに部屋のテーブルの上にあった。封筒は開いていた、たぶん母も手紙を読んだだろう。そして恐らく、父も。なぜなら手紙の入った封筒はずっとテーブルの上にあったたし、父とてもその手紙を、それも自分よりも先に母が読んでいた手紙を、読むまいとしたところで誘惑には抗しきれなかっただろうからだ。

『あなたは何もわかっていない。これからも何ひとつわからない。昨日は傷つけるようなことを言ってごめんなさい。あなたを傷つけるつもりじゃなかったのに。あなたがあんなに傷つくなんて、思ってもみなかった。もう二度と会えないような、何だか嫌な予感がする。でもつまらない予感ね、明日になればまたラボで会えるのに、二人の間にはいつも通りルルもいるのに。ああ神様、私たちの人生は何て無意味なの、何てつまらない人生なの。ごめんなさい。V.』

私は手紙を手に立ち尽くしていた。私の頭脳はこの手紙がどういう経緯で私のもとに辿り着いたかを探ることさえできなくなっていた。誰が送ってきた手紙なのか、それは「V」の字からすれば疑いようもなかったのに。疑いようもない。体を洗っている間も、手紙の中の言葉が私に引っかかったままだった。そうしていると、猛烈に飲みたい欲求に襲われた。つま先は台所へと向かい、私は食器棚を開けた。油の入った何本かの瓶に隠れて、コニャックの瓶が一本、封を切らないままそこにあった。私はそれを手に取った。グラスも手に取った。自分の部屋に戻りながら、もしこの瓶が見つからなかったら、今夜は頭がおかしくなっていただろうなと思った。最初の一杯はひと息に飲み干した。二杯目もだった。アルコールの熱気が血中に浸潤し、大脳皮質に襲いかかった。多少は気分がましになってから、私はもう一度手紙を読んだ。傷つけた、とヴィルマが言うのは何のことで、いつ私が傷つけられたのだろう？　私はもう二杯を立て続けにあおった。それに、私には何もわからない、とは何のことだ、どうしてこれからも何ひとつわからないのだ？

「畜生め」私は自問した。そしてさらに二杯をあおったが、そうしている内、徐々にではあるが、事の次第がはっきり見えてきた。

「そういうことか」私は思った。

「ヴィルマは俺のことを不完全な存在だと言いたかったんだ、俺には何ひとつ成し遂げることができない、そう言いたかったんだ。生きることも、愛することもできない、まるで不完全な存在なのだと。なぜといって恐らく、俺は生きるすべも、死ぬすべさえも知らないのだから」

「だがどうやって俺のところまで来たのだろう、この謎めいた手紙は？」私はつぶやいたが、そこで『嫌な予感がする』のところに目がとまった。

「まんざら予感でもなかったな」私は思った。

「俺たちは二度と会えなかった。最後に会ってからどれだけ経つんだろう？」

　その問いは、まるで重い荷物を担いだように私にのしかかってきた。答えが出ないでいると、荷物の重みは増し、記憶のぬかるみの中にずぶずぶと嵌《は》まり、溺れていくのだった。瓶を最後まで空けた時、ようやく、私の頭の中を覆っていたものが解き放たれ、真っ暗な部屋の中に一条の光が差し込むように輝きを放ち出した。

「エウレーカ」喜びのあまり私は不意にそう叫んだ、あまりの喜びで私の両目には涙が溢れていた。私の肩にきつく食い込んでいた荷物の紐がほどけ、私は息を吸い込んだ。手紙を持ってきたのはあの少年だ、あのバーで、私が飲んでいた時だ。伝令のヘルメスだ。

あの時からずっとヴィルマとは会っていなかったのだ。そして手紙のことも忘れていた。他の何もかもと同じように、すっかり忘れていた。だが、それらは過去に関わることだ、もはやどうでもいい。この私もろとも。


ヴィルマの葬儀は翌日、十四時に行われた、ルルが連絡してきた通りだった。その日私はずっと家から出ずにいた。いつもとは違い、ひと晩でコニャックの瓶を空にして、朝になって起こしに来ても布団もかぶらずベッドで眠り込み、酔いも醒めないままでいる私を見た母は、無言のまま店へ出かけ、コニャックをもう一本買って来ると、私に外に出ないでくれと頼んできた。私も外へは出ないと約束した。別にコニャックと引き換えだったわけではない。一晩中アルコールに溺れた私は、自分がしでかすかもしれない行動に対して責任が取れなかったのだ。だから外に出ないよう母に頼まれた時も、私ははっきりと約束したばかりか、感激のあまり、涙まで流したほどだ。そして最初の数杯で私は深い酩酊の海へと泳ぎ出していた。最初に見えたのは、ルルのアパートで最後にヴィルマと会った時の記憶だった。それから彼女の流れるような髪に飛び込みたいと思ったこと。彼女の肩に手をやり、背中から抱き締め、そこから彼女に平手打ちを喰らわせたい欲望と、唇を奪ってしまいたい欲望の只中にいたこと。だが私とヴィルマの間にはソニャがいて、私はソニャを飛び越えてヴィルマへと向かっていく勇気がなかった。するとヴィルマが悲鳴を上げた。彼女はベッドの上で、下着は引き裂かれ、唇はファグに噛みつかれ血まみれだった。処女の血が流れていた。羊小屋が狼どもに襲われた、夏の暑い夜だった。

私が言う通りにしなかったことは、母にとって気にすることではなかったらしい。少なくとも、母は気にしているとわかるようなそぶりを見せなかった。それに私は馬鹿げた真似をしていざこざを起こすようなこともなかった。私は葬儀を遠くから目で追っていた。ギョダは葬列の先頭を歩いていて、若者たちがヴィルマの遺体の入った棺を肩に担ぎ、ギョダの家から墓場まで運んでいた。そのほとんどがファグの一味の者たちだった。ファグは警察の手に落ちた自分を幸せだと感じているに違いない。さもなければ一味の者たちがファグを八つ裂きにしていただろう。私はこっそり遠くから見ていた。最後の瞬間、若者たちがヴィルマの遺体の入った棺を紐で吊るして地中へ降ろし、墓掘人たちがそれを埋めてセメント板を置こうとしたまさにその時、ギョダが髪を振り乱し咆哮《ほうこう》を上げ、皆が怯える中、墓の中へと身を投げた。そしてようやくのことで引きずり出された。

一九九一年三月

「俺の居場所を探そうなんて思わないでくれ」ドリはそう言った。

「わかるだろう、ここは別世界なんだ。俺たちはみんな別の世界に行ってしまったんだ」

私の身体はぶるぶると震えた。ドアがきしむ音がして、母が頭をのぞかせた。

「入っていいよ」私は言った。

「まだ少しラキがあるなら、持ってきてくれないか」

母は私の言う通りにしてくれた、しかもそれだけではなかった。ラキと一緒にコーヒーまで持ってきてくれた。他にまだ何か欲しいかと訊かれたが、もういらないと答えた。母はドアのところに立ったまま、ずっと私から目を離さなかった。私が椅子に座るように言ったので、母は腰を下ろし、膝の上で両手を合わせた。

「町は空っぽよ」母がつぶやいた。「みんな行ってしまった」

私はコーヒーをすすりながら、ラキを飲んだ後のひどい頭痛がこれで少しは収まればいいのだがと願っていた。母は私が何も聞いていないことに気づいて、また繰り返した。

「みんな行ってしまった、若者も、女たちも、男たちも、子供たちも行ってしまった」

私は顔を上げた。母の視線は私から離れていなかった。

「私にはわかってるよ、お前も行きたかったんだろうね」母の目がそう言っていた。

「お前が行ってしまわなくてよかったよ。よかった……よかった！」

私はもう母の視線に耐えきれなくなった。

「行ってしまった連中が何だい？」私は問い返した。「知ったことかよ！」

「知ってるさ、お前は知ってるさ」母は私にそう返した。「みんな行ってしまった」

それで私は思った、船がみんなを連れ去ってしまったのだと。ドリは二度目の女房と二人の子供と共に、ファグは十四年の獄中生活と共に、そして奴の一味の連中のほとんど全員と共に。

「きっとそうだ、ソニャも行ってしまった」私は思った。「大きくなった息子と一緒に。俺だけが残ってしまった、俺だけが。だがなぜだ？」

私は外へ出た。空はどんより垂れこめていた。町はまだまどろみの中をさまよっていた。墓地へ続く道に人影はなかった。その人影のない道を歩きながら、私は思った、きっとそうだ、この俺以外にもいるはずだ、去ってしまおうとしなかった者、或いは去ることのできなかった者たちがまだ他にもいるはずだと。私には放っておくことができなかった、彼女を冷たい墓の中に、忘れられたままに打ち捨てていくことができなかったのだ。ラディのことも、ヴィルマのことも。彼女らを残して立ち去ることなど、私にはできなかった。

「そうでなければならない」私は思った。

「あの最後の瞬間に、ドリの幼い息子が俺の肩に小便を垂れ流したことなど、俺が出国者たちの船を降りたことと何の関係もない。あの小便がなかったとしても、俺は船を降りていただろう」

墓地には霜が降りていた。私はヴィルマの墓がどこにあるのか知らなかったので、探すのに長い時間がかかった。ヴィルマの視線が、大理石の上から私に向けられていた。肩まで流れる髪をなびかせ、まるで生きているような彼女の写真がそこに彫り込まれていた。

「戻って来たよ」墓の前で屈みながら、私は言った。「やっと戻って来た」

地面は冷たかった。かじかんだ指先で土を少しすくい取った。ヴィルマの瞳の中に私はラディを見た。かつてラディの瞳の中にヴィルマを見たように。

「あいつらは行ってしまったよ」私は言った。「俺はここに残る。永遠に、君と一緒だ」

その時、足音がして、誰かが自分の背後に立つのを感じた。私のかたわらに突き出された鉄棒の先で、私にはそれが誰だかわかった。私は身じろぎもせず、墓の前に屈んだままじっとしていた。

「やれよ馬鹿野郎」私は言った。「俺のことも別の世界に送ってくれよ。国を出た奴らが行った方じゃない。あれも別世界だが、俺はそっちへは行きたくないんだ。あんたが手に持ってるそれで、俺をあっちの世界に送ってくれよ、あんたの娘がいるあの世界に。さあやれよ、この馬鹿野郎、やれよ……」

鉄棒の先は私のかたわらに突き出されたままだった。それで私は顔を上げた。狂人ヂョダは真っ赤に血走った目で私を凝視していた。そして、くるりと背を向けると、のろのろした足取りで、墓地の入口へと歩いて行った。ヂョダの目にたまっていたのが涙だったのか露だったのか、私にはわからなかった。

「馬鹿野郎め」私は叫びそうになった。「あんたが手にしてるそれで、俺を別の世界に連れてってくれよ。だがもう俺たちは、この日々の中に閉じ込められちまったわけだ、俺たちは互いに呪いをかけられたんだ、敗残者たるこの俺がいなくなるその時まで、狂ったあんたがいなくなるその時まで。そしてあの灰色の目の男もいなくなる、その時まで」

終

一九九一年六月—一二月

ポーランドとハンガリーで非共産党系の政権が誕生し、東ベルリンの人々が「壁」の検問所を突破して西側へと押し寄せ、トドル・ジフコフが辞任を発表し、名指揮者クーベリックが「ビロード革命」後のチェコスロヴァキアに帰還し、処刑されたチャウシェスク夫妻の映像が世界に流された一九八九年、アルバニアの労働党政権は（やや遅れて「崩壊」するユーゴスラヴィアを別にすれば）これら一連の体制転換と全く無縁の姿勢をとり続けていた。

だが一九九〇年に入ると、食料・燃料事情の改善を求めるデモや暴動の情報が散発的に伝わり始め、七月には数千人の市民が亡命を求めて西側各国の大使館に殺到、ドイツ等のテレビが大きく報じる事態となった。『死者の軍隊の将軍』や『大いなる孤独の冬』で既に国際的名声を得ていたイスマイル・カダレは、当時の労働党第一書記ラミズ・アリアに改革を直談判するも容れられず、失意のうちにフランスへ出国した。

一九九一年三月には初の複数政党制による選挙が行われたが、一般市民の経済的困窮は変わらず、祖国での生活に絶望した数万人が大型貨物船に溢れんばかりに乗り込み対岸のイタリアへと向かった。今も日本で「アルバニア」と聞いて思い浮かべる人が多い光景だが、その大量脱出から数年後、西欧の読者たちは一冊の小説を通じて「カダレという大樹の背後には、豊かな才能の森林が存在した」（フィガロ紙）ことを知ることになる。それは、「新天地」へ出帆しようとしていた船を誰の目にもとまらぬまま降り、一人寂しく家路につく男の述懐と回想から始まる……。

本書はアルバニアの作家ファトス・コンゴリが一九九二年に初めて世に出した小説『敗残者（*I humburi*）』の全訳である。今回底本としたのは最も新しい二〇〇八年刊の第五版（Toena, Tiranë）で、この版からの翻訳は今のところ本書のみである。改版の度に出版社が変わっている他、僅かながら改訂も行われているが、文脈上必要と思われる箇所は旧版から復元し、翻訳に反映させている。

訳出作業に当たって英語訳（*The Loser*. Translated by Robert Elsie & Janice Mathie-Heck. Seren, Bridgend 2007）、ドイツ語訳（*Die albanische Braut*. Übersetzt von Joachim Röhm. Zürich 1999）及びフランス語訳（*Le paumé*. Traduit par Christiane Montécot et Edmond Tupja. Payot & Rivages, Paris 1997）も参考とした。いずれもアルバニア語からの直接訳だが、特に英訳はアルバニア文学研究者として名高い（しかし惜しくも二〇一七年に病没した）ロバート・エルズィの手になるもので、その解釈や表現は大いに参考とさせていただいた。

ファトス・コンゴリは一九四四年、アルバニア中部の工業都市エルバサンに生まれた（本人によれば一九四三年末生まれだが、戦時中の混乱で役所の登録が翌年にずれ込んだという）。彼が高等教育を受ける頃、アルバニアは既にソ連と事実上断絶状態にあり、国の指導部は「親中国」路線をとりつつあった。こうした流れの中でコンゴリも中国に留学、北京大学で数学を学んでいる。大学卒業後、一九六七年から郷里エルバサンの学校に数学教師として二年間勤務。その後は社会主義時代の文芸専門出版社「ナイム・フラシャリ」、作家同盟機関紙「ドリタ（光）」など文芸紙誌の編集部で働く。

戦時中のアルバニアに生まれ、社会主義政権初期のアルバニアで育ち、社会主義圏の「兄弟国」（ソ連や中国）に留学し、労働党一党体制下の一九六〇年代に本格的な創作活動を展開した文学者・知識人を「六〇年世代」と呼ぶことがある。代表格はイスマイル・カダレやドリテロ・アゴリであり、コンゴリもおおむねこの世代に属している。決定的に違うのは、コンゴリが一党体制下では自らの作品を（一部の詩作を除いて）全く公にしなかったということである。当時、カダレやアゴリのような有名作家でも、当局による出版禁止や書き換えの措置と無縁でいることはできず、カセム・トレベシナのように公然と体制に抗って投獄され、発表の機会そのものを奪われる例も少なくなかった。コンゴリは同時代の知識人たちの華々しい活躍からは距離を置き、教育者や編集者といった「裏方」に徹し続けた。一九八〇年代後半に刊行された新聞雑誌や小説の奥付でのみ時折「ファトス・コンゴリ」の名を目にすることができたという。

『敗残者』で描かれているのは、作品中の「現在」にあたる一九九一年と、そこから二十年ほどさかのぼった一九六〇年代後半～七〇年代のアルバニアである。コンゴリは、国外脱出を試みながら土壇場で引き返す主人公セサル・ルーミの語りを通じて、二つの時代の有り様を交互に、あたかもそれが連続した出来事であるかのような錯覚さえ与えながら、読者の眼前に突きつけてくる。

セサルの言動には、往時の「社会主義リアリズム」の主人公が体現していた英雄性も、自らの運命に立ち向かおうとする不屈の心情も見られない。身内に「裏切者」を抱える家庭環境に振り回され、煤塵にくすんだ故郷の風景と、幼少期に受けた暴力の記憶に囚われ続け、やっと手に入れた友情も恋も、進学の機会さえも失い、社会の底辺に突き落とされる。権力の側から差し出された「温情」の手にすがるでもなく、そのせいで更にどん底に追いやられてもなお「敗残者」の座に甘んじるしかない。進むことも退くこともかなわず、閉鎖された世界の中で手の届かぬ外界を思いつつも、その場に留まり生きる。

「宝箱《セサル》」という名におよそ相応しくない男の目線で語られたこのデビュー作は、発表されるやアルバニア語圏で大きな反響を呼んだ。更に五年後のフランス語版を皮切りに外国の書評家たちにも知られるようになり、無名のアルバニア人数学者はにわかに注目を集めることとなる。

『敗残者』に続く『屍』（一九九四）でも、権力機構に絡め捕られ堕ちていく主人公の姿を通じて、コンゴリは独裁の貫徹された社会に潜む「不安」や「狂気」、或いはカフカ的「不条理」を巧みに抉り出してみせる。『象牙の龍』（一九九九）では、文革期の中国に留学した主人公が中国女性と恋に落ちながらも帰国を強いられ、アルバニアで結婚し新たな人生を歩み始めるも失敗し、酒に溺れ過去に囚われ生きる姿を北京、ティラナ、そしてパリと舞台を転じつつ描くことで、かつて彼自身が過ごした中国での日々を文学に昇華させている。

「遅れてきた六〇年世代」とも言うべきファトス・コンゴリの創作意欲は衰えを見せず、今世紀に入ってからも『ダモクレスの夢』（二〇〇一）、『犬の皮』（二〇〇三）、『養老院のボレロ』（二〇〇八）、『引き出しの中の幻影』（二〇一〇）、『シ・ド・レ・ラ』（二〇一二）、『ついている奴』（二〇一三）など新作を世に出し続け、それらは既に英独仏伊ポーランド等の各言語に翻訳されている。

訳者は二〇一六年にティラナで催された文学研究者・翻訳者の集まりで初めてコンゴリに会うことができたが、快活に語りつつも糖尿病を患っているとのことで、供された食事を口にするにも制約が多いようだった。

それから二年後の二〇一八年二月、コンゴリは癌の治療のためティラナのマザー・テレサ大学医療センターに入院するが、二度目の手術後に容態が悪化。家族との会話もままならない重篤な状態に陥った。

後日地元紙のインタビュー曰く、一時は本人が「安楽死」に言及するほど絶望的な状況だったらしいが、周囲の激励と懸命の治療の甲斐あって奇跡的に回復、リハビリを経て文壇への復帰を果たした。復帰後の第一作にして最新作『小さな嘘つきたち』（二〇一九）は、執筆途中で入院を余儀なくされ、退院後、パソコンのハードディスクに八か月間放置されていた原稿をもとに完成にこぎつけたというエピソードも相まって、読者から大きな喜びをもって迎えられた。この作品で二〇一九年六月、コンゴリはコソヴォ出版協会から「今年最良の作家賞」を受賞した。

一党体制下で雌伏三〇年（その時期ひそかに書かれた作品も現在は読むことができる）、満を持して世に出したデビュー作から四半世紀、欧州圏での評価は定着した感があるが、日本語圏においても注目されるべきアルバニア人作家の最有力候補であり、今後の更なる創作活動が期待される。

コンゴリについては、数学者ということもあってか「分析的」な文を書く作家だという評がある。実際、アルバニア語の原文は非常に精密に組み立てられており、安易に日本語で置き換えようとするとその組み立てが崩れてしまいかねず、翻訳には大いに苦心した。達意の訳となったかどうか心もとないものがあるが、こればかりは読者諸氏のご判断にお任せするしかない。

「東欧の想像力」シリーズで『死者の軍隊の将軍』を世に出していただいてからちょうど十年。節目の年に再び機会を与えてくださった松籟社の木村浩之氏にあらためて感謝する。

二〇一九年十二月

井浦伊知郎

【訳者紹介】

井浦伊知郎（いうら・いちろう）

1968年、福岡生まれ。1998年、広島大学大学院文学研究科博士課程後期単位取得退学。1998〜2001年、日本学術振興会特別研究員。博士（文学）。

現在、福山国際外語学院校長。

専門はアルバニア言語学、バルカン言語学。

著書に『バルカンを知るための66章』（共著、明石書店）、『アルバニアインターナショナル』（社会評論社）、『東欧の想像力　現代東欧文学ガイド』（共著、松籟社）、訳書にイスマイル・カダレ『死者の軍隊の将軍』（松籟社）がある。

〈東欧の想像力〉17

敗残者

2020年4月30日　初版発行　　　定価はカバーに表示しています

著　者　ファトス・コンゴリ
訳　者　井浦　伊知郎
発行者　相坂　一

発行所　松籟社（しょうらいしゃ）
〒612-0801　京都市伏見区深草正覚町1-34
電話　075-531-2878　振替　01040-3-13030
url　http://www.shoraisha.com/

印刷・製本　亜細亜印刷株式会社
装丁　仁木　順平

Printed in Japan

 ISBN 978-4-87984-388-3　C0397

東欧の想像力 8

サムコ・ターレ『墓地の書』（木村英明 訳）

いかがわしい占い師に「おまえは『墓地の書』を書き上げる」と告げられ、「雨がふったから作家になった」という語り手が、社会主義体制解体前後のスロヴァキア社会とそこに暮らす人々の姿を『墓地の書』という小説に描く。

［46判・ハードカバー・224頁・1700円＋税］

東欧の想像力 7

イェジー・コシンスキ『ペインティッド・バード』（西成彦 訳）

第二次大戦下、親元から疎開させられた6歳の男の子が、東欧の僻地をさまよう。ユダヤ人あるいはジプシーと見なされた少年に、強烈な迫害、暴力が次々に襲いかかる。戦争下のグロテスクな現実を子どもの視点から描き出す問題作。

［46判・ハードカバー・312頁・1900円＋税］

東欧の想像力 6

ヨゼフ・シュクヴォレツキー『二つの伝説』（石川達夫＋平野清美 訳）

ヒトラーにもスターリンにも憎まれ、迫害された音楽・ジャズ。全体主義による圧政下のチェコを舞台に、ジャズとともに一瞬の生のきらめきを見せ、はかなく消えていった人々の姿を描く、シュクヴォレツキーの代表的中編2編。

［46判・ハードカバー・224頁・1700円＋税］

東欧の想像力 14

イヴォ・アンドリッチ『宰相の象の物語』(栗原成郎 訳)

旧ユーゴスラヴィアを代表する作家アンドリッチの作品集。複数の言語・民族・宗教が混在・共存していたボスニアを舞台に紡がれた4作品「宰相の象の物語」、「シナンの僧院に死す」、「絨毯」、「アニカの時代」を収録。

[46判・ハードカバー・256頁・2200円＋税]

東欧の想像力 13

ナーダシュ・ペーテル『ある一族の物語の終わり』(早稲田みか＋簗瀬さやか 訳)

祖父から孫へ、そしてその孫へと、語り継がれた一族の／家族の物語。その「終わり」に立ちあったのは、幼いひとりの男の子だった—現代ハンガリー文学を牽引するナーダシュの代表的中編。

[46判・ハードカバー・240頁・2000円＋税]

東欧の想像力 12

ゾフィア・ナウコフスカ『メダリオン』(加藤有子 訳)

ポーランドにおけるナチス犯罪調査委員会に参加した著者が、その時の経験、および戦時下での自らの体験を踏まえて著した短編集。第二次大戦中のポーランドにおける、平凡な市民たちの肖像をとらえた証言文学。

[46判・ハードカバー・120頁・1600円＋税]